NICOLE FLATTERY

NICHTS BESONDERES

Roman

Aus dem Englischen
von Tanja Handels

Hanser Berlin

Die englische Originalausgabe erschien 2023 unter dem Titel *Nothing Special* bei Bloomsbury Publishing Plc, London.

1. Auflage 2023

ISBN 978-3-446-27728-1

Umschlag: Anzinger und Rasp, München
Nach einem Entwurf von Bloomsbury Publishing
Motiv: © Katya Mezhibovskaya (based on Getty Images)
Satz: Sandra Hacke
Druck und Bindung: CPI books GmbH, Leck
Printed in Germany

FSC
www.fsc.org
MIX
Papier | Fördert gute Waldnutzung
FSC® C083411

Für meine Mutter und meinen Vater,
in Dankbarkeit

DU glaubst vielleicht, ich bin nicht auf der Suche, und ER – Drella – glaubt vielleicht, ich bin nicht auf der Suche, aber ich bin auf der Suche. WER … wer von uns ist nicht auf der Suche nach Gott?

Ondine in: Andy Warhol, *a: Ein Roman*

SCHÖNE STADT.
2010

Meine Mutter besaß ein Buch, aus dem sie mir gerne vorlas, als ich klein war. Sie muss wohl irgendwo aufgeschnappt haben, dass es gut sein soll, sein Kind zu bilden. Auf diese Tatsache wird sie damals im Nebel vieler anderer Tatsachen gestoßen sein. Vielleicht hat sie ja sogar irgendwann eine Mutter mit ihrer Tochter auf einer Bank sitzen sehen, wie sie sich Seite für Seite durch ein Buch arbeiteten und die Mutter nur innehielt, um die Tochter auf die Stirn zu küssen. Bestimmt sahen die zwei dabei so aus, als hätten sie es besser als jeder andere Mensch auf der Welt. Von solchen Bildern ließ meine Mutter sich oft ergreifen und wurde sie dann nicht mehr los.

Ich glaube, sie hatte das Buch aus einem Museumsshop. Es hatte genau den Glanz, dieses unerschütterlich Nette und Ansprechende eines Museumsshops. Auf seinen Seiten waren verschiedene Bauernhoftiere abgebildet und ihre diversen Eigenschaften aufgelistet. Meine Mutter hatte wohl ein schlechtes Gewissen, weil sie mich in der Großstadt aufwachsen ließ, umgeben von Lärm und Kriminalität. Den überall hingeschmierten Graffiti, die von der Unzufriedenheit der Massen zeugten.

Der Bauernhof kam spät. Ich war längst zu groß für dieses Buch. Das begriff ich damals schon. Ich war in einem Alter, in dem mir allmählich auffiel, wie unkonventionell unser Leben war – unsere Familienverhältnisse, unsere trostlose, klapprige Wohnung, die Aura, die unser Trio umgab, das Diner, unsere dreckige und düstere Straße. Mein Vater war nicht da, und selbst wenn, behauptete meine Mutter, dann hätte er sich nicht fürs Lesen interessiert. Er sei nicht besonders klug gewesen. Peinlich war ihr das nicht, wozu mussten die Männer, mit denen sie ins Bett ging, auch klug sein? Das sei, befand meine Mutter, reine Eitelkeit. Sie hielt so einiges für Eitelkeit. Als ob man klug sein musste, um auf eine Buchseite zu zeigen. So lernte ich nie meinen Vater kennen und er nie dieses Buch, in dem Schafe eine existentielle Bedeutung annahmen. Auf mich wirkten sie immer unheimlich, wenn ich zusammen mit meiner Mutter auf dem Boden hockte. Irgendetwas ging da noch vonstatten hinter ihrer ruhigen, gutmütigen Possierlichkeit.

Wenn es schon spät war und meine Mutter getrunken hatte, wurde vieles, was sie sagte, unberechenbar. Oft zeigte sie dann auf eine Kuh und sagte: »Das ist ein Schaf.«

»Ein Schaf«, wiederholte ich.

Ich wusste, es war gefährlich, sie zu verbessern. Aber im Herzen wusste ich auch, dass es kein Schaf war. Ein Schaf hätte noch einen wolligen Glorienschein um den gezeichneten Körper gehabt. Das verunglimpfte Tier sah uns aus dem Buch entgegen, als wollte es sagen: Ich habe nichts falsch gemacht. Das ist eine meiner glücklichsten Erinnerungen. Die Anwesenheit und ungeteilte Aufmerksamkeit meiner Mutter waren besonders, unwiderstehlich. Ich glaube, das spürten alle in ihrer Gegenwart. Ich war so gerne ganz nah an ihrem weichen Gesicht, sah die sanften Falten auf ihrer Stirn, spürte ihren süßen Atem am Ohr, während sie mir Lügen einflüsterte. Stille, nichts – nur meine Mutter, die mit zittriger Hand umblätterte. Dann zeigte sie auf ein anderes Tier, einen Esel etwa, und sagte: »Das ist ein Schaf.«

»Ein Schaf«, wiederholte ich.

Ich machte alles mit. Bis ganz zum Schluss. Jedes Mal, wenn ich ins Seniorendorf meiner Mutter kam – sie sagten immer

Dorf dazu, als würden dort alle fröhlich auf dem Fahrrad über die Landstraßen kurven – und jemand von den Pflegekräften wissen wollte, worüber ich mich mit meiner Mutter unterhalten hätte, sagte ich schlicht: »Über Schafe.« Mit dieser Art von lauem, sinnentleertem Humor begegne ich inzwischen meinem Alltag. Da, wo ich jetzt seit dreißig Jahren lebe, muss man nicht geistreich sein. Solche Bedürfnisse kennen wir nicht. Es geht eher um Übereinstimmung. Ich habe genauso einen stinknormalen Tag wie ihr, meine Gedanken sind genauso genormt wie eure. Das Lachen hier ist keusch.

Mitte der Neunzigerjahre, als meine Mutter und ich noch nicht wieder miteinander redeten, war ich auf einmal ganz besessen von diesem Bauernhofbuch. Ich hatte ein paar persönliche Probleme, von denen ich, wie alle schwierigen Menschen, glaubte, sie seien direkt auf mein Verhältnis zu meiner Mutter zurückzuführen. War ich fürsorglich genug? War ich verantwortungsvoll? Auf beide Fragen lautete die Antwort Nein, und das lag ziemlich sicher daran, dass meine Mutter mir nicht genug vorgelesen hatte, als ich klein war. Dann fiel mir das Bauernhofbuch wieder ein. Seit Kurzem stand mir das Internet zur Verfügung, und ich machte mich auf die Suche nach Informationen. Schließlich schrieb ich eine Mail an den verantwortlichen Verlag. Ich hielt das für eine höchst gewinnbringende Handlung. Eine spirituelle Mission. Außerdem glaubte ich, es meiner Mutter schuldig zu sein. Damals arbeiteten sich alle erst langsam ins Mailschreiben ein. In den Zeitschriften, die ich abonniert hatte, standen Artikel dazu – wie man E-Mails verschickt, wie man sie empfängt, die richtige Etikette, so lernten wir, eine Sprache zu benutzen, die wir noch nicht beherrschten. Begrüßen, arschkriechen, verabschieden. Alles Liebe. Die Rechner standen noch dick und weiß im Vorzimmer, wo ihre Besitzer sie im Auge behalten konnten.

Mit der Tastatur kam ich instinktiv zurecht. Ich bilde mir ein, dass wir uns auf Anhieb erkannt haben.

Ich glaube, anfangs war der Verlag erschrocken, weil ich so viele Mails schickte – etwa alle fünf Minuten schoss eine neue aus mir heraus wie der kreischende, mechanische Vogel aus einer Kuckucksuhr. Eine neue Mail, eine neue Idee, eine neue Vision. Als Empfängerin musste ich mir zwangsläufig ein Mädchen von höchstens Anfang zwanzig denken. Ich sah sie an einem aufgeräumten Schreibtisch sitzen, sorgfältig frisiert, viel kultivierter als ich in dem Alter, mit einem gesunden, sommersprossigen Teint infolge einer Bildungsreise nach Europa, wobei der ganze Aufwand nur eine innere Unordnung überdeckte, eine finstere Ungeduld. Ihr erzählte ich, meine Mutter habe dieses Bauernhofbuch geliebt. Ich hätte keine Ahnung, wo sie es akquiriert habe. Das Wort »akquiriert« wählte ich ganz bewusst, um den Ton zu setzen. Akquiriert. In dieser neumodischen Sprache klang alles hohl. In meiner zweiten Mail erkundigte ich mich, wann das Bauernhofbuch denn erschienen und wer daran beteiligt gewesen sei. In der dritten führte ich aus, es sei ja schließlich nichts Merkwürdiges daran, ein Buch zu lieben. Die Urheber des Bauernhofbuchs – ob sie wohl noch lebten? – hätten ja nicht ahnen können, in welchen Bann sie das Herz meiner stolzen Mutter schlagen würden, als sie die Tiere in genau dieser spezifischen Gruppierung zusammenstellten, als sie sich diese Schafe mit ihren gutmütigen Mienen ausdachten und sie zu Papier brachten.

In jener Zeit, der Zeit meines Mailens, empfand ich die Leere meiner Wohnung wie einen Faustschlag. Ich hatte im Leben etliche lohnende Beziehungen geführt, inzwischen konnte ich mich aber nicht mehr so leicht verlieben wie früher. Was blieb stattdessen zu tun, wohin mit der ganzen Energie und Aufmerksamkeit? Sammeln, Kaufen. Meine Wohnung schien plötzlich Unmengen Zimmer zu haben, und ich hatte den Wunsch, sie alle zu füllen. Meine Besitztümer lächelten mir in frischer Kameradschaft entgegen. Während ich auf Antworten auf meine E-Mails wartete, sah ich mir Websites an, die dafür gemacht waren, mich, eine leicht verführbare Frau von Mitte vierzig, anzusprechen. Wahrscheinlich wusste ich einfach nicht, was ich mit meiner Zeit anfangen sollte. Das hatte ich nicht mehr richtig im Griff. Ich brauchte Möbel, die ich stundenlang im Zimmer herumschieben konnte. Ich brauchte die passenden Hosen und Blusen, um am Schreibtisch zu sitzen und zu tippen. Ich musste aussehen wie eine Tippse, das war unerlässlich: grau, gnadenlos und leicht zu vergessen. Eine Rolle, wie ich sie früher einmal so überzeugend gespielt hatte.

Diesem Projekt widmete ich mich etliche Wochen lang. Schätzungsweise habe ich mehr als zweihundert E-Mails verschickt, und fast alle enthielten unverlangte Informationen. Ich berichtete, dass meine Mutter in einem Diner gearbeitet habe, von unserer Wohnung aus ein Stück die Straße hinunter. In dieser Hinsicht habe sie ein eingeschränktes Leben geführt – wobei ihre Arbeit sie keineswegs bemitleidenswert mache. In einer besonders schwatzhaften Mail schilderte ich einen Tag aus dem Leben meiner Mutter. Ich ging tief ins Detail. Ich erzählte von ihrer unersättlichen Lust auf Kaffee. Sie holte sich immer schon unten im Laden einen, den sie dann auf dem Weg zur Arbeit trank. Im Diner brühte sie sich, ein klarer Vorteil ihrer Stelle, noch eine Kanne auf, die sie dann den Tag über leerte. Sie rauchte ununterbrochen. Einmal, erzählte ich, hatte ihr ein Ladendieb im Diner mit dem Taschenmesser eine Schnittwunde im Gesicht verpasst. Da war sie ganz aufgelöst gewesen. Ich kam dazu, als Mikey, der Mann, mit dem wir zusammenlebten, gerade dabei war, mit einem schmutzigen Geschirrtuch die Wunde zu reinigen. Wie so viele Menschen mochte auch sie ihre Arbeit nicht besonders und beklagte sich oft. Unappetitliche Typen, die sie anhusteten, sie betatschten. Manchmal griffen Männer über die Theke und packten sie an ihrem zarten Hals, und eine Woche später bediente sie diese Leute schon wieder, als wäre nichts gewesen. Das gelang ihr nur, wie sie mir und Mikey erklärte, weil sie ein größeres Verständnis für menschliche Schwächen besaß als der Durchschnitt. Ihre Kunden bezeichnete sie immer als ihre »armen Seelen«. Was noch? Das konnte ich nicht genau sagen, weil ich mir längst nicht mehr sicher war, ob meine Erinnerungen sich wirklich auf das Leben meiner Mutter oder auf das einer anderen Frau bezogen, einer Diner-Bedienung aus irgendeinem Film. So löchrig schien mir mein Kopf. Es gab so viele vertraute Bilder. Aber meine Mutter war ein reizbarer Mensch, die wenigen Dinge, die sie wirklich mochte, ließen sich also leicht eingrenzen. Sie mochte die unvergleichliche Abgeschiedenheit im Diner, nachdem sie abends abgesperrt hatte. Und sie mochte das Bauernhofbuch.

Ich stellte mir vor, wie das Mädchen diese E-Mails las – E-Mails, die von meinen Schuldgefühlen handelten, davon, wie ich mit meiner Mutter umgesprungen war, von den Brüchen in unserer Beziehung –, anschließend ihren Mantel überstreifte, im Dunkeln zur U-Bahn ging und über die vielen Dinge nachdachte, die es noch zu erledigen gab, ihre endlose Liste, Hunderte von Dingen. Wie meine Briefe, einer Fata Morgana gleich, verblassten. Vielleicht war sie ja noch neu hier, und die Stadt tat sich vor ihr auf wie ein Traum. All der Lärm, der Zauber fremder Menschen, die Hitze.

Geantwortet hat dann ein unverschämtes Miststück. Die glauben immer, durch ihre geschraubte Ausdrucksweise fällt ihr Charakter nicht weiter auf, aber das stimmt nicht. Man merkt es am schnippischen, arroganten Ton. Solche Leute wollen, dass man auf allen vieren vor ihnen kriecht, am liebsten durch den

Computer hindurch. Betteln soll man, das wollen sie. Ich tippte weiter. Ich stellte mir die Sitzung vor, die sie meinetwegen abhalten mussten, einer neuartigen Sorte Mensch, mit der sie nicht recht umzugehen wussten. Sicher, in der Vergangenheit hatten sie oft schräge Anrufe bekommen, von Leuten, die sie mit traurigen Einzelheiten aus ihrem Leben und vor Kummer bebender Stimme an der Strippe hielten. Solche Anrufe lassen sich leicht abtun, man kann die Augen verdrehen und der Kollegin damit signalisieren, dass der Mensch am anderen Ende der Leitung dumm wie Brot ist, man kann Grimassen schneiden, auflegen und sich entfernen. Aber wer wollte schon den Computer einschalten und über das Leben irgendeiner Verrückten lesen? Damals war ich noch in der Minderheit. Jetzt bin ich die Mehrheit.

Sie schrieben mir noch eine Mail, in der sie mir mitteilten, wenn ich nicht aufhörte, sähen sie sich gezwungen, rechtliche Schritte einzuleiten. Ich stellte mir vor, wie ein Richter meine Mails vor einem voll besetzten Saal verlas, ein schwindelerregendes Szenario. Wo sollte ich bloß einen Anwalt herkriegen? So jemanden kannte ich nicht. Es schien mir jedenfalls leicht übertrieben. Eigentlich hatte ich doch nur ein Exemplar des Bauernhofbuchs gewollt, um eine Versöhnung zwischen mir und meiner eitlen, selbstsüchtigen Mutter herbeizuführen. Peinlich war mir das alles damals keinen Moment. Manchmal überfällt mich heute ein Gefühl von Peinlichkeit, in kurzen, unerwarteten Anflügen, wenn mir klar wird, wie mein Leben inzwischen aussieht – die Talkshows, die in Dauerschleife bei mir laufen, die Unterwäsche, die ordinär aus meiner Hose lugt, wenn ich mich im Supermarkt nach einer Müslipackung strecke. Bla, bla, bla. Das ganze banale Zeug, das ich so von mir gebe. Ich sehe mir mein Gesicht von außen an. Es ist längst nicht mehr jung und aufrichtig. Eine gewisse Klassenlosigkeit liegt darin, die er wahrscheinlich amüsant fände. Nicht, dass mich noch interessieren würde, was er amüsant fände.

Das Pflegeheim meiner Mutter war nur eine kurze Autofahrt von mir weg. Ich fuhr fast jeden Nachmittag hin und verhielt mich, als täte ich es aus Pflichtgefühl. Es war ja auch meine Pflicht; ich empfand ihr gegenüber eine Verantwortung, die meinem Aberglauben und meinen Schuldgefühlen entsprang. Nachdem wir wieder zusammengefunden hatten und sie immer älter und hilfloser wurde, hatte ich sie in meine Nähe geholt. Bei meinen Besuchen zeigte meine Mutter sich unberechenbar und machte oft böse Bemerkungen. Die Pflegekräfte, die ich um ihr Können, ihre Geduld und ihre professionelle Distanz beneidete, lächelten mir dann ernst zu. Ich fand es lustig, wie sie ihr jedes Mal vorauseilend verziehen. Sie glaubten, sie sei mit dem Alter bissig und depressiv geworden. Wie sollten sie auch ahnen, dass sie immer schon so gewesen war.

Das Pflegeheim gehörte nicht zu den teuersten, es machte aber insgesamt einen sehr soliden Eindruck, und das gefiel mir. Es gab dort einen nimmermüden Priester, dessen Aufgabe es war, allen auf dem Sterbebett die Beichte abzunehmen, und im Speisesaal ein paar alte Nonnen, die sich Eis in den Mund schaufelten, als wäre es ihre letzte, mickrige Chance auf Genuss. Meine Mutter warf mir Geiz vor, dabei gab ich in Wirklichkeit mehr aus, als ich mir leisten konnte. Ich wollte, dass sie es in ihren letzten Lebensjahren behaglich hatte. Ihre Beschwerden hörte ich mir widerspruchslos an. Ich bemühte mich um einen neutralen Ton. Oft ging sie in den Aufenthaltsraum, um sich mit einem Grüppchen anderer Bewohnerinnen zu unterhalten, die sie »die Mädels« nannte und zu deren Anführerin sie sich ohne große Mühe aufgeschwungen hatte. Blitzschnell ging das mit ihrem Aufstieg. Teilweise wohl, weil sie aus New York kam, was ihr eine künstlerische Aura verlieh, die sie eigentlich nie besessen hatte, teilweise aber auch, weil meine Mutter seit jeher außergewöhnlich gut mit anderen Frauen konnte, die sie ebenso sehr bewunderten, wie sie sich vor ihr fürchteten.

Sie verbrachte viel Zeit auf ihrem Zimmer und sah sich die Amateurfilme an, die Mikey von ihr gemacht hatte. Zu diesem Zweck hatte sie extra einen Videorekorder verlangt. Sie, wie sie geisterhaft unsere Straße entlang zur Arbeit ging, sie im Diner, sie, wie sie, ihrem ganzen sagenhaften und offen zur Schau getragenen frühzeitigen Zynismus zum Trotz, immer noch daran glaubte, dass ihr Gutes widerfahren würde. Die Filme waren entstanden, als ich schon nicht mehr zu Hause wohnte, und irritierten mich, weil sie mir neue Informationen über ein Leben vermittelten, das ich in- und auswendig zu kennen glaubte. Ich wollte sie immer davon abhalten, diese Filme laufen zu lassen. Mir kam das irgendwie vor wie ein schrecklicher, kranker Akt. Ich konnte es nicht leiden, wenn sie so auf dem Bett lag, den zahnlosen Mund leicht geöffnet, den Blick auf den Bildschirm geheftet, und ihrem Gehirn mit einer Überdosis Nostalgie unermesslichen Schaden zufügte. Die Pflegekräfte versicherten ihr, sie sei wirklich sehr attraktiv gewesen. »Sexy«, wurden sie von ihr verbessert. Mikey hatte genau gewusst, wie er sie filmen musste. Für mich bestätigten diese Videos, dass meine Mutter ihre eigenen Geheimnisse hatte. Ich wusste, dass sie bei ihren männlichen Kunden eine hündische Ergebenheit kultiviert hatte, sich hin und wieder von ihnen zum Essen oder auf einen Drink einladen ließ, schnell wegschaute, sobald das Licht auf einen Ehering fiel, nachsichtig lächelte. Ich wusste, dass meine Mutter grundsätzlich bekam, was sie wollte. Aber ihr Geheimnis lag in ihr selbst, darin, wie sie sich präsentierte. Und das hatte nur Mikey einfangen können. Mikey, der immer auf sie wartete, der oft mit ihr trank, bis sie entweder total hinüber war oder Lust bekam, ihn anzufassen. Ich hasse ihn nicht dafür, halte ihn auch nicht für schlecht oder böse. Ich habe ihn deshalb nicht weniger lieb. Über die Jahrzehnte und die allgemeine Neubewertung männlichen Verhaltens hinweg fing ich an, ihn mit den Augen anderer zu sehen, wie er bei uns auf der Couch campierte und mit meiner Mutter schlief, wenn sie nicht mehr nüchtern war. Ich hätte deswegen gefälligst ordentlich empört zu sein, wurde mir erklärt, müsse ihn öffentlich denunzieren. Aber ich wusste ja, dass meine Mutter ihn genauso ausnutzte, vielleicht auf viel schlimmere Weise – seine Freundlichkeit und seine Naivität, dass sie ihn als Babysitter für mich missbrauchte, damit sie selbst tun und lassen konnte, wonach ihr war. Ich weiß wirklich nicht, wie mich das anstacheln und dazu bringen sollte, nach Rache zu gieren. Mich machte vor allem traurig, dass er die ganze Zeit gehofft hat, ihr besoffenes Gefummel ließe sich in Liebe überführen, während sie ihm jede echte Zuneigung vorenthielt.

Im letzten halben Jahr ihres Lebens fing sie an, Fragen zu stellen, die sie sonst nie gestellt hätte. Ich schob das auf die jüngeren Pflegekräfte, die, um im Angesicht des Todes Gleichmut zu beweisen, überall im Heim ihre Klatschzeitschriften herumliegen ließen. Die Titelseiten wurden von den üblichen Promis mit ihrem fügsamen, festbetonierten Strahlen besetzt, aber hintendrin standen lauter Geschichten über Frauen, die von sich aus die Initiative für Sex im Flugzeug, im Club oder in dem Büro ergriffen, in dem sie, man glaubt es kaum, die Chefin waren. Schilderungen von Gefahr, Lust, eindeutige Stellungen. Meine Mutter und ich hatten uns nie nahe genug gestanden, um über Sex zu reden. Ich war mit achtzehn ausgezogen, wir hatten also kaum Gelegenheit für Gespräche unter Erwachsenen gehabt. Für die damalige Zeit war dieser Auszug fast schon spät, wir folgten alle dem Beispiel unserer Freundinnen, taten, was auch sie taten. Jetzt war meine Mutter auf einmal hungrig, gierig: Ihr blieb nicht mehr viel Zeit, um mir meine Geheimnisse abzuluchsen. Einmal, am Sonntagmorgen, nach der Messe, die wir manchmal zusammen besuchten, fragte sie mich, ob ich jemals einen Orgasmus vorgetäuscht hätte. Sie saugte dabei an einem Strohhalm, der in einem Fläschchen billigem Orangensaft aus dem Supermarkt steckte.

»Wieso?«, fragte ich. »Ist das wichtig?«

»Frauen machen so was.«

»Ja.« Ich wischte die Spucke weg, die sich in ihrem Mundwinkel gesammelt hatte. »Klar.«

»Auch die, die gut verdienen?«

»Vor allem die, die gut verdienen.«

Sie rümpfte die Nase und legte den Strohhalm weg. Maß mich mit kaltem, entschlossenem Blick. »Warum?«

»Wahrscheinlich hat es was mit Freundlichsein und Gefallenwollen zu tun.«

»Aus Nettigkeit«, sagte sie voller Abscheu.

»Hast du denn nie?«

»Nein«, sagte sie. »So was ist doch kränkend. Ich habe das nie gemacht.«

Sie war sehr zufrieden mit sich. Ich hätte ihr gerne erklärt, warum es mitunter kränkender sein konnte, nicht vorzutäuschen, aber sie hatte das Gespräch und mich schon wieder hinter sich gelassen. Über wenige Wochen hinweg fragte sie mich auf eine Art nach meinem Sexleben aus, die ich gleichzeitig abscheulich und befreiend fand. Ob ich mal fremdgegangen sei? Ja. Wie ich es fände, einem Mann einen zu blasen? Bereichernd, aber nur, weil man sich die ganze Zeit der eigenen Großzügigkeit bewusst ist. Ob mir schon mal eine Affäre angetragen worden sei? Mehrmals, aber dann hatte mich der frotzelnde Ton der Mails und Nachrichten, mit denen die Affäre in Gang gebracht werden sollte, immer dermaßen abgestoßen, dass ich mir eingestehen musste, für so etwas nicht gemacht zu sein. In der Kleinstadt, in der wir wohnten, machte mich mein Ruf als exzentrische Traumtänzerin sogar besonders begehrt für solche Anträge, denn wenn ich ablehnte, trug das männliche Ego kaum Schaden davon. Diese Schlampe etc. pp. Als meine Mutter das hörte, lächelte sie wissend, als wäre das doch schon seit Jahrhunderten bekannt. Ob ich auch mal mit jemandem im Bett gewesen sei, der weniger verdiente als ich? Bei manchen dieser Fragen wusste ich wirklich nicht, wo sie herkamen. Durch die Zeitschriften hatte sie ein seichtes Interesse am finanziellen Aspekt der ganzen Transaktion entwickelt. Ich muss zugeben, ich fand diese Unterhaltungen seltsam inspirierend. Einmal wachte ich mitten in der Nacht auf und stellte fest, dass es mich bei dem Gedanken, wie wenig entgegenkommend meine Mutter gewesen war, vor Lachen schüttelte. Ich malte mir aus, wie sie vollkommen konsterniert eine ganze Parade von Männern beäugte, die vergeblich versuchten, sie zu befriedigen. Während sie es nicht mal über sich brachte, einen popeligen Orgasmus vorzutäuschen. Mir liefen die Tränen herunter. Ich konnte nicht fassen, dass sie allen Ernstes so miesepetrig gewesen war, so standhaft in ihrer Weigerung, anderen zu gefallen. Vielleicht hatte ich sie ja letztlich doch lieb.

Kurz nachdem ich aufgefordert worden war, die E-Mails an den Verlag einzustellen, und das Leben wieder seinen normalen Gang ging, fand ich ein Buch im Briefkasten. Natürlich war es das Bauernhofbuch. Anscheinend weiß die Welt immer instinktiv, wann man aufgeben will. Ein Anschreiben lag nicht bei. Ich weiß nicht, ob es mich besänftigen sollte oder als Gefälligkeit gedacht war. Ich stellte mir die junge Assistentin vor, diese Kopie meines jüngeren Ichs, wie sie das Buch aus dem Büro schmuggelte und das Porto tapfer selbst auslegte. So oder so rührte mich die Geste. Ich schickte das Buch meiner Mutter, und sie rief mich an. Seit Mikey tot war, hatten wir ein paar Mal telefoniert. Ihre Stimme in der Leitung, vertrautes Gift. Wir kamen beide nicht gut mit seinem Tod zurecht. Für mich war die Zeit seither wacklig geworden, unmöglich. Ich konnte keine Alltagskontakte pflegen, keine Filme mehr sehen, mich nicht auf die Nachrichten konzentrieren. Was in aller Welt redeten die da bloß? Damals waren wir ein Trost füreinander. Das war ein Weg für uns, Mikey am Leben zu erhalten. 1996, als ich ihr das Bauernhofbuch schickte, war sie seit über zehn Jahren trocken und dabei, ihren Platz im Leben neu zu finden. Die Vergangenheit hatte sie lange genug gequält. Sie freute sich auf die Zukunft. Ich konnte das verstehen. Ich besuchte sie in New York; wir verbrachten ein paar gute Stunden. Wir waren beide entspannter. Die Jahre hatten unser Temperament gedämpft. Ich konnte mich nicht mehr so in meinen Zorn hineinsteigern wie früher. Und seit sie nicht mehr trank, hatten viele ihrer Kommentare ihren Stachel verloren: Die Begabung zum Giften war ihr abhandengekommen. »Seit ich nicht mehr an meinen Kunden üben kann, bin ich auch nicht mehr so zänkisch«, sagte sie. Einmal, da war sie schon in ihr Seniorendorf gezogen, sah ich das Bauernhofbuch auf ihrem Nachttisch liegen. Sie hatte es mitgenommen. Als ich das kommentierte, entgegnete sie etwas Abfälliges. So war sie eben. Zu echter Grausamkeit war meine Mutter nie fähig gewesen. All das, was ich als Grausamkeit missdeutet hatte, war im Grunde nur Enttäuschung, Gefühlsüberschwang ohne Ventil, ein Verlangen nach menschlichem Kontakt, den sie nicht bekam. Damals wusste ich noch nicht, was echte Grausamkeit war. Das kam erst noch.

Am Abend bevor meine Mutter starb, saß ich mit ihr und den Mädels im Aufenthaltsraum vor dem Fernseher. Die Ansichten dieser Frauen waren überholt und gingen mir an die Nieren, aber ich mochte die kleinen Kuchen, die es zu den festgesetzten Fernsehzeiten gab. Die Mädels guckten am liebsten Quizshows. Meist gab es einen Wetttopf, um es spannender zu machen. Allerdings waren wir uns selten einig, welche Show die unterhaltsamste war. Dorothy, die Lieblingsgesellschaft meiner Mutter, konnte die Sendung nicht leiden, die von einer strengen Frau mit riesiger Frisur moderiert wurde, die aussah, als hätte sie in die Steckdose gegriffen. Die Bestimmtheit und der zügellose Ehrgeiz dieser Frau verstörten sie. Mir gefiel das. Ich mochte es immer schon, wenn Menschen ihr authentisches Ich zeigen, selbst wenn dieses Ich unfassbar hässlich ist.

»Hexe«, zischelte Dorothy.

»Recht hast du, Dorothy«, pflichtete ich ihr bei. Tendenziell pflichtete ich allem bei, was im Aufenthaltsraum geäußert wurde. Die Show, die wir an dem Abend schauten, wurde von einem Mann moderiert, dessen ganzes Erscheinungsbild von schäbigen Hinterzimmern sprach und der uns angrinste, als führte er gerade ein Wahnsinnskunststück vor. Er schwang auf einer Frequenz, die ich nie für möglich gehalten hätte, mit einem Dauerlächeln, als gäbe es nichts Abwegigeres als Traurigsein. Sein Gast des Abends, der Mann, der Geld gewinnen wollte, sprach mit leiser Stimme. Sein Blick vermittelte, dass diese Quizshow eine neue Erfahrung für ihn war. Er stand bei 16 000 Dollar.

»Ein hübsches Sümmchen«, sagte Dorothy.

»Das bringt man auch im Handumdrehen durch«, entgegnete meine Mutter, pragmatisch wie immer, und seufzte. »Vor allem, wenn man Familie hat.«

Die nächste Frage lautete: »Wer schoss auf den Künstler Andy Warhol?«

Ich schaute unverwandt auf den Bildschirm. Verzog keine Miene. Rund um die richtige Antwort tänzelten drei falsche. An der Reaktion des Kandidaten merkte ich, dass er keine Ahnung hatte. Heutzutage kann niemand mehr richtig zuhören, das ist das Problem. Alle tun immer so, als wären Quizshows ein Spiel des Wissens, und beglückwünschen sich zur eigenen Intelligenz, dabei geht es bei solchen Spielen eigentlich ums Zuhören. Die Antwort ist immer schon in der Frage des Moderators enthalten. Der Kandidat suchte vielsagenden Blickkontakt mit der Kamera. Seine ganze Vorbereitung schien ihm jetzt weit weg. Der Moderator wiederholte die Frage. Die Sprechblasen mit den Antworten blieben, wo sie waren. Der Mann bat um den 50/50-Joker. Zwei Antworten verschwanden.

»Jetzt hat er alle Joker aufgebraucht«, sagte Dorothy. »Ich habe Angst um ihn.«

»Valerie Solanas«, sagte ich, den Mund voller Kuchen.

»Wie bitte, Mae?«, fragte meine Mutter. »Sprich laut und deutlich.«

»Das ist die richtige Antwort. Valerie Solanas.«

Wir sahen weiter dem Mann auf dem Bildschirm zu. Er brummelte ein bisschen. Wackelte mit dem rechten Fuß. Blickte flehentlich ins Publikum. Verbarg vor Beschämung sein Gesicht. Er wählte die falsche Antwort, wie es sein Schicksal war. Ich sah die Enttäuschung in der Miene des Moderators: Nie waren seine Gäste so kaltschnäuzig wie er. Der Kandidat wurde hastig entfernt und ersetzt.

»Solanas«, sagte meine Mutter. »An die erinnere ich mich. Man sah sie öfter in der Stadt. Hatte ein paar gute Ideen, wie so viele unattraktive Frauen.«

»Ich gehe nach Hause.« Ich stand auf. »Es wird Zeit.«

»Aber du hast doch gewonnen.« Dorothy hielt mir den Topf hin. »Dein Geld.«

»Behalt es, Dorothy.« Ich tätschelte ihr liebevoll den Kopf.

Der Name hatte mich aufgerüttelt. Auf dem Weg nach draußen gab ich meiner Mutter einen Kuss auf die Wange. Sie war immer noch ganz auf den Fernseher konzentriert. Sonderlich aufmerksam war sie nie gewesen, ständig hauste sie im Keller ihrer eigenen Enttäuschungen und blickte kaum jemals auf. Ich wünschte, ich hätte etwas Denkwürdigeres getan, ein bisschen länger ihre Hand gehalten, ihr in die Augen geschaut. Aber nein, ein rasches Küsschen, schon zog ich weiter nach Hause. Streng genommen war sie keine schlechte Mutter. Am nächsten Morgen rief mich der Arzt an und teilte mir mit, dass sie in der Nacht gestorben war. Jetzt blieben mir nicht mal mehr ihre Beleidigungen. Als ich antwortete, erkannte ich meine Stimme nicht. Sie klang, als wäre sie jahrelang weggesperrt gewesen, als hätte man sie gerade erst aus ihrer Kiste geholt. Es bringe ja nichts, mir etwas vorzumachen, sagte der Arzt: Richtig leicht sei es nicht gewesen. Nein, pflichtete ich ihm bei, leicht war es nicht.

Der Pfarrer war freundlich und von einer spirituellen Gelassenheit, die mir auf die Nerven ging. Die Trauermesse fand in der Kirche neben dem Seniorendorf statt. Es kamen nicht viele. Ihre Freundinnen aus dem Heim saßen alle in der ersten Reihe, um sich als Haupthinterbliebene in Stellung zu bringen, als ob ihnen das jemand streitig gemacht hätte. Ein paar Bekannte von mir kamen, ein paar von den Pflegekräften, die immer über die schmutzigen Witzchen meiner Mutter gewiehert hatten. Sie hatten sie gemocht. Ich vergaß immer wieder, wie unfassbar anziehend sie gewesen war. Mir fiel es oft schwer, sie so zu sehen, wie andere sie sahen. Ich versuchte, mich ganz im Gebet zu verlieren, murmelte die eine oder andere sakrale Zeile vor mich hin, die ich noch im Kopf hatte. Gesichter aus dem Leben meiner Mutter tauchten vor mir auf und verschwanden wieder, dann löste sich ihr eigenes müdes Gesicht aus dem Dunst eines Gullygitters, ihr Rücken in seiner Kellnerinnenkluft, als sie eine vermüllte Straße entlangging. Meine Mutter hatte zahllose Menschen verpflegt und dabei immer kultiviert ausgesehen. Wo waren diese ganzen Leute jetzt? Alle hatten sie ihr erlaubt, ihnen Essen in die feuchten, nimmersatten Mäuler zu schaufeln, und sie dann einfach stehengelassen.

Hinterher wollte der Pfarrer mich dazu bringen, mich ihm zu öffnen, und sagte, ich könne ihn alles fragen. Alles, was mit Religion zu tun habe, ergänzte er hastig. Eine Fortführung der Quizshow.

»Glauben Sie, sie ist jetzt im Himmel?«, fragte ich.

Er räusperte sich. »Ja.«

Ich lachte. »Was sind Sie für ein heilloser Lügner, Hochwürden.«

Ich fuhr zurück nach Hause. In der Einfahrt blieb ich sitzen, ohne den Gurt zu lösen, und genoss die Stille. Ich fasste an mein kaltes, nasses Gesicht. Am nächsten Tag ging ich wieder hin, um die Sachen meiner Mutter zu holen, und fand die Pflegekräfte dabei, wie sie eins von Mikeys Videos schauten. Jemand weinte. Warum konnte ich sie nicht so sehen wie andere auch? Sie wirkten besorgt, dass ich verärgert sein könnte, weil sie an das Andenken meiner Mutter rührten. Aber das war ich nicht. Was gab es Schöneres, als von jemandem gefilmt zu werden, der einen liebt? Spielen Sie's ruhig weiter, sagte ich. Spielen Sie's weiter, bis zum Schluss.

EINE HOCHELEGANTE JUNGE FRAU. 1966

Mit siebzehn fuhr ich nach der Schule in den Warenhäusern Rolltreppe. Bei Macy's, bei Bloomingdale's, lauter Orte, an denen mich nie jemand finden oder auch nur suchen würde. Meine Mutter war arbeiten, und nach der Arbeit hatte sie ihre privaten Dienstschluss-Abenteuer, ich musste mich also irgendwie beschäftigen. Wenn sie zu Hause war, stritten wir sowieso nur. Geschrei, Tobsuchtsanfälle. Wir lebten in einer kleinen Wohnung über einem Waschsalon. Da war nicht viel Platz für uns drei. Ich hatte mitbekommen, dass ein paar Mädchen aus der Schule unsere Straße dreckig und gefährlich nannten. Na und? Mir war das egal, und ihr Leben war ja kaum besser. Ich hielt auch nicht mehr viel davon, allein mit Mikey in der Wohnung zu bleiben. Ich verbrachte zwar weiterhin gerne Zeit mit ihm, mochte seine ungehemmte Begeisterung, aber ich war es leid, dass er immer versuchte, sich vor mir als Autoritätsperson aufzuspielen. Eigentlich stellte ich nie etwas Schlimmes an, aber man musste mich wohl im Auge behalten: mit meiner ruhelosen Energie, den sporadischen, tief verletzenden Beleidigungen. Oft war ich kläglich nah dran, zu Mikey zu sagen: »Du bist nicht mein Vater.« Das stimmte, er war nicht mein Vater, aber so ein Mensch wollte ich nicht sein – verklemmt und mit einem Familienbild wie direkt aus der Fernsehwerbung. Damals galt es, auf alles cool zu reagieren. Ich hatte mir eine Liste gemacht, wie ich sein wollte, ein ganzer Einkaufswagen voll Eigenschaften. Mein einziges Problem war, dass Mikey die Vaterrolle so schlecht spielte, er krittelte ständig, hatte mich die ganze Zeit im Blick. Ich wusste, dass diese Auftritte auch ihm enorm viel abverlangten. Warum tat er uns das beiden an? Also mied ich ihn und fuhr stattdessen Rolltreppe, mit rituellem Eifer. Freundinnen hatte ich zu der Zeit keine mehr. Jedes Mal, wenn ich etwas sagte, maßen mich meine Mitschülerinnen und Mitschüler mit höhnischen Blicken. Sie wussten, wie erbärmlich ich war, aber in Wahrheit wusste ich eben auch, wie erbärmlich sie selber waren.

Das Schuljahr hatte schlecht angefangen. Ich hatte nur eine Freundin, Maud, die ich von klein auf kannte. Wir wohnten nicht weit voneinander weg und hatten uns über unsere ähnlichen Namen angenähert: Maud und Mae. Damals schien das Alphabet noch wie eine gute Grundlage für dauerhafte Freundschaft. Nach dieser langen gemeinsamen Zeit war es unvorstellbar, dass Maud sich jemals von mir weglotsen lassen würde, obwohl ich sie gar nicht mehr besonders mochte, keine Zuneigung oder Verbundenheit mehr empfand. Schule war öde. Die Jungs waren distanziert und unerreichbar, und die anderen Mädchen wurden auf eine Weise erwachsen, die ich so langweilig wie abstoßend fand. Sie standen dekorativ auf der Schultoilette herum und schauten in den Spiegel, die reglosen Gesichter zugekleistert mit der Schminke, die sie ihren Müttern geklaut hatten. Wir waren siebzehn. Ich merkte, wie klein und adrett sie sich bereits machten, wie sie ihren inneren Kreislauf neu verschalteten, ihr Leben zurückfuhren. Mir erschien diese Angewohnheit, plötzlich mit klarer, ausdrucksloser Miene auf das eigene Spiegelbild zu starren, wie eine Krankheit. Ich galt weder als atemberaubend noch als besonders intelligent. Ich wollte keine Rolle gegen eine andere eintauschen, schacherte nicht, wie Frauen das so tun, empfand auch keinen gewaltigen Hass auf das Blatt, das mir zugeteilt worden war. Ich wusste längst, dass weibliche Aufmerksamkeit und weiblicher Neid tödlich sein können.

Zu Beginn jedes neuen Schuljahrs gab es eine Tanzaufführung. Das sollte die allgemeine Moral fördern, denn die meisten von uns kamen aus verarmten Familien ohne jede Hoffnung. Viele Mädchen zeigten bereits die ausgelaugte Blässe der Schlaflosen, manche hatten zu Hause schon die Rolle der seit langem abwesenden Mutter übernommen. Ich war allein mit meiner Abneigung gegen die Tanzaufführung – ich fand sie frömmlerisch, und die Lehrer wirkten alle viel zu begeistert davon, als könnten sie uns für die schrecklichen Zustände zu Hause entschädigen, indem sie uns auf der Bühne herumhüpfen ließen. Die Jungs schauten einfach nur zu. Maud – damals war ihr noch daran gelegen, mich zu retten – erklärte mir, ich wisse einfach nicht, wie man Spaß hätte. Ich entgegnete, sie sei unfähig, originelle Gedanken zu entwickeln. Die Tanzaufführung war das einzig Spannende, was wir erlebten. Diesen September traten gleich mehrere der Mädchen, die begabt waren und deren Begabung und Gelenkigkeit mit ebenso viel Bewunderung wie Verachtung besprochen wurde, auf die kleine Holzbühne und bewegten sich synchron zu »Reach Out I'll Be There« von den Four Tops. Sie gaben das Thema als religiöses aus, erblickten Gott und wurden von ihm zurückgeliebt. Wir sahen, wie ihre schwarzen Gymnastikröckchen, genau wie unsere und doch verwandelt, flogen und wirbelten, während sie sich im Kreis drehten. Das Publikum bewegte sich als ein Ganzes, vereint in der Musik und gänzlich überzeugt von der Kraft heilender Liebe und Fürsorge. Es war, als fänden zwei Aufführungen parallel statt, so wie ich manchmal das Gefühl hatte, dass in mir zwei Herzen schlugen. Als ein Mädchen mit roten Locken, das ich nur flüchtig vom Sehen kannte, zusammenbrach, war ich erleichtert. Die zierliche Gestalt krachte auf den Bühnenboden und zitterte wie wild, ohne jeden Rhythmus. Möglich, dass sie auch Schaum vor dem Mund hatte. Viel von dem, was geschah, ging in der allgemeinen Hektik unter. Später sah ich das Mädchen noch einmal durch den Zerrspiegel der Glastür vor dem Büro der Schulleitung, wie es mit einem Taschentuch sein Nasenbluten stillte. Ich erzählte Maud im Vertrauen, ich hätte den Anfall aufregend gefunden, mich gefreut, dass die Aufführung vorzeitig endete. Sie sei so abgeschmackt und unkünstlerisch gewesen. Maud erzählte es den anderen Mädchen. Wir waren in einem Alter, in dem wir Vertraulichkeiten feilboten, in der Hoffnung, dafür auf irgendeine schwammige Art belohnt zu werden. Es ging blitzschnell. Ich wurde umgehend geächtet.

Ich hatte mich nie als Spinnerin gesehen, aber nachdem ich zu einer erklärt worden war, dachte ich mir, konnte ich mich auch darauf einlassen. Anfangs war ich noch aufgewühlt über meinen Fehler, als hätte ich mich mit einer achtlosen Bemerkung zum ewigen Alleinsein verdammt. Mir war klar, dass an vielen meiner Sehnsüchte etwas falsch war, dass sie irgendwie erschreckend und bemitleidenswert waren und auf keinen Fall laut geäußert werden durften, damit so etwas wie das mit Maud nicht wieder vorkam. Dann fing ich an, das Ganze anders zu betrachten. Das war doch genau die Freiheit, die ich brauchte, um mich neu zu erfinden. Maud wusste zu viel über mich: dass meine Mutter trank, dass Mikey sich so exzentrisch verhielt. Mit Maud hatte ich nicht wachsen können. Ich suchte Orte auf, an denen ich andere Sonderlinge vermutete: Cafés, Kinos, Museen, die keinen Eintritt verlangten. Viel Glück hatte ich nicht. An den Nachmittagen scharten sich Familien um die Gemälde. Ich hatte es immer für unmöglich gehalten, in eine solche Familie hineingeboren zu werden, aber siehe da, anderen Mädchen war genau das passiert. Ich sah sie täglich. Ich mochte die Stille dort. Oft saß ich alleine auf einer Bank, ließ die Beine baumeln und reckte das Kinn hinauf zur Kunst. So konnte ich eine ganze Zeit lang sitzen. Ich wartete auf ein wirklich tiefgreifendes Erlebnis. Stattdessen träumte ich nur davon, eines Tages eine Galerie zu betreten und ein teures Gemälde zu kaufen. Ein handelsüblicher Tagtraum. Vielleicht war meine Mutter ja gar nicht meine Mutter, im Krankenhaus war ein Fehler passiert, und der Bundesstaat New York würde mich irgendwann dafür entschädigen. Ich könnte ein reiches Waisenkind werden. So etwas kam vor, ich hatte schon davon gehört, und genau so ein Wunder brauchte ich.

Die Idee mit den Rolltreppen kam wie aus dem Nichts. Eines Nachmittags war ich einfach in ein Warenhaus gegangen und fand das unerwartet aufregend. Weil meine Mutter so wenig verdiente und Mikey alles hasste, was hübsch, falsch oder oberflächlich war, hatte ich einen solchen Ort kaum je betreten. Beim ersten Ausflug kam ich mir noch vor wie ein unerwünschter Klumpen in zivilisierter Umgebung, aber das änderte sich. Mir fiel auf, wie gelöst die Frauen hier aussahen, dass sie sich im Warenhaus anscheinend wohler fühlten als draußen auf der Straße. Ich mochte den Blick von der obersten Rolltreppe, der das ganze Gebäude in mehrere Stücke teilte. Mit zärtlichen Gefühlen schaute ich auf die Menge, die sich da unten drängte, Geld ausgab, Cocktailkleider kaufte, ihren Geschmack ergründete, dem Tod trotzte. In dieser Woche strich ich mir jeden Tag auf der Toilette das T-Shirt glatt, kämmte mir die Haare und trat dann auf die Rolltreppe. Im Dahingleiten hatte ich das Gefühl, viel konsumierbarer für die Öffentlichkeit zu sein als in der Schule. Die Erwachsenenatmosphäre kam mir entgegen. Ich wollte von Männern bemerkt werden, und ich wollte, dass etwas passierte, etwas Umwerfendes und gänzlich Unwahrscheinliches. Mein Blick begegnete dem von Männern im Anzug, die in die Gegenrichtung fuhren. Wir tauschten uns wortlos aus. Ich habe dunkle Sehnsüchte, die nie befriedigt werden können, sagten sie. Ich auch, erwiderte ich, ohne einen Ton zu sagen.

Ich hätte es niemals zugegeben, aber es gefiel mir, meine Routine zu haben, während meine Mutter die ihre hatte. Ich wusste, während ich Rolltreppe fuhr, deckte sie resolut die Tische ein, faltete Servietten, bewegte sich genauso zielsicher und mechanisch wie ich. Und beide vibrierten wir vor verborgener Energie.

Ich probierte Handschuhe an. Die Verkäuferin zeigte sie mir ohne weitere Fragen, nachdem ich ihr erklärt hatte, mein Vater werde sicher bald hier sein. »Die perfekten Hände«, sagte sie und hielt sie ins Licht. Der routinierte Spruch einer Verkäuferin. So blöd war ich nicht, mir einreden zu lassen, ich hätte perfekte Hände. Die Handschuhe waren weich wie junge Kätzchen. Als mein Vater nicht auftauchte, warf mir die Verkäuferin einen kaum merklichen, aber schrecklichen Blick voller Traurigkeit zu.

»Wollen Sie vielleicht noch ein bisschen warten?«, fragte sie. »Lange dauert es sicher nicht mehr.«

»Doch«, sagte ich. »Es dauert schon mindestens sechzehn Jahre.«

Ich klaute einen Lippenstift. Es hätte mich interessiert, wie das Kaufhaus gegen mich vorgehen würde, falls ich erwischt wurde, wie es die Zähne fletschte. Aber ich wurde nicht erwischt.

Die Rolltreppen bei Macy's am Harold Square waren hölzern und eng und vermittelten einem ständig das Gefühl, dass die Katastrophe kurz bevorstand. Im Lauf weniger Wochen im Oktober wurden sie zu meinen Lieblingen. Ich mochte das Stufenweise dieser Fortbewegungsart, die Gesprächsfetzen, die ich auf meinem knarzenden Weg nach oben mitbekam. So fühlte ich mich weniger alleine. Etliche Wochen nachdem ich damit angefangen hatte und einige Zeit nachdem mir der Grund, aus dem ich es machte, zu großen Teilen aufgegangen war, traf ich einen Mann, der in die Gegenrichtung abwärtsfuhr. Äußerlich hatte er nichts Bedrohliches, nichts Verdorbenes an sich, aber als er an mir vorbeifuhr, drückte er meine Hand. Ein fester Griff. Eine herzliche Geste, obwohl der Kontakt nur kurz war – seine Hand auf meiner unter den heißen Kaufhauslampen, die Begegnung unserer Finger auf dem Rolltreppengeländer.

Nachdem der Mann mich das erste Mal berührt hatte, kehrte ich Tag für Tag auf die Rolltreppen von Macy's zurück. Ich beschäftigte mich sehr viel länger mit meinem Äußeren und redete mir ein, dass es sich um eine wichtige Aufgabe handelte. Das Kaufhaus hatte mich eitel werden lassen. So viel Macht besaß es. Mein Gesicht im Spiegel war breit und trug eine wenig ansehnliche, dauerhaft verschreckte Miene, als stünde ich die ganze Zeit im Behandlungsraum einer Arztpraxis, halb ausgezogen und auf schlechte Nachrichten gefasst. Ich hatte ein paar Pickel an Wangen und Kinn, schwere Hüften und Beine, die sich kaum als wohlgeformt bezeichnen ließen. Mein auffälligstes Merkmal waren meine Augen, braun, groß und fordernd. Am ersten Morgen, an dem ich mich für ihn herausputzte, drehte ich mir Lockenwickler in die Haare, aber das Ergebnis gefiel mir nicht. Es sah zu aufgetakelt aus, und ich wollte entspannt und hip wirken. Wütend kämmte ich die Locken mit den Fingern wieder aus. Ich untersuchte genauestens meine Poren und kleisterte sie mit Puder zu. Trug den neuen Lippenstift auf und machte einen Schmollmund. Tanzte herum. Jeden Morgen verbrachte ich beschämend viel Zeit vor dem Spiegel, für einen Mann, den ich bloß eine Sekunde lang gesehen hatte. Weil ich nicht die richtigen Kleider hatte, musste ich an meinem Gesicht arbeiten. Ich war nicht wie manche Mädchen aus der Schule, deren Aufmachung ganz darauf ausgelegt war, Erwachsenenwissen zu vermitteln. Mein Gesicht war mein einziges Werkzeug, und ich musste lernen, davon Gebrauch zu machen. Ich verzog es auf alle möglichen Arten, um zu sehen, wie es in Bewegung wirkte, ob es vielleicht riskante Varianten gab. Ich wusste bereits, dass Männer immer eine Variation ihrer Fantasien erwarten, es war also wichtig, auf alle Perspektiven zu achten. Ich öffnete den Mund, schloss ihn wieder, klimperte mit den Wimpern, starrte mich an, das Werk, das ich erschaffen hatte. Auf einmal verstand ich die Mädchen aus der Schule. In unserem Bad roch es nach Schimmel und Feuchtigkeit, aber es war der einzige Ort, an dem ich an meiner Schöpfung arbeiten konnte. Wäre Mikey hereingekommen, er hätte mich wohl für verrückt erklärt, und womöglich war ich das auch.

Eine ganze Woche lang ging ich ins Macy's, ohne ihn zu sehen. Sieben Tage wartete ich, sieben Tage hinauf und hinab mit den wackligen Rolltreppen, sieben Tage Ausharren vor den Drehtüren am Haupteingang, sieben Tage Herumstehen. Aber es lohnte sich. Es war genau wie das Mal zuvor – ich fuhr nach oben, er nach unten –, aber diesmal sagte er, als er die Hand auf meine legte: »Treffen wir uns draußen.« In dem Moment waberte Mauds Puritanermiene vor mein inneres Auge. Ich hatte schon ein paar Jungs geküsst, mir von ihnen unter die Wäsche fassen lassen. Ich hatte sie bremsen müssen, weil uns eingeschärft worden war, dass Jungs sich nicht selbst bremsen könnten. Oft hatte ich vor Maud damit geprahlt, dass sie bei mir außer Rand und Band gerieten. Jedes Mal, wenn ich das sagte, presste sie die Lippen zusammen und schaute gen Himmel. »Komisch«, entgegnete sie einmal, »eigentlich bist du nämlich ganz schön doof.« Im Grunde wusste ich ganz genau, was ich von diesem Mann wollte. Eine innere Veränderung, ein derart geheimes Wissen, dass mir keine äußere Bedrohung etwas anhaben konnte. Zu so etwas zog es mich schon immer. Als wir Macy's zusammen verließen, war ich darauf gefasst, dass ein Alarm losgehen würde, in sämtlichen Warenhäusern überall, Alarmglocken, die in der Strumpfabteilung schrillten, in der Wäscheabteilung, und alle Verkäuferinnen zusammenriefen, um mich zu retten. Alarmglocken in ganz New York. Aber alle Etagen blieben groß und hell, und die Menschen machten einfach weiter.

»Ich sah ganz schön albern aus«, sagte ich, als wir draußen auf der Straße standen, »wie ich da den ganzen Nachmittag auf der Rolltreppe rauf- und runtergefahren bin.«

»Das macht hungrig«, erwiderte er. »Du hast dir eine Gratismahlzeit verdient.«

Ich hatte mir einen BH von meiner Mutter genommen. Er war leicht und mit steifen, spitzen Rosenblüten verziert, die sich, wie ich befürchtete, vielleicht durch mein Oberteil drücken könnten. Es hatte mich ein bisschen schockiert, dass meine Mutter unter ihrer schlichten Kellnerinnenkluft so etwas Gewagtes, Intimes trug. Der Mann saß mir gegenüber und hatte die Hände auf dem Tisch gefaltet. Er war jünger, als ich gedacht hatte, Mitte zwanzig vielleicht. Sein Hemd war aufgebügelt, die Schuhe frisch geputzt, er wirkte schnöselig und verkrampft. Er hatte überhaupt nichts von einem Teenie-Schwarm, diesen jungen Männern, derentwegen sich Mädchen in meinem Alter immer so hoffnungslos blamierten, ununterbrochen von ihnen reden, als wäre es schon ein Genuss, ihren Namen auszusprechen. Für so ein Verhalten hatte ich kein Verständnis. Wozu sich nach jemandem verzehren, den man nie kennenlernen wird? Der Mann mir gegenüber sah aus wie ein Mensch, der viel grübelte. Ich konnte ihn mir gut in einem Büro vorstellen, reglos und abwesend an einem Schreibtisch, wo er versuchte, das Ausmaß seines Leids abzuwägen. Was ließ sich sonst noch über ihn sagen? Er trug eine Krawatte. Er war hier. Auch er schien über die Situation zu staunen, oder aber er heuchelte alle Anzeichen von Staunen, um meinem Ego zu schmeicheln. Das Restaurant unweit des Rockefeller Centers war extrem touristisch. Ich hegte sarkastische Gedanken über die plüschigen Sitznischen, die altmodische Klaviermusik, so beliebt bei Leuten dieser Sorte – Leuten, denen ich mit Geringschätzung begegnete, wie Mikey es mir beigebracht hatte. Der Mann war wohlhabend, aber auch ich besaß etwas, das er wollte. Die ganze Stadt hatte auf eine neue Frequenz geschaltet: jung, wild, offen für Experimente. Mädchen, die so aussahen wie ich oder an denen vielmehr ich mein Aussehen orientierte, standen hoch im Kurs. Alle waren ständig dabei, einander auf möglichen Nutzen hin abzuchecken. Aber es war mein erstes Mal alleine mit einem Mann, und obwohl mir das Schmalzige daran überaus bewusst war, schien doch alles mit Bedeutung aufgeladen: die Speisekarten, sein knitterfreies Hemd, die übergroßen Eiswürfel in unseren Wassergläsern, unsere Jacken, die auf der Sitzbank übereinanderlagen. Ich aß eine Erdnuss und ließ die Schale in meiner Serviette verschwinden.

»Bist du Geschäftsmann, Daniel?«, fragte ich.

»Mehr oder weniger«, antwortete er.

»Mein Onkel Mikey meint, alle Geschäftsleute sind Schweine. Bist du ein Schwein?«

Er lachte, und ich fühlte mich kilometerweit weg von mir, von unserem Bad, wo ich noch am Morgen meine Wimpern mit der Wimperntusche meiner Mutter bearbeitet, mir den Lippenstift von den Zähnen gewischt hatte. Kilometerweit weg von der Schule, wo ich alleine für mich saß und den anderen Mädchen zusah, als würde ich durch einen Spalt lugen, um etwas zu sehen, was ich nicht sehen durfte.

»Ich bin zu demselben Schluss gekommen wie dein Onkel«, sagte er.

Ich sah mich in dem Restaurant um, das groß und dunkel war, klirrende Gläser, leises, seriöses Stimmengewirr. Ich empfand Feindseligkeit den Reichen gegenüber, wollte aber auch in ihrer Nähe sein. Davor war ich nur einmal im Restaurant gewesen, damals, als Mikey meine Mutter und mich in ein Lokal geschleppt hatte, nachdem er darüber gelesen und es sich anschließend in den Kopf gesetzt hatte. Der Ausflug war ein Friedensangebot an meine Mutter und mich, sein Zugeständnis an einen konventionelleren Lebensstil. Offensichtlich glaubte er, dass Väter so etwas machten – ein Essen auswärts organisierten, als aufregendes Erlebnis. Als er dann zum Zahlen seine Rabattmarken zückte, sie eine nach der anderen abzählte, war das ein verkrampfter, merkwürdiger Augenblick. In der U-Bahn zurück nach Hause sprach meine Mutter kein Wort mit ihm, sah ihn nicht einmal an; mit der Verweigerung des Gesprächs bestrafte sie ihn für dieses Spektakel, wie sie es nannte.

Daniel war ganz besessen von den willkürlichen Details des Restaurants, er begutachtete die Servietten, drehte das Besteck in den Händen. Ich sah ihm verwundert zu. Er war noch jung, vielleicht hatte er gerade seine erste Stelle angetreten, und offensichtlich sorgte er sich darum, wofür man ihn sein Geld ausgeben sah. Ich fand ihn trotz allem anziehend. Er war viel eindrucksvoller als die Jungs, mit denen ich bisher zusammen gewesen war. Jetzt legte er einen Finger an den Rand seines Glases.

»Findest du, das sind die richtigen Gläser?«, fragte er.

»Es wird schon nichts Schlimmes passieren, wenn du mal aus dem falschen Glas trinkst«, sagte ich. »Daran stirbt man nicht. Außerdem habe ich Hunger, und du hast mich hierhergebracht.«

Er ließ den Finger auf dem Glas liegen. »Was möchtest du denn?«

»Einen Hamburger.«

Er bestellte für uns beide. Als das Essen kam, wussten weder er noch ich so richtig weiter. Wir aßen weitgehend schweigend. Ich biss in meinen Burger. Dann hielt ich ihm den Burger hin, und wir sahen beide zu, wie Ketchup heraustropfte.

»Die Mitte ist das Beste«, sagte ich. »Beiß mal ab.«

»Nein danke.« Er lächelte hilflos.

»Meine Mutter arbeitet im Diner, mit Hamburgern kenne ich mich aus.«

»Daran zweifle ich nicht.«

»Es ist immer gut, vom Besten zu probieren.«

»Also …« Er beugte sich vor. »Was würde dein Onkel Mikey denn sonst noch über mich sagen?«

»Er würde sagen, du bist ein Snob und die Stadt wird von Schwindlern wie dir förmlich überrannt, überall in den Nobelrestaurants werdet ihr einfach ausgesetzt. Wozu braucht man denn die richtige Scheißgabel? Ist ja wohl das Letzte.« Ich trank einen Schluck von meinem Wein. »So was in der Art würde er sagen.«

Daniel drückte den Finger in das Grübchen links von meinem Mund. »Niedlich«, sagte er. Als er sich wieder an das Lederpolster lehnte, spürte ich, wie sein Bein meines streifte. »Familien sind so verkorkst.« Die Teller waren bereits abgeräumt. Er hatte etwas von seiner Reserviertheit verloren.

»Dazu kann ich nicht viel sagen, mein Vater war nie da. Mit Eltern ist es wie mit Grübchen.« Ich drückte den Finger rechts an meinen Mund. »Schöner ist es, man hat zwei.«

Er schenkte mir ein neues Lächeln, das ich noch nicht zu sehen bekommen hatte. Auch er hatte wohl Gesichtsausdrücke vor dem Spiegel geübt. »Du kannst von Glück sagen, dass du deinen Vater nicht kennst. Ich habe dich gerade erst kennengelernt«, sagte er, »aber ich merke schon, dass du selbstständig denken kannst. Mit dir kann ich reden. Als mein Vater noch da war, meinte meine Mutter, ich müsste an meinem Zorn auf ihn arbeiten. Denn Zorn, findet sie, entstellt. Darum hat sie mich zu diesem Arzt geschickt, sie ist ganz verrückt nach dem Quacksalber. Ich war damals so in deinem Alter – wie alt bist du?«

»Siebzehn.«

»Ich war also siebzehn, und der Doktor – du hättest ihn mal sehen sollen, diesen verdammten Typen – stellt einen Stuhl vor mich hin, und ich sollte so tun, als wäre das mein Vater, ich sollte dem Stuhl alles sagen, was ich von ihm halte. Das sollte irgendwie kathartisch sein oder so ein Müll. Ich hatte immer eine Heidenangst vor den Terminen. Das Haus, wo das alles stattfand, lag in Midtown, der Doktor war damals noch nicht so angesagt. Seine Praxis wirkte wie ausgebombt. Du weißt schon, zugezogene Vorhänge und ständig alles verqualmt, ich konnte nie rausfinden, wo der Qualm herkam. Der Doktor hält sich für einen Philosophen, dabei stopft er bloß alte Damen mit Pillen voll. Hätte ich mir auch gefallen lassen, mit Drogen vollgepumpt zu werden. Aber ich bekam nur den Stuhl. In der Gruppe waren noch andere Leute. Bekloppt waren die, alle völlig durchgeknallt. Die ganze Zeit haben sie geschluchzt und geheult – und glaub bloß nicht, ich hätte nicht mitgeheult. Ich war ganz vorne mit dabei beim Heulen. Sie hatten ein schlimmes Leben gehabt, schlechte Entscheidungen getroffen. In dieser Praxis ist mir klar geworden, dass alle spinnen, man muss nur rausfinden, in welchem Ausmaß. Ob nur ein bisschen oder so richtig. Dort in der Praxis galt für alle so richtig. Ich weiß wirklich nicht, wo dieser Doktor seine Patienten herhatte. Mir war es jedenfalls nicht möglich, mir ihr Leben außerhalb der Praxis vorzustellen, ein Leben, in dem sie keine Stühle anbrüllten. Und dann musste ich zurück nach Hause, wo mein lieber alter Dad an seinem angestammten Platz saß. Wir führten das, was er immer eine gepflegte Unterhaltung nannte – wie geht's dir, gut, und dir, und ich tat, als hätte ich nicht den ganzen Nachmittag auf einen Stuhl eingebrüllt, über dem seine Jacke hing. Meine Mutter glaubt, der Doktor kann alles heilen, aber ich habe meinen Vater vor allem dafür gehasst, wie er mit ihr umgesprungen ist. Er hat sie ununterbrochen betrogen. Aber das fand er nicht weiter schlimm, weil er ihr ja immer davon erzählt hat. Als hätte er das nicht bloß gemacht, um seine Schuldgefühle loszuwerden.«

Ich sagte nichts, solange die Geschichte dauerte. Ich konnte kaum fassen, dass er seine Eltern so schnell schlechtredete. Und ich dachte mir, dass es wohl daran liegen musste, wie leicht man mit mir reden konnte, wie attraktiv ich war.

Er leerte sein Glas. »Dann ist er gestorben«, sagte er.

»Der Doktor?«

»Mein Vater.«

»Oh«, sagte ich und griff nach seiner Hand. Es war, als würden die Lampen im Restaurant nur uns anleuchten. »Das tut mir leid.« Ich streichelte ihm den Daumen. »Aber hast du dir schon mal überlegt, dass sie gar nicht deine richtigen Eltern sind? Vielleicht wurde im Krankenhaus ja ein Fehler gemacht. So etwas kommt vor, habe ich gehört.«

»Wollen wir gehen?«, fragte er, ohne meine Hand loszulassen.

Als wir das Restaurant verließen, kam uns die Straße entgegen wie ein Traum vom Erwachsensein – blinkende Neonschilder, offen zur Schau getragene Zärtlichkeiten zwischen eleganten, ganz ineinander versunkenen Paaren. Wir gingen in ernster Entschlossenheit, sprachen über die Schule, über Maud, über seine Mutter, bei der er immer noch wohnte. Ich machte keine Witze darüber. Er wirkte nicht, als wäre er dafür aufgeschlossen. Nein, er machte auf mich keinen sonderlich verspielten Eindruck. Es war kalt, und er legte mir den freien Arm um die Taille. Ich war erwählt. Ich bewegte mich vorwärts, als stünde ich immer noch auf der Rolltreppe. Auf der Treppe zur U-Bahn drehte er sich im Dunkeln zu mir und küsste mich auf die Stirn. Die Ernsthaftigkeit in seiner Miene gefiel mir, sie sprach von echter Leidenschaft. Als wir in die U-Bahn hinuntergingen, hatte ich das Gefühl, in graues, trübes Wasser zu steigen. Auf dem Bahnsteig blieben wir stehen, als täte sich ein spektakuläres Panorama vor uns auf. Wir waren ganz alleine in der Station.

In der Bahn wirkten die anderen Leute im Waggon klein im Vergleich zu uns, sie schrumpften immer mehr. Ich fasste an den Kragen seines Hemds, der anständig gestärkt war. Ich spielte an einem Knopf herum, und er lächelte auf mich herab. Anfangs redeten wir noch. Ich glaube, er sagte etwas in der Art, dass wir doch praktisch noch Kinder seien und was für ein unwahrscheinlicher Zufall. Dann küsste er mich auf die Lippen. Der Rest der Fahrt war dunkler, wortloser Nebel.

Im Aufzug seines Wohnhauses drückte ich auf den Knopf, um engagiert zu wirken und mich nützlich zu machen, wie ein Liftboy. Alles Teil der Darbietung. Ich wohne auch in so einem Haus, mit Aufzug und Portier, und ich bin entschlussfreudig, brauchbar, du wirst mich gerne um dich haben wollen. All meine Tricks, all der Aufwand – und für wen? Nicht für mich. Eher aus einem Pflichtgefühl heraus, als eine Art öffentliche Dienstleistung. Als ich in seine Wohnung trat, wurde mir schwach zumute. Fransige Lampen, Vasen voller Blumen, gerahmte Gemälde, Drucke, die mir von meinen Museumsbesuchen vertraut waren. Ländliche Szenen, Felder – lauter Sachen, die seiner Mutter gefielen und von ihr ausgesucht worden waren. Ich gab mir

Mühe, ernst zu bleiben, als ich die Figürchen auf dem Kaminsims befühlte. Eigentlich hätte man mich hier gar nicht hineinlassen dürfen. Man hätte mich niederringen müssen, ehe ich auch nur den Aufzug betrat. Er lud mich ein, auf einem hochoffiziellen Zweiersofa Platz zu nehmen, das mir sehr neu vorkam. Ich wurde das Bild nicht los, wie er mit seiner Mutter ein abgenutztes, älteres Sofa aus der Wohnung bugsierte, wie sie ihn herumkommandierte, ihm befahl, sich hierhin und dorthin zu drehen, obwohl das nicht ging, ihn schalt, weil er nicht kräftiger war. Bestimmt war seine Mutter eine Kratzbürste. Das Ganze erschien mir wie eine scheußlich intime Szene zwischen Mutter, Sohn und Sofa. Ich saß vollkommen still. Er legte einen Finger an die Lippen und deutete auf eine Tür, um mich zu warnen, dass dort seine Mutter schlief. Dann ging er in die Küche, Kaffee machen.

Während er fort war, machte ich es mir auf dem Sofa bequem. Ich zog die Armlehnen heraus. Hier saß sie dann wohl, redete mit ihrem Sohn, stellte Schecks aus, was auch immer. Es erforderte viel Disziplin, nicht an sie im Zimmer nebenan zu denken. Ich blätterte in einer Ausgabe des *National Geographic*. Auf der Seite, die ich aufschlug, war das Foto eines Volks, zwanzig Leute dicht beieinander, kauernd, ernst. Ich sah es mir an, bis er wiederkam.

Er stellte das Tablett ab, zeigte auf das Foto und fragte: »Würdest du gerne auf Reisen gehen?«

Ich zuckte zusammen. Die Frage war wirklich erschreckend banal. Es klang, als wäre er ein Idiot, kein Mensch, mit dem mich etwas Außergewöhnliches verband. »Nein«, berichtigte ich ihn. »Ich hätte gerne eine Familie von dieser Größe, eine Riesenfamilie, für die ich mich nützlich machen kann.«

»Inwiefern nützlich?«

»Keine Ahnung. Auf Nahrungssuche gehen?«

»Und wo würdest du die Nahrung suchen? Bei Macy's?« Er grinste. »Erzähl mal, Mae, warum fährst du Rolltreppe?«

»Weil mir die Aussicht gefällt. Ist es neu?«

»Was denn?«

»Das Sofa.« Ich strich mit der Handfläche darüber. »Hat deine Mutter es ausgesucht?«

»Du bist wirklich ein merkwürdiges Mädchen«, sagte er. Dann hielt er mir die Hand hin, und ich folgte ihm in sein Zimmer. Sekundenlang blieb ich in der Tür stehen und sortierte das Zimmer im Kopf um und um. Aber es waren keine Postkarten da, keine Fotos, nichts, woraus ich eine Geschichte ziehen konnte. Er küsste mich auf den Hals. Obwohl er mir nicht viel von seiner Arbeit erzählt hatte, wusste ich, dass es noch eine weitere Version von ihm gab, die Version, die morgen wieder am Schreibtisch sitzen, mit anderen Männern im Anzug Späßchen machen, Papier zerknüllen und über die Schreibtischreihen hinweg werfen, mit resoluter Hartnäckigkeit telefonieren würde. Seine ganze diffuse Zärtlichkeit wäre dann weg. Ich war ihre einzige Zeugin. Seine Schuhe fielen mir auf, die jetzt verlassen auf dem Boden lagen. Sie waren sauber und glänzten. Ich hielt das für ein gutes Zeichen – er würde auch beim Akt selbst penibel sein. Alle Vorstellungen, die ich hatte, stammten aus Filmen: zerwühlte Laken, die erotische Zigarette danach. Um lockerer zu werden, dachte ich an den höchsten Punkt auf der Rolltreppe im Macy's und die langsame, ruhige Fahrt nach unten.

Er berührte die steifen Blümchen an den Trägern meines BHs, und mir ging auf, dass sie bedürftig und falsch wirkten. Er zog sie rasch herunter. Ich war befangen wegen der Größe meiner Brüste, aber sie zu verstecken brachte auch nichts. Als ich nackt war, massierte er mir den kleinen, rundlichen Bauch, mit kreisenden Bewegungen, wie bei einem kranken Tier. Seine Miene war ekstatisch, und ich überlegte, wie verzerrt und böse sein Gesicht wohl gewirkt haben musste, während er den Stuhl anbrüllte. Als er auf mir lag, spürte ich sein Bemühen, mich zu begreifen. Eine Nähe entstand, mit der ich nicht gerechnet hatte. Er sagte alles Mögliche, was nur schlecht zu verstehen war, und ich antwortete mit einem leisen Stöhnen. Er war sanft, musste sich dafür aber merklich anstrengen. Das fand ich damals reizend. Seine Augen waren glasig vor lauter Konzentration. Ich glaube, ich hätte ihn in dem Moment alles mit mir machen lassen. Es tat weh, aber der Schmerz lag irgendwo außerhalb meiner selbst, unauffindbar.

Im Bad tropfte laut der Wasserhahn, jeder Tropfen landete mit einem entschiedenen Platsch. Ich hatte geblutet, und er bot an, die Bettwäsche zu wechseln. Ich durchstöberte die Kosmetik auf den Ablagen. Feuchtigkeitscreme gegen Falten, beruhigende Salben, straffende Körperlotion. Sie hatte alles und dazu noch ein komplettes Fach mit Pillen in Gelb, Rosa und Blau. Alle Packungen waren halb leer. Ich fand es aufschlussreich, wo die Schwachstellen seiner Mutter lagen. Als ich das Bad verließ, hatte ich das Gefühl, sie besser zu kennen als ihn.

Ich legte mich wieder hin, mit dem Rücken zu ihm. »Bist du morgen im Büro?«, fragte ich. »Was machst du da?«

»Eigentlich weiß ich gar nicht, was ich mache.« Er reckte die mageren Arme zur Decke. »Die ganze Zeit versuche ich, da reinzupassen, aber ich kriege es nicht hin.« Er beugte sich herüber und kitzelte mich am Ellbogen. »Falls du mal herausfinden solltest, was ich in diesem Büro mache, sagst du es mir dann?«

Ich drehte mich auf den Rücken und sah zur Decke hoch. »Ich frage Maud. Die weiß alles.«

»Danke.« Schweigend lagen wir da. Er fragte schläfrig: »Was war das noch für ein Lied? Wie hieß das Lied, zu dem das Mädchen den Anfall hatte?«

»›Reach Out I'll Be There‹ von den Four Tops.«

Er lachte herzhaft. Sein echtes Lachen, das ich zum ersten Mal an diesem Abend hörte. Es war, als hätte sich ein Verdächtiger bei einer polizeilichen Gegenüberstellung zur Seite gedreht, so dass ich ihn auf einmal identifizieren konnte. »Das ist ein Ding«, sagte er. »Das ist wirklich ein Ding, Mae.«

Ich gab keine Antwort. Alles, was wir davor an lockerer Vertrautheit geteilt hatten, schien jetzt nicht mehr möglich zu sein.

Kurz darauf schlief er ein.

Am nächsten Morgen merkte ich nicht, wie er ging. Ob er das absichtlich gemacht hatte, um mich zu verletzen, spielte keine Rolle. Er war weg. Meine Kleider lagen noch da, wo ich sie ausgezogen hatte. Ich stellte mich ans Fenster und sah ein kleines Mädchen über die Straße gehen. Die Stadt war bereits wach. Das Mädchen blickte zu mir hoch. Als es sah, dass ich nackt war, formte sein winziger, herrischer Mund ein kleines ›O‹. Die Ampeln blinkten bernsteinfarben. Langsam zog ich mich an. Ich war vorsichtig mit mir, so, als müsste ich mich von einer Operation erholen. Es störte mich nicht weiter, wie albern und alleine ich war. Ich fand es demütigend, wieder dieselben Kleider anzuziehen, aber niemand sonst würde diese Demütigung bemerken. Wenn ich erst in der U-Bahn saß, wäre ich wieder ohne jeden Ausdruck, vollkommen unauffällig.

Das Morgenlicht schmälerte die Schönheit der Wohnung. Alles an ihr rief Trauer und Mitleid in mir hervor, als wäre ich an einen für mich prägenden Ort aus ferner Vergangenheit zurückgekehrt. In der Küche hörte ich es klappern. Eine Frauenstimme rief mir zu: »Komm rein und iss was.« Sie klang gebieterisch. »Ich lasse niemand mit leerem Magen gehen.«

Auf dem Esstisch standen zwei Teller mit je einer halben Grapefruit und zwei Tassen Kaffee. Die Frau in der Küche wandte mir den Rücken zu. Sie drehte sich auch nicht um, als ich mich setzte. Eine kurze, unangenehme Unterhaltung mit einer sauertöpfischen Frau, mehr nicht. Was hatte ich sonst schon zu tun? In die U-Bahn steigen, in die Schule gehen, mich erniedrigt fühlen. Ich stach der Frucht in die Haut. Löffelte sie mir in den Mund. Als die Frau sich umdrehte, war sie hager und hatte hohe, furchteinflößende Brauen. Sie musterte mich aus kalten blauen Augen. Eine Frau, wie man sie in einem Schönheitssalon vermutet, wo sie über die sinnlosen Dinge plaudert, die sie zur Selbstheilung unternimmt. Schnatter, schnatter, schnatter. So verbrachte sie wohl ihre Tage. Ich hatte keine Angst. Sie setzte sich mir gegenüber, ließ ihre Grapefruit aber unberührt stehen. Stattdessen griff sie nach ihren Zigaretten und zündete sich eine an. Sie musterte mich, wie man vielleicht ein ausgebranntes Auto betrachtet, mit beiläufigem Interesse an der Katastrophe und der Frage im Hinterkopf, ob sie einen wohl auch selbst treffen könnte. Dann schlug sie eine Zeitschrift auf, die vor ihr auf dem Tisch lag. Zwei Fotos zeigten eine Frau, vorher und nachher, mit unterschiedlichen Frisuren. Sie feuchtete den Daumen an, überblätterte ein paar Werbeanzeigen.

»Lust auf einen Psychotest?«, fragte sie.

»Klar.«

Ihr Blick richtete sich auf die Seite. Sie aschte in die silberne Schüssel, die neben ihr stand. Ich meinte etwas in ihr wahrzunehmen: hartes, abgestumpftes Konkurrenzdenken, das sein Ventil in den geschrubbten Böden fand, in dem sorgsam zusammengestellten Tinnef, ihren gehässigen Kommentaren.

»Sind Sie zu gutgläubig?«, fragte sie.

»Ich weiß nicht. Kann schon sein.«

»Das ist die Überschrift des Tests, Kindchen. Die Fragen verraten dir, ob es stimmt oder nicht.« Sie lächelte, bewegte aber kaum die Lippen dabei. »Tun Sie oft Dinge, die Sie eigentlich gar nicht wollen, um anderen zu gefallen?«

»Vielleicht.«

»Die Möglichkeit gibt es nicht.« Sie wies mit ihrer Zigarette auf die Seite. »Zur Wahl stehen: manchmal, nie und immer.«

»Nie«, sagte ich.

»Nie?«

»Was habe ich denn gerade gesagt?« Ich sprach etwas lauter. »Ich sagte nie.«

Sie lächelte verhalten. »Dieser Test taugt nichts«, sagte sie unvermittelt und drückte ihre Zigarette aus. »Sonst waren es immer bessere, spannendere Tests. Ich kann doch unmöglich die Einzige sein, die findet, dass alles den Bach runtergeht.«

Ihre Hände zitterten, während sie weiter in der Zeitschrift blätterte. Ich betrachtete den goldenen Ehering an ihrem Finger. »Schöne Wohnung haben Sie«, sagte ich schließlich.

»Danke. Ich tue mein Bestes, sie sauber zu halten, aber leider hat mein Sohn eine Schwäche fürs Billige.«

Vor dem Fenster sah ich die Bettbezüge von letzter Nacht hängen. Schamlos weiß und sauber blähten sie sich im Wind. Sie musste früh aufgestanden sein und sie gewaschen haben. Das Bild verschwamm mir vor den Augen. Ich löffelte mir noch ein Stück Grapefruit in den Mund.

»Ihr Sofa.« Ich schluckte. »Ist das neu?«

»Ja.« Sie klappte die Zeitschrift zu und schob sie weg. Ich hatte den Eindruck, eine Person vor mir zu haben, der es nicht gut ging, und das schon seit langer Zeit. »Mein Sohn hat es mir geschenkt, weil er nach Vietnam geht.«

»Das muss schwer sein für Sie als Mutter.«

Ihre Lippen kräuselten sich. »Sehr schwer.«

»Aber wenn er weg ist, können Sie auf dem schönen Sofa sitzen und an ihn denken. Daran, wie tapfer er ist. Wann geht er denn da hin?« Klappernd ließ ich meinen Löffel fallen.

»Bald«, sagte sie. »Es kann jeden Tag so weit sein.«

»Sie lieben ihn bestimmt sehr.«

»Allerdings.«

»Ich hoffe nur, er kommt nicht um.«

»Für eine Mutter gibt es Schlimmeres.«

»Kann er sich denn nicht wegen seiner psychischen Probleme der Einberufung entziehen?«, fragte ich. »So ist mein Onkel da rausgekommen.«

»Mein Sohn hat keine psychischen Probleme. Wobei …« Sie stockte. »Er war schon sehr verstört, als sein Vater gegangen ist.«

»Gegangen?«

»Vor ein paar Jahren hat sein Vater uns verlassen und ist zu einer Frau nach Los Angeles gezogen. So eine Doppelhaushälfte mit mehreren Ebenen, du weißt schon. Geschmacklos. Mit Dienstmädchen und allem. Obszön.«

Ich spürte, wie mein Gesicht heiß wurde, wie die Tränen kamen. Ich konnte nichts tun, um sie aufzuhalten. Das Gespräch im Restaurant lief wieder vor mir ab. Ich hörte, wie dämlich ich mich verhalten hatte, wie vertrauensselig. Wahrscheinlich gab er sich bei jeder Frau, mit der er sich traf, anders. Was für ein Dummkopf ich gewesen war. Ich war weder bemerkenswert noch interessant; er hielt nur nach den sichtbaren Anzeichen von Armut Ausschau. Meine dreckigen Fingernägel, die dünnen Sohlen meiner Billigschuhe, meine großporige, unreine Haut. Keine, die man je wiedersehen würde. Er hatte das schon öfter gemacht: Wie Scheinwerfer suchten seine Augen Warenhäuser und U-Bahn-Stationen nach Mädchen ab, die sich leicht ausziehen ließen. Vielleicht sogar welche, die dankbar wären für eine Nacht in seiner Wohnung, einen Hauch von Luxus. Auf einmal hasste ich ihn so sehr, ich hasste seine Mutter, und die Stadt hasste ich auch. »Ihr Sohn ist ein richtiger Strolch«, schluchzte ich.

Sie stand abrupt auf und verschwand. Als sie wiederkam, gab sie mir ein Taschentuch und zwei Tabletten. Sie zog ihren Stuhl dicht an meinen heran und drückte mir das Taschentuch an die Augen. Eine sehr mütterliche Geste. Sie wischte mir die Tränen von den Wangen. »Mein Sohn ist ein Strolch«, sagte sie. »Glaub bloß nicht, dass ich das nicht wüsste.«

»Und er ist schlecht im Bett.« Ich heulte jetzt richtig.

»Bitte« – sie griff wieder zu ihren Zigaretten –, »lass es ruhig raus.« Sie zündete eine Zigarette an und gab sie an mich weiter. »Nimm die Tabletten mit etwas Wasser, das wird dich entspannen. Und wenn du morgen aufwachst, bist du wieder wie neu.«

»In letzter Zeit war alles so furchtbar.« Ich schluckte die Pillen. »Ich war so alleine. Diese Tanzvorführung … und ich hasse Maud!«

Sie nickte verständnisvoll. Ihr Blick ging zum Fenster. »Das habe ich dir angemerkt. Einsamkeit erkenne ich immer. Ich finde es übrigens auch schrecklich hier, in dieser Wohnung, falls dir das ein Trost ist. Alles kann zum Gefängnis werden. Wenn der Doktor nicht wäre, ich weiß nicht, was ich täte. Vielleicht würde ich aus dem Fenster springen.« Sie deutete auf das Fenster. »Als ich den Doktor kennenlernte, dachte ich mir gleich, da ist jemand, dem geht es wirklich um mich. Meinem Mann und meinem Sohn ging es nie um mich. Den ganzen Tag führe ich Selbstgespräche, und wenn mein Sohn dann nach Hause kommt, spreche ich nicht mit ihm, kein Wort, ist das nicht komisch?« Sie fing an zu lachen. »Bei dir spüre ich, dass du dich auch sehr eingesperrt fühlst, umgeben von Leuten, von denen du nicht bekommst, was du brauchst.«

»Maud«, hickste ich.

Sie griff nach ihrer Handtasche und zog eine Visitenkarte heraus. In goldenen Prägelettern stand eine Adresse darauf. Sie strich mir die Haare aus dem Gesicht. »Sag der Sprechstundenhilfe, Mrs. Ritter schickt dich. Es wäre ein Notfall.«

»Ein Notfall?«

»Ein Notfall.«

Sie nahm einen Zehn-Dollar-Schein aus ihrem Portemonnaie und steckte ihn mir in die Jackentasche. Er war genauso groß und fühlte sich genauso an wie die Geldscheine, die meine Mutter mir manchmal nach der Arbeit aushändigte. »Und wenn du dort bist, sag dem Doktor, er soll dir alles verschreiben, was du haben willst. Und mir die Rechnung schicken.«

»Warum?«

»Weil du die Vierte bist, die ich diesen Monat kennenlerne, und mir am besten gefällst«, sagte sie. Als ich schon an der Wohnungstür war, rief sie mir gut gelaunt nach: »Und übrigens, ich bin die Gutgläubige. Ich bin so verdammt gutgläubig.«

Draußen auf der Straße fühlte ich mich ruhig und leer, die Pillen fingen an zu wirken. Ich kaufte mir einen Donut mit Zuckerglasur und schlang ihn in großen Happen herunter. Der Himmel hatte sich zugezogen, die Sonne bildete einen dunklen Glorienschein hinter den Wolken. Im Bus fuhr ich die goldgeprägten Buchstaben auf der Visitenkarte nach. Der Himmel öffnete seine Schleusen, die Straßen wurden sauber gewaschen. Der kleine Bus trug mich durch die Ebenen der Stadt. Ich sah dem prasselnden Wasser vor dem Fenster zu. Autos mit schwarz verglasten Scheiben glitten an mir vorbei. Man konnte den ganzen Tag kreuz und quer durch diese Stadt gondeln, ohne auch nur das Geringste zu sehen.

SALAT. 2010

Auch jetzt fuhr ich noch gerne in die Stadt. Nach dem Tod meiner Mutter wurde das wieder leichter. Meine Wochenenden waren freier. Und die Abende ebenfalls, weil ich nicht mehr am Telefon hocken oder im Aufenthaltsraum herumsitzen musste. Ich fing wieder an, ins Kino zu gehen. Viele der Filme waren hohl und vorhersehbar. Ereignisse, von denen ich wusste, dass sie einmal real gewesen waren, die ich selbst durchlebt hatte, waren jetzt im Multiplex erhältlich. Ich rechnete ständig damit, Shelley in einer der Hauptrollen zu sehen. Jede blonde Frau war sie, aus der Vergangenheit in die Zukunft gebeamt.

Ich nahm mir immer ein Hotelzimmer – samt Miniseifen, die ich dann in der Reisetasche zurück in mein Alltagsleben trug – in einem mir unbekannten Stadtviertel. Natürlich kannte ich inzwischen eigentlich kein Stadtviertel mehr richtig. Aber ich ärgerte mich nicht über die große Gleichmachung, die Kommerzialisierung, die unerfindlichen Scheußlichkeiten über lange Strecken hinweg. Mir tat es nicht leid um die Stadt, in der ich aufgewachsen war, und ich war auch in keiner Weise auf dem Nostalgietrip. Solche Sentimentalitäten hielt ich mir vom Leib, indem ich nur die gesichtslosesten Orte aufsuchte – Caféketten, Hotels mit exakt identischen großen, gläsernen Duschkabinen, dieser trägen Andeutung von Luxus. Abends, wenn ich den ganzen Tag gelaufen war, kehrte ich in mein Zimmer zurück und wusch mich mit der kleinen, rechteckigen Seife gründlich am ganzen Körper. Manche Lebensbereiche blieben mir jetzt offenbar versperrt: Die Leute geizten mehr mit Gesprächen, ich verbrachte weniger Zeit vor dem Spiegel, es gab weniger Telefonnummern, die ich wählen konnte, und noch viel weniger Menschen, die auch rangingen. Ich huschte immer noch rattenhaft durch die Straßen, als könnte mich irgendwer erkennen. Aber wer schon? Ich war eine ältere Frau, und alle anderen waren jung und reich. Die jungen Leute gaben sich komplett ihrem eigenen Leben hin, lauschten nur auf die winzigen Verschiebungen in der eigenen Persönlichkeit. Ich besah mir die Studierenden in den Cafés, wie sie vor ihren Laptops hockten, stirnrunzelnd auf die Tasten einklopften. Es war großartig, sie arbeiten zu sehen. Ich hatte nicht studiert. Hatte auch keinen Highschool-Abschluss. Ich überlegte, einen Erstickungsanfall vorzutäuschen, damit mir jemand von ihnen zu Hilfe käme, aber ich wusste, das wäre zu viel verlangt. Ich hatte nicht das Recht, Ansprüche an sie zu stellen. Sie wirkten so beschäftigt. Es gab auch Straßen, die ich notgedrungen mied. Trotz der enormen Veränderungen, die sie durchlaufen hatten, verströmten sie immer noch Unheil.

Meistens ging ich bei meinen Besuchen ins Museum und betrachtete finster die Kunstwerke, als würden sie mich alle schwer enttäuschen. Insgeheim wollte ich, dass jemand meine missbilligenden Blicke registrierte, begriff, dass ich mich auskannte, und eine Diskussion anzettelte. Es war nur logisch, dass ich mir ausschließlich solche Begegnungen vorstellen konnte – zeitlich begrenzt, mit einer fremden Person, die mir alles Gute wünschen und mich dann wieder ziehen lassen würde. Meine letzte Beziehung war schon vor Monaten zu Ende gegangen, und seither suchte ich Trost bei einer Fernsehserie, in der sich eine Single-Frau durch ganz New York datet. Es war hirnloser Schund, aber mir gefiel das Element der Wiederholung in jeder Folge. Dass die Frau immer den Männern, die nicht nett genug, oder auch denen, die zu nett waren, die Wohnungstür vor der

Nase zuschlug, dass sie überhaupt so eine reichhaltige Auswahl hatte. Ihre Wohnungstür war zum vertrauten Pfeiler meines Lebens geworden. Die Serie wollte anspruchsvoll sein, aber ich fand sie sonderbar und beängstigend. Wenn diese Leute so ein großartiges Leben hatten, warum sahen sie dann alle so verhärmt und unglücklich aus? Der Mann, mit dem ich zuletzt zusammen gewesen war, hatte mich schlecht behandelt, aber das gefiel mir eigentlich ganz gut, ich fühlte mich dadurch lebendig. Ich redete gerne mit ihm, trotz allem, was diese Gespräche sonst noch begleitete. Gute Gespräche können einen persönlich eine Menge kosten. Ich stellte mir vor, wie ich einer Freundin, so einer, wie sie in der Serie vorkamen, erklärte, die Liebe sei mitunter »ganz schön glitschiges Gelände«. Meine Mutter hatte den Mann nicht gemocht, nicht, dass ich je etwas auf ihren Geschmack gegeben hätte. Sie war stolz darauf, dass ich nie geheiratet hatte, genau wie sie. Sie behauptete immer, wir zwei hätten »uns eben nie einfach hingelegt und es über uns ergehen lassen«, so, als wären unser Chaos und unser generelles Pech feministische Großtaten. Zu viele der aktuellen Kunstwerke erinnerten mich an ihn. Paare streiften durch die Museumsgänge, noch in den seligen, unkomplizierten Anfängen der Liebe, einer Phase, zu der mir vor allem Flüssigkeitsmangel und Tourismus einfielen.

Trotzdem war Kunst immer noch etwas, was ich mit Stolz zu meinen Interessen zählte. Irgendjemand hatte mir mal erzählt, die meisten Frauen aus einer gewissen Schicht fingen dann an, sich für Kunst zu interessieren, wenn ihre Schönheit allmählich schwand. Seidenschals, schmeichelhaftes Licht in den Ausstellungsräumen, Konsumdenken gepaart mit Geschmack. Die Leute sagen alles Mögliche, wie banal es auch sein mag, solange sie bloß als geistreich wahrgenommen werden. Bei allem Einsatz wusste ich aber immer noch nicht, wie ich mich an so einem

Ort zu verhalten hatte, ob die Kunstwerke aufwühlend oder beruhigend wirken sollten. Einmal traf mein Blick den eines Mädchens, während wir beide vor einem Bild standen. Ihr Freund flüsterte ihr gerade etwas ins Ohr, und ihr Blick sprach von Unverständnis, durchsetzt mit Langeweile. Ich wusste, wir waren uns ähnlich – zu wenig Bildung, leicht zu lenken, verzweifelt bemüht, anderen zu gefallen, verzweifelt bemüht, an Orten wie diesem Spaß zu haben, wo Spaß nicht erlaubt war. Der Freund ließ die ganze Zeit seine Hand unten an ihrem Rücken ruhen. Ich staunte, mit welcher Beiläufigkeit er das tat und wie sanft maßregelnd die Geste wirkte. Am liebsten hätte ich zu dem Mädchen gesagt, komm, lass uns von hier verschwinden und irgendwo ein Croissant essen, einen Joint rauchen, uns in den Park setzen und über die Klemme reden, in der du steckst. Ein Teil von mir war nie erwachsen geworden, ein Teil von mir konnte Orte wie diesen immer noch nicht recht ernst nehmen.

Viel lieber als der Aufenthalt im Museum war mir seit jeher der Vorgang des Eintretens gewesen. Das Ganze erinnert an einen exklusiven Club, es herrscht die gleiche Anspannung. Man bleibt fügsam vor der weißen Kordel stehen, eingehegt und kontrolliert, sehnsüchtig, voller Erwartung, zu sehen und gesehen zu werden. Die Energie in der Ticketschlange, das ist der Höhepunkt. Drinnen ist es dann so hell, als wäre alles mit Sonnenlicht vollgepumpt worden, um die Touristen zu beeindrucken. Die Atmosphäre eines langen Sommernachmittags. Selbst jetzt trennt mich noch etwas von der Freude, die alle anderen so mühelos empfinden. Hinter dem ganzen Glamour und der Schönheit spüre ich die endlosen Demütigungen, die Dollarzeichen, und die Gemälde verlieren alle Farbe, alle Bedeutung: Sie werden zu Maschinen. Inzwischen werden sehr viel mehr Werke von Frauen gezeigt, und alle klopfen sich dafür auf die Schulter. »Vergessene Künstlerinnen« und das alles. In den Begleittexten findet sich kein Anhaltspunkt dafür, warum ausgerechnet diese Frauen es von »vergessen« zu »wiederentdeckt« gebracht haben, von der Niete zum Darling. Einmal habe ich nach so einer Ausstellung im Aufzug zu einem Mädchen gesagt, dass manche Leute aus gutem Grund in Vergessenheit geraten. Sie drehte sich von mir weg und schaute aus dem weiten gläsernen Fenster, während wir abwärtssegelten. Die meisten Leute suchen sich die wertvollsten Stücke im Museum heraus und lassen den Rest links liegen. Das Ganze ist zum Großkonzern verkommen. Nur im Museumsshop sind dann wieder alle zufrieden. Sie sind froh, dass sie die Mühe auf sich genommen haben. Jeder Museumsshop ist voll mit den gleichen ermüdenden Unmengen Ramsch – den Brillo-Boxen, den Kartenspielen, den Bananen. Ich bleibe nie lange dort.

Eines Samstags, Ende Juni, traf ich Maud vor dem Haupteingang des Whitney. Da stand sie, im vollkommen falschen Kontext, tauchte einfach auf in einem Bereich meines Lebens, in den sie nicht gehörte. Es war ewig her. Der Tag war sonnig, ich musste mir die Augen abschirmen, als sie auf mich zukam. Sie hatte mich zuerst erkannt. Da glaubt man immer, man könnte sich verändern. Sie fasste mich leicht am Arm, und ich wandte mich ihr zu. Gut sah sie aus, ein paar kleinere Korrekturen und Verbesserungen, ein Chirurg hatte sauber, aber sanft in ihrem Gesicht aufgeräumt. Neben ihr stand schweigend ihr Mann und rückte den Pullover zurecht, den er sich um die Schultern geknotet hatte. Ein schönes, weiches Material. Ich stellte mir ihr gemeinsames Leben vor: ein frühes Abendessen, danach ein Cognac im Ledersessel, die unsinnigen Impulse der Jugendjahre vergessen, alles geklärt. Sie stellte mich ihm mit besonderer Betonung als ihre Freundin vor. Ihre *beste* Freundin aus Schulzeiten. Ich gewann den Eindruck, dass ich ihren Samstagnachmittagsbummel störte, die kleine Freude, die es ihnen bereitete, gemeinsam durchs Museum zu streifen. Gesichter strömten an uns vorbei, hinein ins Gebäude. Mit leiser Neugier beobachtete ich die aufblitzende Ungeduld des Mannes. Später, das wusste ich, würden sie in ihrem gediegenen Schlafzimmer ihre identischen Nachttischlampen einschalten, die einen sanften, behaglichen Schein verbreiteten, und über mich reden. Maud, wie sie erläuterte, dass ich ohne Vorwarnung von der Highschool verschwunden und nie mehr aufgetaucht war. Wie sie anschließend lobend ihren eigenen Instinkt betonte, hervorhob, dass sie und nur sie allein wenigstens im Ansatz gewusst habe, was mit siebzehn bei mir schiefgelaufen war. Mein völlig sprunghaftes Verhalten. Sie würde den Moment, als sie mich im Museum entdeckte, wieder und wieder durchgehen. Als habe sie ein Gespenst gesehen, würde sie ihrem Mann gegenüber betonen.

Sie ließ mich meine Nummer in ihr Smartphone eingeben. Ich protestierte nicht lange, tippte nur befangen auf dem kleinen Bildschirm herum, als könnte mein unerfahrener Umgang mit diesem Gegenstand Enttäuschendes über mein Leben verraten. Maud machte noch ein paar höfliche Bemerkungen darüber, wie gut ich aussähe. Ich rechnete nicht damit, dass sich noch etwas daraus ergeben würde. Bevor ich ging, fasste ich an den Pullover des Mannes und rieb ihn zwischen den Fingern.

»Woraus ist der?«, fragte ich.

Der Mann zuckte leicht zurück. Beide sagten, sie wüssten es nicht.

Manchmal, im Lauf der Jahre, sagte ich Dinge, die mir fremd vorkamen, fremd und altmodisch, und dann dachte ich mir und sagte es manchmal auch laut: »Jetzt höre ich mich schon an wie Maud.« Meistens passierte das, wenn ich mich kindisch aufführte oder verzweifelt war. Als Maud mir eine Nachricht auf der Mailbox hinterließ, klang sie naturgemäß viel weniger jugendlich, selbstsicherer. Trotzdem, so hölzern und förmlich ihr Tonfall auch war, ihr jüngeres Ich schimmerte dennoch durch. Die Stimme verrät einen immer – das gequälte Luftholen, das Ausatmen, das Zögern, das kurzfristige Zittern. Sie wollte ein Treffen, sie würde sich so über ein Treffen freuen. Ihre Freundinnen seien neuerdings immer so beschäftigt. Ich fragte mich, wann eigentlich alle Welt Freundinnen gefunden hatte, lauter vertrauensvolle Freundschaften, und wo blieb ich? Die Serie fiel mir ein, wie liebevoll diese Frauen zusammen auf Katastrophen reagierten, ihre schön inszenierten gemeinsamen Unternehmungen. So eine tiefe Freundschaft hatte ich auch einmal gehabt, nur ohne solche Taktungen und Momente. Ich hatte einmal eine Freundschaft gehabt, die mein Leben aus den Fugen brachte. Jetzt gab ich mich neuen, abstrusen Vorstellungen hin – Maud und ich beim Designer-Shopping, Maud und ich, wie wir im üppigen Grün eines Stadtparks das Topping von unseren Cupcakes schleckten. Dass sie auf meiner Mailbox so nervös klang, sicherte ihr meine Zuneigung, veranlasste mich, ihr zu vergeben, ihr die Vorliebe für den Museumsshop des Whitney ebenso zu verzeihen wie das neue Gesicht. Ich hatte sowieso kein Interesse mehr daran, irgendwen zu bestrafen. Ich rief zurück und sagte zu. Ließ sie alles entscheiden. Ich wusste, dass ihr das gefallen würde. Ich sah uns am Fenster eines Restaurants sitzen, im 16:9-Bildformat, zwei von vielen tausend Frauen, die in New York zusammen Mittag aßen und eine konkurrierende Bestandsaufnahme ihres jeweiligen Lebens hielten.

Das Lokal lag versteckt. Hätte ich Maud nicht im Fenster sitzen sehen, wo sie zaghaft das Besteck herumschob, ich hätte es vielleicht gar nicht gefunden. Als ich hereinkam, stand sie auf und küsste mich zur Begrüßung auf beide Wangen. Sie trug das gleiche Parfum wie meine Mutter früher. Mir war klar, dass diese für mich so linkische und gezwungene Art der Begrüßung ihr gar nicht weiter auffiel. Auf unserem Tisch lag ein weißes Tischtuch. Ich wollte alles genau abspeichern – die Blumen, die Bedienung, die zwei Paar Hände auf dem Tisch, eins mit Ehering, eins ohne. Ich kam mir vor wie im Urlaub, bei der Ankunft in einem fremden Land, wo ich schon aus Sicherheitsgründen jedes neue Detail registrieren musste. Im Restaurant saßen hauptsächlich jüngere Gäste und gaben Kurzberichte aus ihrem Leben. Es war Samstagvormittag, darum wirkten viele etwas zerzaust, erholten sich noch von der Nacht zuvor. Alle waren sie gleichförmig attraktiv, auf wenig einprägsame Weise. Ich registrierte ihr Auftreten, als wären sie längst berühmt oder nur noch einen Anruf vom Ruhm entfernt. Aus den Lautsprechern drangen die sanften, folkigen Klänge eines Joni-Mitchell-Songs.

»Joni«, sagte ich blödsinnigerweise statt einer Begrüßung zu Maud. »Das ist Joni Mitchell.«

Sie nickte. »Erinnert mich immer daran, wie man sich als unglückliche Frau fühlt.«

»Ich habe bis heute alle Platten von ihr«, sagte ich. Das war genau die Art von peinlichem, teenagerhaftem Geständnis, die uns vielleicht die Anspannung nehmen würde.

»Als Vorrat für schlechte Zeiten? Romantisch gesehen?«

»Romantisch gesehen haben die schlechten Zeiten nie aufgehört«, sagte ich. »Du kennst ja mein Problem, Maud, Männer konnten mir noch nie widerstehen.«

Maud nickte mit einem notdürftigen Lächeln, als nähme das Gespräch gerade eine unvorhergesehene Richtung. In ihrem Gesicht lag ein Ernst, an den ich mich so nicht erinnern konnte, ein fast schon religiöser Ernst, als wäre mit so einem Mittagessen nicht zu spaßen. Ringsum achtete niemand von den anderen Restaurantgästen auf Jonis Ergüsse über Liebe und Selbsterniedrigung. Für sie war diese Musik nur Hintergrundrauschen – sie hatten das schon mal irgendwo gehört, kannten irgendeine aufgewärmte, mit den Jahren immer unkenntlicher gewordene Version davon. Vor mir bewegte Maud energisch die Hände, während sie über ihren Mann William sprach, über die neuesten Ausstellungen, die Hotels, in denen ich abstieg, wenn ich in New York war, den vollständigen Rückgang der Kriminalität, das hervorragende Essen, die neuesten guten Romane, den *relativen* Rückgang der Kriminalität, die kulinarische Fantasie so vieler kleiner Bistros. Maud redete viel, das gehörte immer noch zu ihren Markenzeichen. Erst als sie mich fragte, wo ich denn jetzt wohnte, sprach sie leiser, vielleicht ja unbewusst, als wäre ich von irgendeinem Berg herabgestiegen, als wäre ich auf der Flucht. Sie winkte dem Kellner, den sie kannte, was mir aber erst klar wurde, als sie unsere Salate bestellte. Sie wechselten sanfte, leicht flirtende Blicke. An Mauds Hals stieg die Röte empor, aber der Kellner blieb ganz professionell. Erotische Spannung gehörte mit zum Service. Auch die Belegschaft war erschütternd attraktiv. Vielleicht gab es ja in ganz New York keine hässlichen, linkischen Menschen mehr. Die Salate wurden uns in großen Glasschüsseln serviert. Sie waren üppig und dekorativ und sahen aus wie die Illustration eines Salates, anhand derer man Kindern den Begriff erklärte. Das Ganze hatte so etwas Förmliches. Ich wusste gar nicht, wo ich anfangen sollte. Ich piekste aufs Geratewohl hinein und zog eine Art seltsamen Rettich heraus.

»Was ist das denn?«, unterbrach ich Mauds Monolog. »Ich glaube, so was habe ich noch nie gesehen.«

»Du warst immer schon neugierig, Mae.« Kunstpause. »Nicht unbedingt zu deinem Vorteil.«

»Aber was ist es?« Maud wühlte in ihrem Salat und brachte einen ähnlichen Rettich zum Vorschein, nur dass ihrer länger und von einem amüsanteren Lila war. Sie betrachtete ihn. »Ich weiß auch nicht«, sagte sie dann, als müsste sie eine größere Niederlage eingestehen.

»Sag ihnen nichts davon.« Ich deutete auf die Tür, durch die Bedienungen kamen und gingen. »Das würde sie nur beunruhigen.«

Sie musste lachen und hielt sich die Hand vor den Mund. Ich hatte ganz vergessen, dass unter Mauds zimperlicher Oberfläche ein ziemlich guter Humor steckte. Früher gab es da etwas, was uns zueinanderzog. Als Mädchen hatten wir viel gekichert, uns aneinander festgehalten, ganz schwach vor lauter Heiterkeit. Ich machte mir klar, dass alle Gewohnheiten, die sie als Erwachsene entwickelt haben mochte, wohl vor allem dazu dienten, die Einsamkeit abzuwehren, so wie meine eigenen auch. Ich streckte den Arm über den Tisch und drückte ihr die Hand. »Es ist wirklich schön, dich zu sehen«, sagte ich.

Sie schnaubte leicht. »Was noch so von mir übrig ist.«

Ihre Nase war deutlich schmaler, die Stirn glatt und straff, die Lippen voller. Aber diese Veränderungen bewirkten nur, dass sie noch zerbrechlicher wirkte. »Du siehst gut aus«, sagte ich.

»Tatsache ist«, sagte sie, »Frauen wie ich haben alle ihren Arzt.« Sie schaute sich immer wieder um, als hoffte sie, dass der Kellner zurückkam und sie ihre Beziehung wieder aufnehmen konnten. »William zahlt. Und du hast nie geheiratet?«

Ich schüttelte den Kopf. »Vor einiger Zeit gab es noch jemanden, aber …«

»Aber?«, fragte sie erwartungsvoll.

»Aber ich glaube, am besten hat mir an ihm gefallen, wie schlecht er mich behandelt hat.«

»Das verstehe ich«, sagte Maud. »Das verstehe ich absolut.«

War es das, was mir gefehlt hatte? Freundschaft? Mich in meinen schlimmsten, niedrigsten Sehnsüchten bestätigen zu lassen, während draußen auf dem Gehweg teure Rassehunde herumtollten? Mit einem Mal überfiel mich etwas, es grenzte fast an ein Glücksgefühl. Ich mochte es hier. Ich mochte, dass die Leute so offen miteinander redeten. Ich mochte die Frau, die mir mit ihrer Gabel voll Salat gegenübersaß. »Die Liebe ist mitunter ganz schön glitschiges Gelände«, sagte ich.

»Oh, auf jeden Fall. Auf jeden Fall«, pflichtete sie mir bei. »Ich bin seit fünfunddreißig Jahren verheiratet, mir brauchst du das nicht zu erzählen. Ich kenne dich, Mae, ich habe immer gewusst, du würdest nicht so blöd sein, reich zu heiraten.«

»Das hätte ich Mikey auch nicht antun können.«

Sie strahlte. »Mikey! Ach, Mikey. Weißt du eigentlich, dass ich als Mädchen ein bisschen in ihn verknallt war? Ich bin immer viel zu lange bei euch geblieben, weil ich ihn sehen wollte. Er war wirklich reizend.«

»Auf jeden Fall hat er das Leben damals etwas erträglicher gemacht.« Ich legte die Gabel hin. »Warst du echt in ihn verknallt?«

»Ja, ja, und ob. Er hatte so viele Prinzipien, das weiß ich noch. So was gibt es heute gar nicht mehr.«

»Er hatte vor allem viel zu meckern und hat sich gerne und offensiv Luft gemacht. Eventuell verwechselst du Meckern mit Prinzipien.«

»Und er war echt schnuckelig. Ich kann verstehen, dass er deiner Mutter gefiel. Er hatte eine Menge Ahnung von der Welt.«

»Und dein Mann? Hat der keine Ahnung von der Welt?«

»Doch«, antwortete Maud unbestimmt. »Er hat einen sehr guten Geschmack. Aber so richtig Spaß hatten wir nie miteinander. Weißt du, ich war immer ein bisschen neidisch auf deine Familiensituation, als wir Kinder waren. Bei euch war es immer so lebendig und chaotisch.«

Das konnte ich so nicht stehen lassen. »Lebendig?«, sagte ich.

»Chaotisch? Was redest du denn da, Maud? Ich bin mir ziemlich sicher, dass du Mikey damals als Irren bezeichnet hast.«

Sie lächelte verschämt. »Er hat mich ja sowieso nicht gemocht.«

Unglaublich, dass ich auf einmal wieder dreizehn war und mit Maud darüber redete, ob ein bestimmter Junge sie mochte oder nicht. »Er fand dich lustig.«

Das Thema Mikey hatte mich aus meiner Freundschaftsfantasie gerissen. Ich sah zu, wie der Kellner unsere Salatschüsseln abräumte. Dann goss er Kaffee in zwei Tassen, so manieriert und dienstbeflissen, dass es fast schon komisch wirkte. Ich strich über den Rand meiner Tasse. »Außerdem ist er längst tot«, sagte ich. »Mikey. Er ist schon in den Achtzigern gestorben. Es kam sehr plötzlich.«

»Das tut mir leid, Mae. Aber du weißt ja, der Tod ist nicht das Ende.«

»Doch«, sagte ich. »Er ist ganz eindeutig das Ende.«

Sie wedelte mit der Hand, als wäre das für sie nicht so.

»Vor Kurzem ist auch meine Mutter gestorben.«

»Ach, deine Mutter, was für eine Frau«, sagte sie, tief in Gedanken. »Sie war so originell, hatte so einen tollen Stil. Sie war wirklich unfassbar attraktiv. Wenn ich ehrlich bin, habe ich mich mit Anfang, Mitte zwanzig sehr an ihr orientiert.«

»Sie war Alkoholikerin.«

»Das hält aber niemanden davon ab, einen tollen Stil zu haben.«

»In den Achtzigern ist sie trocken geworden«, sagte ich. »Fiel ihr schwer. Aber ich war froh, dass sie es gemacht hat.« Ich lächelte. »Wie schade, dass ich dich mit Anfang, Mitte zwanzig nicht gesehen habe.«

»Ich war eine Vollkatastrophe.«

»Kann ich mir lebhaft vorstellen.«

Ich erwischte eine Unsicherheit in ihrem Blick, die aber gleich wieder unter die Oberfläche sank. »Ich hatte so viele Vorstellungen von mir im Kopf. Es gab da ein bestimmtes Kleid, das ich immer trug – und ich glaube, ich fand es entsetzlich auf den ganzen Partys. Ich bin mir sogar fast sicher. Zumindest habe ich jedes Mal geheult, wenn ich nach Hause kam. Das ist mir von der Zeit mit Anfang zwanzig vor allem in Erinnerung geblieben, wie ich im Bad auf dem Boden liege und heule. Regelrechte Tränenbäche. Ich hatte eine erschreckende Vorliebe fürs große Drama. Im Grunde war das Leben furchtbar und widerlich. Aber ich fand es toll, wahrscheinlich gerade weil es so furchtbar und widerlich war. Dann lernte ich William kennen. Ich habe ihn auf der Straße getroffen. So habe ich das auch immer meinen Freundinnen erzählt – ›Der? Das ist nur ein Typ, den ich auf der *Straße* getroffen habe.‹ Tja, die Siebziger«, setzte sie genüsslich hinzu. »Damals sahen die Leute auf der Straße noch nach was aus.« Dann fasste sie sich. »Und jetzt sind wir fünfunddreißig Jahre verheiratet.«

»Die Partys«, sagte ich seufzend. »Die sind das große Problem.«

»Warst du auf vielen, als du jung warst?«, wollte sie wissen.

»Ein paar waren es schon.«

»Neulich hat mich meine Tochter auf eine Party mitgenommen.« Sie nahm ihr Smartphone vom Tisch und wischte sich durch eine Reihe von Fotos. Dann hielt sie mir eines hin. Die Tochter stand vor mehreren Blumensträußen. Ihre Zähne waren mit so großen, eindrucksvollen Veneers verkleidet, dass sie fast wie Tierhauer aussahen. Sie hielt sich ziemlich krumm, und ihre Augen wirkten so tot, als stünde sie unter Beruhigungsmitteln. Schwer vorstellbar, dass sie einmal ein Kind gewesen war, sich in Mauds Schoß geworfen und haltlos geweint hatte. »Zauberhaft«, sagte ich.

»Zauberhaft«, wiederholte Maud ausdruckslos. »Sie ist beim Film.«

»Da bin ich ganz gut informiert. Irgendwas, das ich kennen könnte?«

Mauds Miene wurde noch verkniffener. »Independent-Filme.«

»Ich werde nach ihr Ausschau halten«, sagte ich. »Ich gehe wirklich viel ins Kino. Es ist immer spannend, neue Werke zu sehen.«

»Mach das«, sagte Maud müde. »Wie gesagt, neulich hat sie mich auf eine Party mitgenommen. Bei einem ihrer Freunde, einem Regisseur.« Sie lachte. »Der wollte Geld. Für wie blöd halten die mich eigentlich? Am Ende des Abends fühlte ich mich richtig zerschlagen von dieser Party. Als hätte sie mich angegriffen. Ich stand am Ausgang herum und hoffte, dass mich jemand von dieser Farce erlöst. Am liebsten hätte ich irgendwas total Verrücktes gemacht – hattest du auch schon mal das Gefühl, du würdest gerne etwas total Verrücktes tun?«

»Hin und wieder«, sagte ich.

»Bestellen wir uns noch einen Drink? Meine Güte, der Service hier war auch schon mal besser.«

»Lieber nicht«, sagte ich, »ich ...«

»... waren wir auch so?«, unterbrach mich Maud.

»So?«

»Wie meine Tochter und ihre Freunde. So prestigesüchtig. Immer nur Ich, Ich, Ich. Hatten wir nicht auch Spaß?«

»Wir hatten Spaß, Maud«, sagte ich leise.

»Es tut mir wirklich leid, dass ich dir keine gute Freundin war.«

»Das spielt doch jetzt keine Rolle mehr.«

»Doch, tut es schon. Ich bin sehr froh, dass wir das gemacht haben«, sagte sie. »Ich bin froh, dass wir hier zusammensitzen.«

Entsetzt registrierte ich, dass sie mit den Tränen kämpfte. »Ich dachte ja, du kommst nicht. Du hast mir gefehlt. Damals auf der Schule warst du immer ganz du. Ich war dir keine echte Freundin, das bedauere ich. Es tut mir leid, was damals passiert ist. Du hattest doch offensichtlich irgendwelche Probleme …«

Sie hielt inne, damit ich den Faden aufgreifen konnte. Ich sagte nichts.

»Ich habe den anderen Mädchen alles Mögliche erzählt … unfaire Dinge, die ich eigentlich gar nicht so gemeint habe. Aber wir hatten doch auch schöne Zeiten, oder? Wie wir gelacht haben – das zählt doch auch etwas, oder nicht? Ich dachte, genauso würde diese Freundschaft ewig weitergehen. Dass wir uns zanken, uns aber trotzdem liebhaben und vor allem lachen. Ich hatte mir mein Leben sehr viel lustiger gedacht. Es hätte ganz anders verlaufen sollen. Wenn ich ehrlich bin, fiel es mir wohl immer schwer, Menschen zu finden, mit denen ich reden kann. Jetzt kann ich mir das langsam eingestehen. Ich hatte nie wieder so eine Freundschaft. So gut und so einfach war es nie mehr, Mae.«

Ich konnte nicht fassen, dass ich sie tatsächlich verletzt hatte und diese Verletzung offenbar bis heute nachwirkte. »Es tut mir leid«, sagte ich ratlos. »Als ich die Schule geschmissen habe … das war einfach eine merkwürdige Zeit, es hatte nichts mit dir zu tun.«

»Aber …« Sie stützte die Ellbogen auf, den Blick fest auf mich gerichtet, als würde sie jetzt endlich erfahren, worauf sie schon so lange wartete. »Wo bist du denn hin?«

»Ich habe gearbeitet, Maud«, sagte ich. »Als Schreibkraft. Meine Familie brauchte Geld, also habe ich angefangen zu arbeiten.«

JEDE ZUGELASSENE PILLE. 1966

Ich war kein bisschen darauf vorbereitet, wie mir plötzlich alles entglitt. In den Wochen nach meiner Begegnung mit Daniel und seiner Mutter erschien mir mein Leben zu Hause wie ein Schnappschuss aus der Vergangenheit – grau, hässlich und billig. Die Wohnung mit ihren dünnen, vergilbten Wänden: Ich hatte überhaupt keine Privatsphäre. Das alles hatte nichts mehr mit mir zu tun, der zähen, kleinen Person, die sich Daniels Mutter gestellt hatte. In der Schule verlief ich mich ständig, wandelte die eine Treppe hinauf und die andere wieder hinunter, landete in Klassenräumen, in die ich nicht gehörte. Ich war die ganze Zeit total kaputt. Ich verstand nicht mehr, was die Lehrer sagten, ihre Worte tropften langsam, aber stetig, wie der undichte Wasserhahn in Daniels Bad. Die Rolltreppen hatten ihren Reiz verloren. Hin und wieder hatte ich Daniel in unterschiedlichen Szenen vor Augen – in einer überfüllten Wohnung, wo alle etwas von ihm wollten, mit einem anderen Mädchen, das in sein Bett stieg, auf einem Kindergeburtstag, einen roten Partyhut auf dem Kopf, den er ohne Ironie trug. Manchmal sah ich auch mich nackt vor ihm stehen und fand das Bild bestätigend und erregend. Im Unterricht schaute ich immer nur auf Mauds Hinterkopf. Ich wollte wieder ihre beste Freundin sein, und ich wollte sie unwiderruflich verletzen. Ich kannte ihre Geheimnisse und versuchte, sie zu klassifizieren, für den Fall, dass ich irgendwann beschloss, sie öffentlich zu machen. Wie sie sich die Seele aus dem Leib gekotzt hatte, als wir das erste Mal Alkohol probierten? Wessen Leben würde das schon ruinieren? Ich wollte nichts weiter, als Maud komplett zu vernichten. Ich sah zu, wie sie mit den anderen Mädchen redete; ihre verzerrte, übertriebene Miene war ein entsetzlicher Anblick.

Die Schule abbrechen war durchaus eine Möglichkeit, aber ich wollte mich dieser Belastung nicht aussetzen, den Beratungen über mein Leben, die zwangsläufig folgen würden. Dem Papierkram, der Märtyrermiene meiner Mutter, dem ganzen Melodrama. Nach der Schule setzte ich mich zu meiner Mutter ins Diner, machte ein paar Hausaufgaben, manchmal hatte ich auch ein aufgeschlagenes Buch vor mir. Wenn ich mir selbst nicht überzeugend vorkam, nahm ich oft auch einen Stift in die Hand. Ich bekam so viele Gratis-Milkshakes, wie ich wollte, und betäubte mich mit Zucker. Das hektische Gewimmel in der Küche, das leise, hartnäckige Brummeln des Fernsehers, das Gesicht meiner Mutter, das immer wieder in mein Blickfeld geriet. Ich dachte an die Mädchen, die Daniel mit nach Hause nahm, wahrscheinlich lauter Mädchen aus kaputten oder nicht vorhandenen Familien. Der beiläufige Nachklang erlittener Enttäuschungen und wiederholt unerfüllter Erwartungen in ihren Stimmen, Mädchen, die wussten, dass Härte und Schnoddrigkeit alles war, was sie zu bieten hatten. Ich hatte etwas von Daniel gelernt, wenn auch nicht das, was er mir beibringen wollte.

»Mae«, sagte meine Mutter, »du bist eine Traumtänzerin. Und es wird immer schlimmer. Wenn du dich nicht endlich anstrengst, besorge ich dir hier eine Stelle.«

»Als Kellnerin?« Ich lachte.

Meine Mutter hob den Kopf. »Halt dein blödes Maul«, sagte sie.

Es wurde zusehends leicht und tröstlich, mich als krank zu betrachten. Das war überhaupt die Lösung, mir gefiel die Vorstellung, dass irgendetwas klar Definiertes nicht mit mir stimmen könnte. Lauter schlimme Gedanken und dann: der Arzt, sein sauberer, weißer Kittel, seine medizinischen Instrumente. Nachdem ich einmal mit der Selbstdiagnose angefangen hatte, konnte ich nicht mehr aufhören. Promiskuität, Ladendiebstahl, böswilliges Verhalten, lauter offensichtliche Hinweise auf eine seelische Störung. Es verlieh mir eine gewisse Tragik, und Tragik konnte ich gut vor dem Spiegel üben. Den gesenkten Blick, mit dem ich einem liebeskranken jungen Mann meine brüchige Persönlichkeit erläuterte. Wenn ich mitten in der Nacht hochschreckte und wirr vor mich hin murmelte, würde er mir den Rücken massieren, meine diversen Pillen holen, mich mit Liebe überschütten. Ich suchte nach einer Möglichkeit, anders zu sein, als gäbe es nicht längst massenhaft Mädchen wie mich und viele weitere, die mit dem Bus in die Stadt kamen und alle nur darauf warteten, dass man ihnen mitteilte, ihre Familien hätten sich als Fehler erwiesen, als Verirrung, und sie seien die Besonderen. Eines Nachmittags griff ich zu der Visitenkarte, die Daniels Mutter mir gegeben hatte. Ich hatte sie in einer Schublade aufbewahrt; jetzt war der Drang unwiderstehlich. Auf dem Weg zu der goldgeprägten Adresse war ich fest entschlossen – es würde schließlich nichts kosten. Ich wollte die Bestätigung, dass diese Wohnung und die Begegnung echt gewesen waren. Seit ich wieder zu Hause war, hatte beides die sonderbare Qualität eines Traums angenommen. Ich musste herausfinden, was seine Mutter in mir gesehen hatte. Möglich, dass sie bloß eine verrückte ältere Dame war, aber vielleicht war sie ja auch eine Prophetin. Ich überlegte mir oft, dass mein Vater vielleicht schrullig, verrückt, vollkommen wahnsinnig gewesen war, aber das konnte ich natürlich nicht wissen. Dabei würde es alles erklären. Meine Mutter wäre nie auf die Idee gekommen, mir davon zu erzählen. Manchmal sagte sie, angesichts meiner Aggressivität, etwas wie: »Dein Vater hat auch gerne Szenen gemacht.« Alles Blödsinn. Ich glaube, sie hat meinen Vater gar nicht lange genug gekannt, um zu wissen, was er gerne machte.

Ich hatte mir das Gebäude ganz anders vorgestellt als in Daniels Geschichte. Kaputte Fensterscheiben, klare Anzeichen von Verfall. Stattdessen war es elegant, unauffällig und unterschied sich in keiner Weise von den anderen dieses Straßenzugs. Ein Schild bestätigte mir, dass es sich um eine Arztpraxis handelte. Ich ging hinein. Ich würde ja nicht lange dort sein, mit dem Arzt reden, erfahren, was mit mir nicht stimmte, mir ein paar Pillen geben lassen, nach Hause zurückkehren und mich im Bett zusammenrollen wie ein Baby. Im Wartezimmer roch es ungesund süßlich. Die Entscheidungsgewalt hatte die Sprechstundenhilfe. Sie war nicht mehr jung und in mehrere Kleiderschichten gehüllt. Sie verströmte Ruhe. Es war noch früh, im Wartezimmer saß nur ein Mädchen, polkte an seinen Fingernägeln herum und klopfte sich mit den Händen auf die Knie. Ich ging zum Empfang und sagte der Sprechstundenhilfe, ich hätte keinen Termin, aber Mrs. Ritter habe mich hergeschickt. Dann setzte ich mich und betrachtete das Lametta am Weihnachtsbaum. An Weihnachten hatte ich überhaupt nicht mehr gedacht. Das andere Mädchen strahlte ein wildes, unanfechtbares Selbstbewusstsein aus. Sie war so dünn, dass ihre Rippen vorstanden und ihr Rücken voller Knubbel war, wenn sie sich vorbeugte. Eigentlich hatte sie kaum etwas an. Die Haut zwischen den paar Fetzen Kleidung war sahnig und rein, wie aus einem sehr teuren Stoff gemacht. Ich sah, wie sie in raschen, kleinen Schlückchen Milch aus der Packung trank. Sie war vielleicht drei, vier Jahre älter als ich. Bedächtig packte sie einen Schokoriegel aus und beugte sich zu mir herüber. »Möchtest du auch?«, fragte sie.

Aus Höflichkeit nahm ich ein Stück.

»Willst du auch zum Doktor?«

»Ja«, sagte ich und drehte mich weg. Ich schob mir die Schokolade in den Mund. Ihre Arme hatten Einstiche, und ihr Atem roch ranzig.

Nach ein paar Minuten rief die Sprechstundenhilfe einen Namen, und das Mädchen stand auf. Sie zerdrückte die Milchpackung und legte sie dann auf den Stuhl zurück, wie um den Gewaltakt wiedergutzumachen. Dann beugte sie sich wieder zu mir. »Lass ihn zappeln«, sagte sie. »Er mag es, wenn man ihn reizt. Dann gibt er einem mehr.« Sie richtete sich wieder auf und rieb sich den Mund. »Habe ich Schokolade im Gesicht?«, fragte sie. Ich verneinte. Dann verschwand sie mit federndem Schritt hinter der Tür.

Ich saß noch eine Stunde dort. Mehrere junge Leute kamen und gingen. Eine Frau tauchte auf, die ich erst für Daniels Mutter hielt, aber als sie sich zu mir umdrehte, war sie es doch nicht. Sie hatte die gleiche Schroffheit, die sie unter einer Maske des Anstands verbarg. Offensichtlich kannten sich alle, aber nicht so gut, dass sie sich irgendwie bemühen mussten. Alle waren in ihre eigenen Vorhaben versunken. Und alle hielten mit einem gierigen Auge die Tür zum Zimmer des Doktors im Blick. Ich hörte, wie ein Mädchen einem großen, modisch gekleideten jungen Mann erzählte, heute hätte sie sich für ihre Spritze hinlegen müssen, das sei wirklich unangenehm gewesen. Die Sprechstundenhilfe ging von einem zum anderen und erkundigte sich, warum sie hier waren. Als sie zu mir kam, sagte ich: »Ich möchte einfach nur mit dem Doktor sprechen. Eine Routineuntersuchung.«

»Genau wie alle anderen«, gab sie ziemlich besserwisserisch zurück.

Als der Doktor dann im Türrahmen stand und mich aufrief, war er weder attraktiv noch sonst wie bemerkenswert. Alle Welt wartete auf ihn, und er wirkte völlig belanglos. Er herrschte einen Mann an, der rauchte. »Bringen Sie diesen Mist gefälligst nicht in meine Praxis!« Dann hielt er mir die Tür auf.

Als ich ihm erzählte, ich käme von Mrs. Ritter, schüttelte er den Kopf.

»Woher kennen Sie sich denn?«

Ich lächelte nebulös, als wäre das sehr geheimnisvoll.

»Mrs. Ritter, die Arme«, sagte er. »In manchen Fällen ist selbst die Medizin machtlos.« Er sagte mir, ich solle mich ausziehen und mich auf die Liege legen. Das tat ich, und er befühlte schweigend meinen Körper. Ich schaute hinauf zu den Farben an seiner Decke – Violett und Blau, meditative Farben. Seine Berührungen waren nicht erotisch, sondern sanft und heilend. Als er fertig war, setzte ich mich auf und knöpfte meine Bluse wieder zu. Ich betrachtete das Bild an der Wand neben mir.

»Gefällt es Ihnen?«, fragte er.

Ich nickte.

»Erinnert es Sie nicht an irgendetwas Schreckliches?«

»Überhaupt nicht.«

»Das kommt aber vor.« Er stieß sich mit seinem Stuhl ab, dass die Räder sich nur so drehten. »Bei manchen Menschen kann es vorkommen, aber Sie sehen die Dinge wohl in einem anderen Licht.« Er lächelte mich freundlich an.

»Ich mache das tatsächlich gerne. Ins Museum gehen, Kunstwerke anschauen und so«, sagte ich. »Wahrscheinlich bin ich einfach enttäuscht von dem, was sie uns in der Schule beibringen.«

»Wer ist das nicht?«, sagte er. »Wer ist das nicht?«

Er nahm sein Stethoskop und drückte es mir an die Brust. Seine Ohren waren ein klein wenig zu groß, seine Augen standen weit auseinander. Als er sich näher zu mir beugte, merkte ich, dass er stark nach Desinfektionsmittel roch.

»Bin ich gesund?«, fragte ich leise.

»Körperlich ja. Aber sonst?«

»Ich weiß es nicht«, sagte ich, »vielleicht bin ich verrückt. Ich mache ständig Sachen, die nichts mit dem zu tun haben, wie ich mich eigentlich geben will.« Ich strich mir das Haar hinter die Ohren. »Und dann weiß ich wieder nicht, wie ich mich eigentlich geben will. Das Leben ist so ungerecht. Ich habe ständig das Gefühl, Gott hat mir nicht genug mitgegeben.«

»Er hat Sie zu kurz gehalten?«

»Ja. Können Sie mir was dagegen geben?«

Er lachte. »Haben Sie Ihre Mutter noch? Und Ihren Vater?«

»Mutter ja, Vater nein.«

Er notierte etwas auf seinem Block. Dann sah er auf und schenkte mir ein weiteres elektrisierendes Lächeln. Zum ersten Mal sah ich, dass seine Pupillen absolut riesig waren. »So ist das immer«, sagte er. »Wissen Sie, Mae, ich habe mal einen Film mit Ihnen gesehen.«

»Ich war noch nie in einem Film.«

»Das Mädchen«, sagte er und legte mir die Hände auf die Schultern, »sah genauso aus wie Sie. Ich glaube, es war ein Fernsehfilm. Ein kleines Mädchen, das unbedingt Eiskunstläuferin werden wollte. Aber dann hat es sich verletzt.«

»Und was ist dann passiert?«, fragte ich ohne Hoffnung.

»Nichts Gutes«, sagte er. »Ich glaube, die meisten würden sagen, der Film war recht abgeschmackt. Da ist man heutzutage ja sehr streng, aber aus meiner Sicht enthielt er ein paar grandiose Elemente. Wie gute Menschen eingehen und verkümmern, wenn ihre innere Gefühlswelt nicht zu ihrem unmittelbaren Umfeld passt. Man hofft ja immer, das würde heutzutage nicht mehr passieren, aber ich habe es oft genug erlebt.« Er schwieg. »Leider fällt mir nicht mehr ein, wie der Film hieß.«

Mir war bewusst, wie dicht er immer noch bei mir stand.

»Viele junge Mädchen wie Sie halten die Welt für einen sicheren, geschützten Ort«, sagte er.

»Kann sein«, sagte ich.

»Darum ist es auch so ein Schock, wenn Sie bei jemandem wie diesem Daniel landen, in seinem schrecklichen Zimmer in dieser grauenhaften Wohnung – diese Wohnung gehört wirklich zu den schlimmsten Orten, an denen ich jemals war –, und er Ihnen mit seiner Reptilienzunge die Fingerchen und die Zehchen leckt.« Er legte mir die Hand aufs Knie. »Junge Mädchen machen so etwas, sie suchen nach der falschen Art Liebe, nur für diesen kurzen Moment des Begehrtwerdens, des Sich-gesehen-Fühlens. Wenn einer wie Daniel Sie anruft, Mae, dann sagen Sie am besten, Sie haben keine Zeit.« Er schnippte mit den Fingern. »Ich glaube, Sie brauchen keine Pillen, ich glaube, die würden Ihnen gar nicht helfen. Sie sind ein launisches, kratzbürstiges Mädchen, das merke ich Ihnen an, und ich bewundere Sie dafür.« Er schrieb etwas auf seinen Rezeptblock. »Sie sind nicht der Typ, der darauf wartet, dass irgendein dahergelaufener Kerl Sie rettet, das sieht man doch sofort. Nein, Sie sind eine moderne junge Frau, Sie wollen Ihr eigenes Geld verdienen, auf eigene Faust.«

»Ja«, pflichtete ich ihm eifrig bei.

Er gab mir den Zettel. »Haben Sie das Mädchen gesehen, das vor einer Stunde im Wartezimmer saß? Ein Desaster. Sie hatte eine Stelle, aber ich glaube nicht, dass sie noch mal dorthin zurückkehrt. Ich fürchte, ihre Eltern kommen sie bald abholen.« Er legte eine Hand an die Brust. »Es bricht mir immer das Herz, wenn die Eltern kommen.« Dann nahm er meine Hand und legte sie auf den Zettel. »Achten Sie gut auf diese Adresse. Ein Freund von mir hat dort ein Kunststudio, gleich an der East 47th Street, ein aufstrebendes Unternehmen, er braucht immer Mädchen für alle möglichen Besorgungen. Gehen Sie nach Weihnachten doch mal dort vorbei. Hatten Sie schon Kontakt zu Künstlern?«

Ich schüttelte den Kopf.

Er schwieg kurz. »Machen Sie gerne Besorgungen?«

»Nichts lieber als das«, sagte ich.

»Können Sie tippen?«

Das war in der Schule das Einzige, was ich besser konnte als Maud. Das Einzige überhaupt, das einzige Fach, in dem ich mich ganz vergaß. Ich nickte.

»Und ich wette, Sie würden auch gern ein bisschen Geld verdienen, stimmt's?« Er kitzelte mich unterm Kinn. »Sie werden sehr brav sein, diskret, kreativ. Da bin ich mir sicher. Schreiben Sie mir Ihre Telefonnummer auf, damit ich mich erkundigen kann, wie Sie sich machen.« Während ich die Nummer notierte, legte er den Arm um mich, brachte seinen Mund nah an mein Ohr. Ich entzog mich seinem Griff.

»Danke«, sagte ich. »Danke für diese Chance.«

»Mae«, sagte er, bevor die Tür sich wieder schloss, »wenn ich anrufe, hast du immer Zeit für mich.«

Über Weihnachten ließ ich mir nichts anmerken. Meine Mutter schenkte mir einen Hut, den ich scheußlich fand, und ich lächelte liebenswürdig. Ich probierte ihn, und sie bewunderte mich. Wir stritten nicht, weil es nichts zu streiten gab. Sie verblasste allmählich. Ich war im Begriff, mich von ihr zu entfernen, darum lag in jeder Entscheidung, die ich traf, eine gewisse Melancholie. Ich erlaubte mir, die Wärme in vielen unserer gemeinsamen Momente zu genießen – den geschmückten Weihnachtsbaum, meine Mutter und Mikey, die in der Küche lachten und herumalberten, eine ganz ungewohnte Zurschaustellung von Glück. Als in der Wohnung alle schliefen, suchte ich in Mikeys Tageszeitungen und Zeitschriften nach Berichten über das Studio. Ein

Mann mit undurchdringlichem Gesicht, der neben einer Anzahl Mädchen mit kleinen Brüsten stand. Über die Größe ihrer Brüste freute ich mich, zumindest in dem Bereich musste ich schon mal nicht konkurrieren. Ich war bereits von Wettbewerbsdenken erfüllt. Ein paar Kolumnennotizen über wogende Partys, Reproduktionen des Bilds, das ich in der Praxis gesehen hatte, ein Mädchen mit langen Beinen und dunklen Augen. Alles halb so wild, sagte ich mir. Gleich nach Weihnachten klaute ich eine Bluse für den Tag, an dem ich mich dort vorstellen wollte. Die Fotos hatten mich doch nervöser gemacht, als ich mir eingestand. Das Selbstvertrauen, die Schönheit, die Ausstrahlung, der beiläufige Charme.

Am Abend bevor ich zum Studio wollte, kam Mikey in mein Zimmer, wo ich bäuchlings mit dem Gesicht im Kissen auf dem Bett lag. Mikey hatte immer ein feines Gespür für meine Stimmungen. Maud hatte mir erzählt, sie glaube, Mikey wäre obdachlos, wenn er nicht bei uns wohnen würde, was mir durchaus zuzutreffen schien, aber das wollte ich ihr gegenüber nicht zugeben. Ich war acht, als er bei uns eingezogen war. Zusammen mit Mikey waren wir sogar noch weniger Familie als vorher, obwohl wir nun alle notwendigen Bestandteile beisammenhatten. Meine Mutter hatte ihn im Diner kennengelernt. Sie meinte, er habe dort an der Theke gesessen und alle in den Wahnsinn getrieben, nur sie nicht. Sie glaubte, das läge an ihrem geduldigen Wesen, aber mir war klar, dass sie sich einfach zum Absonderlichen, Haltlosen hingezogen fühlte. Ich reimte mir schnell zusammen, dass sie ein Paar waren, wenn auch nur gelegentlich. Zu ihren Bedingungen. Manchmal kam Mikey nur mit einem Handtuch um die Hüften aus ihrem Zimmer, sein T-Shirt lag zusammengeknüllt am Fußende ihres Bettes. Er betete sie an, das verstand sich von selbst. Ich hielt das Gesicht weiter ins Kissen gedrückt, als er vor mir stand.

»Mae«, fragte er, »hast du Lust, ins Kino zu gehen?«

Ich drehte mich um und sah zu ihm hoch, als hätte ich danach nie wieder Gelegenheit dazu. In letzter Zeit gab ich oft meinem Hang zum Dramatischen nach. Durchs Zimmerfenster fiel das Abendlicht herein. Es überraschte mich immer wieder, wie er in einem bestimmten Licht aussah, wie alt er dann wirkte. Ich hatte bereits angefangen, ihm eine neue Rolle in meinem Leben zuzuweisen.

»Schau mich doch nicht so an«, sagte er.

Ich fragte gar nicht, welcher Film lief. Es war unsere häufigste gemeinsame Unternehmung: uns mit Fremden ins Dunkle setzen. Ich war immer gerne mit Mikey unterwegs gewesen, von Anfang an. Er hatte viele Feinde und Bekannte in der ganzen Stadt, in bestimmten Gegenden wurde er ständig auf der Straße erkannt, dieser Mann, dessen dicker Bauch sich jeden Morgen bei uns auf dem Sofa hob und senkte. Dabei war er ausgesprochen nachtragend, ständig geriet er in Streit mit den Leuten, für die er arbeitete, hielt sich nie länger als ein paar Tage auf einer Stelle, war pausenlos pleite. Diese Aura des Scheiterns umgab ihn auf Schritt und Tritt; für mich war er einer der klügsten Menschen, die ich kannte.

Draußen auf der Straße war es kalt.

»Glaubst du, es ist gut zu wissen, wer ein Mensch wirklich ist?«, fragte mich Mikey.

»Wie meinst du das?«

»Fändest du es besser, genau zu wissen, wie jemand ist, mit Fehlern und allem, oder würdest du lieber an der Vorstellung festhalten, die du von ihm im Kopf hast?«

»Du brauchst Arbeit, Mikey«, sagte ich. »Du machst dir zu viele Gedanken.«

»Ich habe das Recht, mir jeden Tag diverse Gedanken zu machen«, sagte er. »Und jetzt antworte.«

»Ich glaube, ich würde es lieber wissen. Aber ich glaube, das tut auch weh.«

»Das war doch jetzt nicht so schwierig. Aber es ist schon komisch«, sagte er, »ich bin so was von komplett der Mensch, der ich bin …«

»Stimmt«, unterbrach ich ihn, »das bist du wirklich.«

»… dass ich glaube, ich könnte niemals anders sein, selbst wenn ich mir Mühe gäbe.«

»Versuchst du das denn?«, fragte ich.

»Nee«, sagte er.

»Gut«, sagte ich, »das würde ich nämlich auch gar nicht wollen.«

Vor dem Kino stand eine Schlange. Wir stellten uns hinten an und warteten, die Hände in den Manteltaschen. »Ich glaube, deine Mutter hätte es gerne, wenn ich einer von diesen Männern wäre, die alles hinkriegen«, sagte er.

»Du solltest dich wirklich nicht so dafür interessieren, was diese Frau will«, sagte ich.

»Sie redet jetzt ständig von diesem Typen, der immer ins Diner kommt und alles kann – Alec kann die Heizung reparieren, Alec kann eine Firma leiten.«

»Wenn du sie verlässt«, sagte ich und hielt mich an seinem Arm fest, um mir den Schuh zuzubinden, »dann würde sie durchdrehen. Endgültig.«

»So wichtig war das auch gar nicht mit meiner Frage«, sagte er. »Es hatte nichts zu bedeuten.«

»Aha.«

»Ich meinte das nur so prinzipiell.«

»Prinzipiell«, sagte ich.

Ich hielt in der Menge nach Daniel Ausschau. Ich hatte das Gefühl, dass er hier durchaus sein könnte, immer noch in seinem gestärkten Hemd, mit derselben ernsten Entschlossenheit.

Manchmal fiel mir plötzlich wieder ein, wie er mich geküsst hatte, und dann vergab ich ihm alles. Wenn er jetzt hier wäre, würde ich vor ihm aufblühen, in diesem Erwachsenenfilm. Und auch in ihm würde der Film eine Veränderung auslösen – er würde sich von seinen Lügen und seiner Verführerei abkehren. Anschließend würde er draußen vor dem Kino auf mich warten, mit ganz und gar zerknirschter Miene. Die Schlange schob sich voran. Kein vertrautes Gesicht tauchte auf.

Mikey zahlte. Wir holten uns nichts an der Süßigkeitentheke, sahen aber dem jungen Mann dort dabei zu, wie er rasch und effizient seinen Aufgaben nachging. Auf dem Weg ins Dunkle sagte Mikey: »Du bist so still in letzter Zeit. Seit dieser Nacht, als du nicht nach Hause gekommen bist.«

»Ach ja?«

»Ja, so kenne ich dich gar nicht.«

Wir ließen uns auf unseren Plätzen nieder. Ich spürte seinen spitzen Ellbogen an meinem. Am liebsten hätte ich ihm erzählt, wo ich am nächsten Tag hinwollte, vielleicht würde er mich ja unterstützen, mich arbeiten lassen, wenn ich arbeiten wollte. »Es ist blöd«, sagte ich schließlich.

»Was ist blöd?«

»Alles. Vor allem ich.«

Er schwieg. »Lass dir von niemandem das Gefühl geben, du wärst nichts wert, Mae.«

»Ja, klar«, sagte ich. »Du erzählst mir doch immer, dein Vater hätte dir ständig das Gefühl gegeben, du wärst nichts wert. Dagegen kann man nichts machen. Das passiert.«

»Es passiert«, sagte er, »aber ich will nicht, dass es dir passiert.«

Das Licht ging aus, und auf der Leinwand war alles strahlend und ultraecht. Es war großartig, aber in der Miene des Hauptdarstellers lag etwas, das nicht zur Geschichte passte. Seine Kamera lichtete Frauen ab, die hingestreckt unter ihm lagen. Aber sein Gesicht war wie eine offene Wunde, ein grausiger Abgrund der Verzweiflung. Er wollte der Wahrheit auf den Grund gehen, kam ihr näher und näher, aber sobald er eine Antwort halbwegs zu fassen bekam, löste sich alles auf. Der Film begann in Schwarzweiß, dann kam nach und nach Farbe hinein. Die Farbe machte die Kulissen grell und künstlich. Die Farbe verbarg alles, was sie hätte freilegen sollen.

GROSSE BÖSE BLÄTTER. 1967

Am nächsten Morgen ging ich zu der Adresse, die der Doktor für mich notiert hatte. Sie lag in Midtown, und rings um mich, die unbewegte, unsichere Gestalt, strebten alle entschlossen voran. Sie wussten, wohin sie wollten. Natürlich konnte es immer noch sein, dass ich abgewiesen wurde. Ich konnte ein Nein zu hören bekommen, dass sie mich nicht brauchten, mich nicht wollten. Das war nicht auszuschließen. Ich weiß nicht, ob diese Überlegung mich irgendwie beeinflusste. Bis zu dem Moment war mein ganzes Leben eine Aneinanderreihung von Zurückweisungen gewesen, von Ablehnungen der einen oder anderen Art. Es hätte mir wohl auch nicht weiter wehgetan, weil ich ja nicht wusste, was auf dem Spiel stand. Ich wollte mein Leben aus dem Gleis bringen. Ich war ganz wild darauf. Überall in der ganzen Stadt gab es Menschen wie mich: Ich sah sie in der U-Bahn, in der Kinoschlange, in den Tiefen der Warenhäuser. Auch meine Mutter hatte oft diesen Blick, wenn sie die Hände immer wieder ins dreckige Spülwasser tauchte, als wäre irgendeine große Verpflichtung ihr gegenüber nicht erfüllt worden. Ich war mir meiner Hände auf eine Weise bewusst, wie ich es noch nie erlebt hatte. Im Aufzug hingen sie schlaff und leer rechts und links von mir herab. Ich hatte mir die Fingernägel gesäubert, mir die Ohren geschrubbt, bis sie fast wund waren. Keine Ahnung, auf was für Kontrollen ich mich gefasst machte. Ich glaubte nicht daran, dass wirklich eine Stelle zu haben wäre. Mir erschien das alles wie ein Vorwand, den der Doktor sich ausgedacht hatte, um mich herzulocken – und dann? War das nicht egal? Ging es nicht vor allem darum, hier zu sein? Als ich das Gitter vor dem Aufzug wegschob, breitete sich ein erstaunlich großer Zorn auf alle in mir aus, die mich jemals unterschätzt hatten. Nur ich kannte mich doch vollständig mit mir aus, nur ich wusste, wozu ich fähig war. Mir fiel wieder ein, was ich gelesen hatte, und ich strich mir die Bluse glatt. Ich war im Begriff, in ein Leben einzutreten, das ganz anders war als meines, ganz anders als das aller normalen Menschen, und ich war dem Doktor dankbar, dass er mir das geschenkt hatte. Sicher, ich befand mich immer noch auf derselben Ebene wie alle Menschen auf der Welt, aber gleichzeitig war ich doch ganz woanders.

In dem Loft war es hell und kalt. Der ganze Raum war ausgekleidet mit blödsinniger Silberfolie, billiges Zeug, das bereits abblätterte. Licht strömte herein und warf mir mein eigenes Spiegelbild zurück. Aus manchen Perspektiven trug ich einen Glorienschein aus Licht, wie ein Engel. Aus anderen sah ich einfach nur albern aus. Ich machte mir Gedanken über mein Aussehen. Quälende, unsinnige Gedanken. Ich trug die geklaute Bluse. Ich hatte sie mir einfach in die Handtasche gestopft und darauf gewartet, dass mein Leben in sich zusammenbrechen würde. Aber der ganze Stress und Druck hatte meinen sonst halbwegs brauchbaren Geschmack beeinträchtigt. Erst heute Morgen, als ich sie anzog, war mir klar geworden, wie scheußlich die Bluse war. Du musst dafür kämpfen, in dieser hässlichen Welt gut auszusehen, das sagte meine Mutter immer. Aber ich hatte ja gekämpft – und sah immer noch verboten aus. Das ganze Silber bestätigte es mir. Zum Frühstück hatte ich nur eine Grapefruit gegessen, und nicht einmal die hatte ich runtergekriegt, weil ich mir plötzlich den Mund von Daniels Mutter vorstellte, ekelerregend verschmiert mit hellrosa Saft. Auf dem Sofa reckten und streckten sich ein paar junge Menschen, sie gähnten, als wären sie eben aufgewacht, dabei war es bereits Nachmittag; die schmalen Körper schlaff, die Mienen ganz verschlafen. Mitten im Raum stand ein Mädchen, reglos, mit breitem, rotem Mund. Ich hörte nichts mehr von draußen, und die wenigen Geräusche, die ich wahrnahm, wirkten verlangsamt, als stünde die Zeit still. Vor einem silbernen Münztelefon stand ein Mann mit freiem Oberkörper und drehte ziellos an der Wählscheibe, es war offenbar niemand in der Leitung. Ein Mädchen mit langen Tänzerinnenbeinen lachte, und ihr Lachen hallte nach, wie von den Wänden zurückgeworfen.

Ich wirkte erbärmlich hier drinnen, aber jetzt war es zu spät. Ich ging weiter. Zurück konnte ich nicht mehr. Am anderen Ende des Raumes saßen drei Mädchen, die winzig aussahen, an ein paar Tischen: drei Rumtreiberinnen mitten auf einem Parkplatz. Ich hielt auf sie zu und wappnete mich für die Geringschätzung, die mir entgegenschlagen würde, aber das Grüppchen nahm mich kaum zur Kenntnis. Ohne mein silbernes Spiegelbild wären mir Zweifel gekommen, dass ich überhaupt dort war. Die eine, das sah ich jetzt, war ein bisschen älter als die anderen. Sie war groß, ungeschminkt, angespannt. Noch zog es mich automatisch zu erwachsenen Autoritätspersonen, und von allen, die ich hier drinnen bisher gesehen hatte, wirkte sie am erwachsensten. Sie strahlte ein gehetztes Verantwortungsgefühl aus, als wäre es ihre Aufgabe, für alle Abendessen zu machen und sie ins Bett zu bringen. Sie war akkurat gekleidet, ein beruhigender Anblick in diesem Raum, wo sonst alle so konturlos wirkten, und saß über eine Schreibmaschine gebeugt, rechts und links von sich Papierstapel. Etliche Blätter hatten Kaffeeflecken, ein unermüdlich wiederkehrendes Muster. Ich sah, wie ihre erfahrenen Finger über die Tasten flogen.

»Kann man eigentlich an den Farbdämpfen sterben, die man hier einatmet?«, fragte ich.

»Wie bitte?«, sagte sie, ohne aufzusehen.

Sie wirkte müde, aber das war vielleicht auch nur Pose. Auf einem der Blätter sah ich ihre Handschrift, gemächlich, klar und organisiert. Die Tasten ihrer Schreibmaschine betätigte sie sehr bewusst. Das Klappern klang wie ein Flüstern.

»Ich dachte nur, man müsste sich da vielleicht Sorgen machen.«

»Es gibt schlimmere Gesundheitsrisiken«, sagte sie.

Ich nahm eine Büroklammer von ihrem Schreibtisch. »Geht ihr deswegen alle zum Doktor? Ich heiße übrigens Mae.«

»Du bist ja lustig«, sagte sie. »Wo kommst du her? Hey, Dolores, die Kleine hier kennt den Doktor. Kannst du dir das vorstellen?«

»Den Doktor«, wiederholte die mit den kurzen Haaren. Sie saß einen Schreibtisch weiter und drehte sich nicht herum. Ihre Finger bewegten sich weiter, so wie auch die der Dritten, sie hielten sich beide sehr gerade, waren mit den Gedanken ganz woanders. »Unser Held, der Doktor.«

»Hey, hast du eine Zigarette für mich?«, fragte die Ältere und sah mich zum ersten Mal direkt an. »Und, was hast du für den Doktor getan?« Sie lächelte. »Was hast du gemacht, dass er so nett zu dir war?«

»Nichts.« Ich legte die Zigaretten auf den Tisch. Am Morgen hatte ich Mikey ein Päckchen geklaut. Ich hatte mir selbst welche kaufen wollen, war dann aber von der Auswahl überfordert gewesen. Die Marke würde mitbestimmen, wer ich war, das wusste ich. Mir blieb nicht viel im Leben, außer mich richtig anzuziehen und die richtigen Zigaretten zu rauchen. Ich schob sie ihr hin. Ich wollte so tun, als wäre mir die Stelle egal. Ich wollte so tun, als müsste ich mich hier nicht erklären. Aber mein Körper spielte nicht mit: Er bewegte sich ruckartig und abgehackt, als würde jedes einzelne Teil fremdgesteuert. Ich räusperte mich. »Er war wohl irgendwie beeindruckt von mir. Er meinte, hier wäre ein guter Ort für mich, um meinen Horizont zu erweitern.«

Sie griff anmutig nach dem Päckchen, zog ihre kleinen Füße zu sich heran. Unter dem Schreibtisch lag ein Paar Mary Janes, achtlos abgestreift. Der Anblick ihrer nackten Füße verblüffte mich. »Du bist ja wirklich eine Schau«, sagte sie lachend. »Es freut mich, dass der Doktor mal lange genug aufgehört hat, mit seinem Sexleben zu prahlen, um dein enormes Potential zu erkennen.« Sie schob sich die Zigarette zwischen die Lippen und zündete sie mit ihrer blassen, knochigen Hand an. »Ich heiße Anita. Kannst du irgendwas oder bist du eine von denen, die nur rumhängen?«

»Eine von denen, die nicht arbeiten«, ergänzte Dolores.

»Die kommen her«, sagte Anita, »ihre Eltern zahlen ihnen die Miete, sie tragen ihre beschissen schönen Kleidchen, riechen nach Haarspray und Parfümerie und halten es schon für eine Leistung, morgens überhaupt aufzustehen. Ich bin es so leid, mir das anzuhören.«

»Und sie wissen nicht mal, wie man Anrufe entgegennimmt«, sagte Dolores.

»Ich bin diesen Geruch so leid«, sagte Anita. »Richtig beißend. *Das* nenne ich Luftverschmutzung.«

»Sie bleiben auch nie lange, weil Anita sie piesackt«, meinte Dolores lachend.

»Die haben aber auch was an sich, dass ich sie piesacken will. Muss der Geruch sein.«

Ich hörte, wie Dolores und die Dritte auf ihre Tasten einhackten, hörte sie effizient und leidenschaftslos arbeiten, Blatt um Blatt produzieren. Es wirkte irgendwie vertraut, beschaulich.

»Ich kann tippen«, sagte ich. »Also, das habe ich in der Schule gelernt.« Ich sagte das so, als hätte es für mich keine große Bedeutung. »Vieles, was ich in der Schule gelernt habe, fand ich ziemlich sinnlos, aber das dürfte ganz nützlich sein.«

»Entweder du bist die Sekretärin«, sagte Anita, und in ihrem Ton lag eine Spur Anerkennung. »Oder das Sumpfhuhn, das die ganze Nacht durch die Bars zieht.«

»Es gibt noch mehr Möglichkeiten, Anita«, sagte Dolores.

»Du siehst viel zu jung aus, um schon mit der Schule fertig zu sein. Hast du abgebrochen?«, fragte Anita.

»Ja«, sagte ich mit einer Stimme, die selbst für mich entsetzlich affektiert klang. »Ich habe abgebrochen, infolge starken äußeren Drucks.« In wenigen, knappen Minuten berichtete ich von den Mädchen in der Schule, der Tanzaufführung, dem Anfall. Die Ächtung nach einer Bemerkung, bei der ich mir nichts weiter gedacht hatte. Ich war ganz high vom Selbstmitleid. Da hatte ich versucht, diesen Schulmädchen ein komplexes Gefühl zu vermitteln, das sie nicht erfassen konnten, und jetzt hassten sie mich dafür. Ein Gefühl, das sich um den Tod drehte, um Gott. An der Art, wie Anita und Dolores den Kopf schief legten, sah ich, dass sie mir zuhörten, und es tat gut, von Frauen umgeben zu sein, die mich verstanden. Danach suchte ich schon mein Leben lang. Ich hatte die Mädchen aus der Schule immer banal gefunden, vielleicht war das ja der Beweis, dass es stimmte. Ich wusste sofort, dass ich diesen Frauen zeigen konnte, wer ich ganz persönlich war, tief drinnen, und dass sie es verstehen würden. Das ganze Silber ließ es aussehen, als würden wir glänzen, als befänden wir uns bereits mitten in der Zukunft. Es ging regelrecht mit mir durch, ich schmückte aus, stellte falsch dar. Ich erläuterte die Rolle, die meine frühere Freundin Maud bei der Sache gespielt hatte – betonte ihren enormen Verrat, aber auch, dass es eigentlich keine Rolle mehr spielte, weil sie nur ein verlogenes Stück war, das endlich erwachsen werden musste. Ich hatte ihre Unaufrichtigkeit jetzt durchschaut. Sie lebte in einer Fantasiewelt. Das alles erzählte ich mit absoluter, unerschütterlicher Überzeugung.

»So ein blödes Miststück«, sagte Dolores, als ich fertig war. Sie sprach leise.

»Ich kann solche Menschen einfach nicht mehr ertragen«, sagte Anita entschieden. »Und ich werde sie auch nicht mehr ertragen.«

»Schulmädchen können so boshaft sein«, sagte die Dritte. Ihr Blick blieb auf das Blatt in ihrer Schreibmaschine gerichtet, das sich allmählich füllte. Ihre Füße bewegten sich im Takt ihrer selbstbewussten, eindrucksvollen Technik. Dann zog sie das Blatt heraus und legte es mit der Schrift nach unten auf ihren Stapel. Sie erinnerte mich an die Frauen, die ich aus der Haushaltsmittelwerbung kannte – ganz erfüllt von munterer, automatisierter Geschäftigkeit. Das Haar hatte sie sich zum straffen Knoten gesteckt. Wie eine zusammengerollte Schlange saß er auf ihrem Kopf. Ihr Mund war ein dünner, abweisender Strich.

»Wer ist denn das blöde Miststück«, fragte Anita gedehnt, »das Mädchen, das den Anfall hatte, oder das, das sich deswegen so aufgeführt hat?«

»Was weiß ich«, entgegnete Dolores, schon wieder gelangweilt. »Beide?«

»Die Menschen mögen es nicht, wenn man vom Tod redet«, sagte Anita, an mich gewandt. »Das kommt hier auch nicht gut an. Solltest du wissen.«

»Oder von Gott«, ergänzte Dolores.

»Ich gebe mir ja Mühe, diese Mädchen und Maud nicht zu hassen.« Ich schwieg kurz. »Obwohl sie mein Leben zerstören wollten«, fügte ich theatralisch hinzu. »Ich vergebe ihnen.«

Anita lachte los, ein gewaltiges Wiehern, das gar nicht zu ihr passte. »Du bist wirklich eine Nummer«, sagte sie. »Wo hat er dich bloß aufgetrieben? Zuallererst, wenn du irgendwem vergeben willst, zieh nach San Francisco. Hier hegen und pflegen wir unseren Groll. Und dann sei mal nicht so aufgeblasen, von wegen Vergeben mit Pomp und Gloria. Das ist ja hässlich.« Sie hielt inne. »Apropos hässlich, Edie kriegt eine Glatze.«

»Was soll denn das heißen?«, fragte die stillere Dritte.

»Das heißt, ihr gehen die Haare aus«, sagte Dolores. Dann sah sie zu mir. »Lass dich von Anita nicht einschüchtern. Sie denkt im Grunde ziemlich beschränkt. Und kann es nicht leiden, wenn jemand nett ist. Du kannst zu diesen Mädchen stehen, wie du willst.«

»Beschränkt?«, sagte Anita.

»Entscheidend ist sowieso, was du für Fehler machst. Komm, wir testen dich mal.« Dolores stand auf und legte mir eine Hand auf die Schulter. Sie schob mich bis zu ihrem Stuhl. Sie war gebieterisch dabei – ich musste daran denken, wie Daniel mich in sein Zimmer geführt hatte. Es war so leicht, jemandem Folge zu leisten. Ich wollte nicht nach Hause zurück. Ich hätte alles gemacht, was mir befohlen wurde. Ich setzte mich auf ihren Platz.

»Wenn wir erst mal herausgefunden haben, was für Fehler du machst, wissen wir auch, wie produktiv du sein kannst«, sagte Dolores.

»Hast du einen Lebenslauf?«, wollte Anita wissen. »Hast du irgendwelche Straftaten begangen?«

»Also, folgende Fehler kannst du machen«, erklärte Dolores. »Wenn du besonders schnell arbeitest, ist die Wahrscheinlichkeit groß, dass du nachlässig bist. Gedankenlos. Wenn du zu genau bist, heißt das, du bist langsam oder übertrieben vorsichtig. Dann wirst du keine Fristen einhalten. Wenn du zu sehr von dir überzeugt bist, machst du wahrscheinlich Fehler, die dir gar nicht auffallen. Aber wenn du zu zurückhaltend beim Tippen bist, ist das auch nicht gut. Wir machen mit jeder einen kleinen Test, um ihre Schwächen einschätzen zu können. Wir hatten schon Mädchen hier, die haben sich jede Menge Patzer geleistet.«

»Nicht, dass es schlimm wäre, wenn du Straftaten begangen hast«, sagte Anita.

»Es macht gar nichts«, sagte die Stille. »Schwächen hat jeder.«

Der Schnitt ihrer Züge, die Linie ihres langen Halses, wie bei einem kleinen Pferd, das auf sich aufmerksam machen will. Sie erinnerte mich an hundert Dinge gleichzeitig: eine Weihnachtsbaumkugel in Form eines Kindes, ein Stück Seife mit der Silhouette eines kleinen Mädchens, ein Gesicht, das sich am Schaufenster platt drückt.

»Shelley ist auch noch jung«, sagte Dolores. »In deinem Alter.«

»Aber zumindest feilt sie sich die Nägel.« Anita griff grob nach meiner Hand. »Ist ja widerlich.« Sie nahm Shelleys Hand und hielt sie neben meine. Kurze, gerundete Fingernägel, eine weiche Handfläche. Ich hatte noch nie einen so sauberen Menschen gesehen. »Gepflegt, sehr gepflegt«, sagte Anita. »Besorg dir eine Nagelfeile. Das macht einen besseren Menschen aus dir. Hast du einen Freund? Wenn du willst, besorgen wir dir einen. Hier trennt sich ständig irgendwer. Einen coolen Typen. Einen richtigen Mistkerl. Möchtest du das?«

»Nicht unbedingt«, sagte ich.

»Lass gut sein, Anita«, sagte Dolores. Sie nahm meine Hände und legte sie auf die Tasten der Schreibmaschine. Es war ein neueres Modell als das, mit dem ich in der Schule zu tun gehabt hatte, eine Maschine, mit der schon mehrere hundert Mädchen Kontakt gehabt hatten, um ihre Leistung zu verbessern, ihr Leben zu verbessern, mit abgenutzten Tasten und kaputter Federung. Diese Maschine war sehr viel eindrucksvoller – ihre silbernen Tasten verwandelten sie in ein modernes, machtvolles Gerät. Ich holte einmal kurz Luft, schnell und zischelnd. Dolores' Bluse war weit ausgeschnitten, kurz sah ich ihre Brüste schwingen, aber für mich war sie bereits völlig geschlechtslos. Ihr nüchterner Pragmatismus hatte nichts Reizvolles.

»Also dann«, sagte sie, »anfangs fühlt es sich vielleicht noch an, als hättest du keine Kontrolle, als würde die Schreibmaschine eigenmächtig handeln, unabhängig von dir, aber du hast immer die Kontrolle darüber, wie du auf sie reagierst, verstehst du?«

Ich musste an die Stuhltherapie denken, von der Daniel erzählt hatte, und stellte mir vor, dass die Schreibmaschine Maud war und ich sie anschrie.

»Ich werde sie schon nicht anschreien«, sagte ich.

Dolores nickte höflich.

»Wenn du dich vertippst«, sagte Anita, »kannst du entweder geduldig noch mal von vorn anfangen, oder du kannst einen Anfall kriegen und alles zerreißen. Aber ich muss dich gleich warnen – falls du einen Anfall kriegst, wird dich hier niemand mehr respektieren oder mögen. Leute, die so reagieren, haben wir schon genug.« Sie schrieb etwas in ein kleines graues Notizbuch. »Oder du machst es wie Shelley und wirst total perfektionistisch.«

Shelley grinste zu uns herüber. Eine Reihe schiefer Zähne.

»Weißt du, Anita«, sagte Dolores lachend, »früher habe ich den Mädchen ja immer erzählt, sie würden dich schon noch mögen, wenn sie dich erst besser kennenlernen, aber inzwischen weiß ich gar nicht mehr, ob das stimmt.« Sie gab mir ein paar Seiten, lauter unwichtige Zettel. »Das ist nur zur Übung, Mae. Und du kannst mir ruhig Fragen stellen.«

Dann war ich mir selbst überlassen. Als meine Finger die ersten Tasten drückten, war ich so aufgeregt, als ließe ich mich auf eine intime Beziehung ein, und so war es wahrscheinlich auch.

Ich musste an meine Schreibmaschinenlehrerin denken – eine ältere Frau, die immer die Hände auf dem Rücken verschränkt hielt –, wie sie zu mir kam, mir Tipps gab, mich korrigierte. Nach der monatelangen Leere fühlte es sich gut an, wieder etwas Konstruktives zu tun, etwas Sinnvolles. Das Innenleben der Schreibmaschine erinnerte an eine Rolltreppe, wenn ich die Tasten betätigte, war das, als machte ich einen Schritt und noch einen und noch einen. Das Radio spielte leise murmelnd einen schlichten, fröhlichen Song. Die Zeiger der Uhr bewegten sich weiter, drehten sich umeinander. Die ganze Uhr kam mir sinnlos vor, als könnte sie jede Zeit ausspucken, die sie wollte. Überall im Raum arbeiteten Leute in Grüppchen, zu zweit oder zu dritt, kleine Inseln der Konzentration, aber insgesamt war die Stimmung träge. Zwei Männer kamen herein und breiteten Fotos auf einem langen Tisch aus. Als sie sich an Anita wandten, wurde sie ganz still und ruhig, wandte sich ihnen mit dem ganzen Körper zu. Die Männer steckten in Levi's, die auf der Hüfte saßen, und einer fasste Anita beiläufig an die Wange. Sie lächelte zu ihm hoch, ein Glücksstrahlen im Gesicht. Alle sahen aus, als gehörten sie eigentlich in einen Werbespot. Ich versuchte, nicht dauernd zur Tür zu schauen. Ich arbeitete rasch und war schneller, als ich erwartet hatte. Nichts von dem, was ich schrieb, war irgendwie interessant oder fesselnd, und schwierig war es auch nicht. Nach allem, was ich gelesen hatte, hätte ich gedacht, es würde um Kunst und Skandale gehen. Ich gierte bereits nach Einblicken. Das Licht wechselte. Ich war gleichzeitig entspannt und konzentriert, und die Schreibmaschine war wie ein Spielzeug unter meinen Händen. Ein Mann fegte den Boden, bewegte den Besen auf merkwürdige Weise hin und her, als folgte er einem künstlerischen Prinzip. »Es ist wirklich furchtbar dreckig hier«, teilte Anita niemand Bestimmtem mit. Sie schlug auf ihre Schreibmaschine ein, als wollte sie ein Streitgespräch gewinnen. Shelley dagegen wirkte, als wäre sie mit ihrer Schreibmaschine liiert, als wären sie ein Paar. Wo hatte ich einen solchen Blick schon mal gesehen? So hatte Daniel mich angeschaut, als wir zusammen U-Bahn fuhren. Durch das Klappern der Maschinen hindurch hörte ich das Sofa seufzen, wenn sich jemand setzte oder die Jacke auszog, die Bodendielen knarren, wenn jemand durch den Raum ging. Ich hörte Anita und Dolores tratschen. Es ging fast nur um Immobilienfragen, wer wo wohnte. Wer mit wem Schluss gemacht hatte. Die Vorfälle klangen spannend, blieben aber rätselhaft, wie eine immer wieder unterbrochene Seifenoper. Jemand war für jemand anders viel zu gut. Jemand hatte Anita schlecht behandelt. Ihre Stimmen klangen klar und intelligent. Irgendwann zog Anita zwei Pillen hervor und legte sie vor sich hin. Sie schluckte sie ohne Wasser und widmete sich dann wieder ihrem Kreuzworträtsel. Jedes einzelne Kästchen füllte sie aus. Shelley leckte sich die Finger, als wären sie Teil der Maschine und müssten geölt werden. Während der letzten Stunde ließ ich mich nicht mehr ablenken. Ich wollte beweisen, dass ich nicht unbedeutend oder oberflächlich war. Ich war ganz auf meine Schreibmaschine fixiert, meine Gedanken spulten sich ab wie ein Farbband. Hier konnte mir keiner was. Ich merkte, wie alle Menschen in meinem Leben außer Sicht gerieten, verschwammen, unwichtig wurden. Ich sah zu, wie einer Frau die langen blonden Haare geschnitten wurden. Sie setzte die Schere selbst an. Die Strähnen fielen zu Boden. Sie zeigte keine Regung, als diente die Tat einem höheren Ziel. Ich wusste, dass mir die gleiche Wandlung offenstand. Ich konnte eine Person werden, die ich selbst erfunden hatte. Es war möglich, die Person, die ich gewesen war, auszulöschen, wenn ich nur die richtige Arbeit machte, lieferte, diese Leute hier beeindruckte. Es kam mir gar nicht in den Sinn, dass jedes Mädchen hier im Raum genau den gleichen Ehrgeiz hatte.

Als der Tag zu Ende war, nahm Anita meine Blätter an sich. Ich hielt sie noch eine Sekunde fest, bevor ich sie losließ. Schon empfand ich sie als mein Eigentum. »Ich melde mich bei dir«, sagte Anita. Ich schrieb meine Nummer auf eine Serviette und legte sie unter ihre Kaffeetasse. Ich hatte eine Heidenangst, meine Kontaktdaten könnten verloren gehen.

Anita leckte sich über die Lippen und griff nach ihrem grauen Notizbuch. »Letzte Frage noch: Willst du Schauspielerin werden? Bist du deswegen hier – weil der Doktor dir erzählt hat, du könntest deinen großen Durchbruch haben? Willst du zum Film? Willst du fotografiert werden? Bist du faul und selbstsüchtig?«

»Eigentlich nicht«, sagte ich. »Also, ein bisschen faul und selbstsüchtig bin ich wahrscheinlich schon, aber Schauspielerin will ich nicht werden. Und wegen der Straftaten, ich habe die Bluse hier geklaut.« Ich nestelte an den Knöpfen. »Nur normale Straftaten also, ganz durchschnittliche. Ich hatte gehört, man müsste cool aussehen, um hier vorzusprechen.«

Anita zog die Serviette hervor und legte sie auf das Kreuzworträtsel. Sie notierte etwas darauf. »Danke, Mae.«

Shelley und ich warteten gemeinsam auf den vergitterten Aufzug. Keine von uns sagte etwas. Nach einem langen Tag des Schweigens hätte sich das auch zu abrupt und eigentümlich angefühlt. Sie hatte einen Aktenkoffer dabei, in dem sie ihre abgetippten Seiten verstaut hatte. Es war ein stabiler, brauner Koffer mit goldener Schließe. Ein spießiger, verklemmter, kreuzbraver Gegenstand, mit dem ich mich nie hätte sehen lassen, das wäre mir viel zu peinlich gewesen. Sie trug einen langen, grünen Mantel und hohe Stiefel. Den ganzen Tag schon hatte ich immer wieder verstohlen zu ihr hingeschaut, jetzt stand sie vor mir, und ich sah jedes kleinste Detail von ihr. Sie hatte ein großflächiges, nichtssagendes Gesicht, die Augen hatte sie sich wenig elegant mit Kajal umrandet. Die Musik im Raum hatte sich verändert. Alles war jetzt in Bewegung, und ich fand es regelrecht beschämend, dass Shelley und ich gehen mussten. Ich schaute auf ihre Hände. Sie waren glatt und im Gegensatz zu meinen nicht mit Tinte verschmiert. Vorhin hatte ich gesehen, wie sie an ihrer Maschine das Farbband austauschte, die Einzelteile lagen auf ihrem Schreibtisch. Irgendwie war es ein bisschen anrüchig, sie so zu beobachten – als würde ich ihr unerlaubt beim Ausziehen zuschauen. Sie hatte keinen einzigen abgebrochenen Fingernagel.

»Ich schrubbe sie«, sagte sie. »Jeden Abend, mit Seife. Erst ganz sanft, dann aggressiver.« Sie machte es mir pantomimisch vor. »So habe ich vorher nicht gelebt. Ich habe noch nie so viel Seife verbraucht.«

Wir traten in den Aufzug, und sie zog das Gitter zu. Dann legte sie mir die Hand auf den Oberarm. »Du wirst staunen, was du da drinnen manchmal zu hören bekommst.«

Ich spürte, wie wir immer tiefer sanken, dachte an Zugseile, die sich spannten und lockerten, wie es sie in jeder Maschine gab. »Falls ich noch mal komme.«

»Wirst du«, sagte sie. »Die mögen Menschen wie dich.«

»Und was sind Menschen wie ich?«

»Ungewöhnliche Menschen«, sagte sie. »Mach dich nicht zu Anitas Dienerin. Und lass dir nicht alle Zigaretten von ihr wegrauchen. Sie ist unfassbar geizig. Sie soll sich selber welche kaufen, klar?«

Wir traten hinaus auf die Straße. Es hatte geregnet, der Asphalt eine nasse, glatte Fläche mit der einen oder anderen Pfütze aus Licht. »Ich habe mal Kaffee über eins von ihren Taschenbüchern verschüttet, da ist sie ausgeflippt. Im Grunde ist sie nämlich sehr spießig. Sie lehnt alles ab, was sie nicht kontrollieren kann.«

Ich schaute auf den Aktenkoffer. »Sie will einfach nur, dass du sie für ein Monster hältst«, fuhr Shelley fort. »Ich bin jetzt seit einem Monat hier und mache viele Schreibarbeiten. Es wird dir hier gefallen. Du fühlst dich garantiert schnell wohl. Es ist nicht wie in der Schule. Die Leute begegnen dir mit Respekt.«

»Das würde mir allerdings gefallen«, sagte ich.

Sie lachte. »Diese Geschichte, die du da erzählt hast, mit der Tanzvorführung, da hatte ich so ein Gefühl von ...« Sie suchte nach dem richtigen Wort.

»Bedauern?«, schlug ich vor. »Verzweiflung?«

»Mitleid.« Ihr Blick war aufmerksam, ihre Züge hübsch, aber verwirrend, so, als würden sie ständig neu angeordnet und wieder durcheinandergebracht. »Die Schule liegt inzwischen so lange zurück. Seit ich hier bin, kommt mir alles vor, als läge es lange zurück.«

Ich blinzelte ein paar Mal, und mir fiel wieder ein, dass wir auf der Straße waren. Es erschien mir regelrecht grotesk, dass die Stadt immer noch da war – Menschen, die geschäftig vorbeieilten, Menschen, die im Taxi saßen, sich vor dem Reiz fürchteten, den sie aufeinander ausübten, den Abstand zueinander vermaßen, Menschen an jeder Straßenecke, die echte, unverzeihliche Fehler machten. »Was hat dich denn hierhergebracht?«, fragte ich.

»Da, wo ich herkomme, konnte ich meine Fähigkeiten nicht richtig einsetzen.«

»Tippen?«

Sie lächelte. »Und zuhören. Wo ich aufgewachsen bin, gab es absolut nichts zu hören. Was für ein Leben ich geführt hätte, wenn ich dort geblieben wäre, da wurde mir wirklich angst und bange. Ich kam mir vor wie ein Freak. Anders kann ich das nicht formulieren. Hier schien's mir also gar nicht so schlecht. Hier sind alle auf einer Ebene mit mir.« Sie reckte aufgeregt die Arme über den Kopf. »Hey«, sagte sie dann, »bist du gut im Einkaufen?«

»Wäre ich, wenn ich Geld hätte. Dann wäre ich bestimmt unglaublich gut darin.«

Sie kicherte. Ihre schiefen Zähne hatten ihren Reiz. »Ich brauche einen neuen Gürtel. Ich weiß genau, was für einen ich möchte. Und den gehe ich jetzt suchen.«

Ich war mir nicht sicher, ob das eine Einladung war. Nichts war leichter, als sie sich im Warenhaus vorzustellen, mit ihrer überschäumenden Freude darüber, einfach nur hier zu sein, in dieser Stadt, in diesem neuen Leben, das sie sich ausgesucht hatte. »Viel Glück«, sagte ich.

Sie nickte. »Bis dann.« Damit drehte sie sich um und ging. Als sie schon halb die Straße hinunter war, rief sie mir noch einmal zu: »Und lass dir von Anita nicht die Zigaretten wegrauchen, Mae. Sie raucht auch noch die letzte, wenn du sie lässt.«

Am Abend widmete ich mich meinen Händen. Ich wusch mir im Waschbecken die Tintenflecke ab – diesem Waschbecken, vor dem ich Mikey so oft stehen sah, den Rücken zu mir, mit freiem Oberkörper, beim Rasieren. Wie er sich im Spiegel anstarrte, während er sich die Rasierklinge über die Wangen zog. Immer schwang etwas von Erwartung mit, wenn er sich rasierte: Er hatte ein Vorstellungsgespräch, gab irgendwo eine Dichterlesung, traf sich mit einem originellen Typen. Dieser fast schon gewalttätig konzentrierte Blick, wenn der Rasierer auf sein Gesicht traf. Ich zog eine Nagelfeile aus meiner Handtasche. Die hatte ich mir auf dem Heimweg besorgt. Vor mir in der Schlange sagte eine Mutter zu ihrer Tochter, sie würde zu dick. »Ist mir egal«, entgegnete die Tochter, »so ist das eben.« Ihr mürrisches, gelangweiltes Verhalten erinnerte mich an die drei Schreibkräfte. Überall behandelten junge Menschen Erwachsene mit unverhohlener Verachtung. Mädchen mit scheußlichen Frisuren lächelten herablassend. Sie testeten neue Gesichtsausdrücke, die ihre Eltern nicht begriffen. Die Erwachsenen verstanden den Witz schon längst nicht mehr, und dieser Gedanke machte mich froh. Die Feile sah in ihrer Plastikhülle aus wie ein kleines Messer. Ich überlegte, ob ich damit wohl Schaden anrichten könnte. Die reißende Folie klang nach enthüllten Geheimnissen. Und während meine Nägel zu akkuraten Halbmonden wurden, versank mein Leben in immer weiterer Ferne. Ich hätte die ganze Wohnung – den feuchten, räudigen Teppich, die cremeweißen Wände – auseinandernehmen und neu zusammensetzen können, wie Shelley es mit der Schreibmaschine gemacht hatte. Ich studierte meine Hände so lange, bis sie mir vor den Augen verschwammen und sich auflösten. Ich überlegte, was sie wohl herstellen könnten, um mich von den vielen tausend anderen Mädchen abzusetzen, und ich wartete auf Anitas Anruf.

An dem Abend schauten Mikey und ich im Fernsehen einen Film, in dem eine hinterhältige Frau Pläne schmiedete; man sah förmlich, wie sie im Kopf die grässlichsten Berechnungen anstellte. Gegen zwölf kam meine Mutter herein und wollte tanzen. Sie stellte sich mitten ins Zimmer und ließ die Hüften kreisen. Sie hob das Kinn zur Decke, drehte sich von uns weg, scheinbar ganz in ihre eigene Verzückung versunken. Mikey und ich reagierten nicht darauf, aber sie ließ nicht locker. Am Ende war sie richtig verschwitzt. Ich wusste, sie trank schon seit Stunden.

»Wo hast du denn das gelernt?«, fragte Mikey.

»So tanzen jetzt alle. Hab ich gesehen.«

Sie ließ sich auf Mikeys Schoß plumpsen, und ich schaute weg. Als ich wieder hinsah, starrten mir die schmutzigen Sohlen ihrer Füße entgegen.

»Ist ja widerlich«, sagte ich.

»Glaubst du, sie wird mal schön, Mikey?«, sagte meine Mutter und sah mir zerstreut ins Gesicht, als würde sie etwas darin suchen.

»Ich finde das nicht wichtig«, sagte Mikey.

»Oho, ein Feminist«, feixte meine Mutter. »Wobei es ja auch wirklich nicht wichtig ist.« Sie fasste mir an die Wange. »Es sei denn, du möchtest die Leute quälen. Quälst du die Leute gerne?«

Ich sah mir Mikeys gespielt neutrale Miene an und machte mich von ihr los.

»Das ist wie mit allem anderen auch«, sagte ich, »ich werde es wohl ein, zwei Mal ausprobieren.«

»Sie würde alles ausprobieren«, rief meine Mutter und strampelte mit den Beinen.

»Ja«, sagte ich. »So bin ich.« Als ich aus dem Zimmer ging, lag sie immer noch in Mikeys Schoß.

In der Nacht rief Anita an. Ich dachte, es wäre vielleicht Maud. Ich hatte unruhig geschlafen: hatte von Eisdielen geträumt, von Tunneln, lauter Träume, in denen ich alles genauestens spürte. Als ich den Hörer abnahm, klang es, als wäre sie auf einer Party – Stimmengewirr im Hintergrund, übertrieben eifriges Gelächter. Ich konnte mir Anita nicht auf einer Party vorstellen, mitten im Gewirr von Körpern. Meine Mutter saß auf einem Küchenhocker und sah mir beim Telefonieren zu, als hätte sie eine Kränkung zu verarbeiten. Das Telefon war ihre Domäne, ihre Verbindung zum Leben draußen. Wie konnte ich es wagen? Beim Sprechen schmeckte ich noch die Limonade, die ich am Abend getrunken hatte: übertrieben süß und unangenehm. Ich nahm diesen nächtlichen Anruf nicht als Zeichen meiner ach so gewinnenden Persönlichkeit. Wahrscheinlich brauchte Anita nur einen Puffer – zwischen sich und der Party. Und das war ich. Mir fiel wieder ein, was Shelley erzählt hatte, dass Anita alles ablehnte, was sie nicht unter Kontrolle hatte. Anita, wie sie sich aus irgendeiner abgeschmackten Lage löste, indem sie verkündete, sie müsse noch einen »beruflichen Anruf« machen. Immer auf einer höheren Ebene, immer abseits.

»Mae«, sagte sie, »möchtest du nächste Woche wiederkommen?«

Ich sah sie an dem silbernen Münzfernsprecher stehen, mit geradem Rücken, die Party nur ein lautstarkes Surren hinter ihr.

»Ja«, sagte ich entschieden.

»So ein kluges Kind.« Sie klang belustigt. »Du kannst übrigens wirklich tippen, ist dir das klar?« Sie wirkte angetrunken, vielleicht hatte sie den Hörer in der einen und ein leeres Glas in der anderen Hand. »Weißt du, dass ich jeden Morgen mit der Bahn komme? Es ist eine weite Fahrt, und die Sitze sind wirklich unbequem, aber ich nehme das auf mich, um herzukommen, weil es mir wichtig ist. Manche von den Mädchen hier halten das mit der Bahn für einen gottverdammten Witz, aber ich nehme sie tatsächlich, jeden Tag, Mae.«

»Kann ich verstehen«, sagte ich. »Und ich mag die Bahn sowieso.« Meine Mutter saß da und hörte zu, die schmalen, knochigen Schultern schlaff, die personifizierte Gleichgültigkeit.

»Solltest du auch«, sagte Anita. »Eine Warnung noch: Bilde dir nicht zu viel darauf ein, wie gut du bist, und lass dich hier bloß von niemandem ausnutzen.« Sie lachte. »Abgesehen von mir natürlich. Und die Geschichte, die du da erzählt hast, von den Mädchen aus deiner Schule, die Sorte unreifes Verhalten kannst du hier vergessen. Hier ist Freundschaft das Allerwichtigste, sie steht an erster Stelle. Starr bei der Arbeit niemanden an. Und lass dich möglichst nie von seiner Mutter am Telefon in ein Gespräch verwickeln, okay?«

»Okay.«

»Außerdem lasse ich dich nur unter einer Bedingung wieder herkommen: Du darfst nicht mehr mit dem Doktor telefonieren, du wechselst nie wieder ein Wort mit ihm.«

»Warum nicht?«

»Weil ich ihn unangenehm finde, weil ich ihm immer ansehe, wie er im Kopf meinen Körper bewertet und sich die ganze Zeit umsieht und überlegt, welche Mädchen hübsch sind und welche nicht. Das ist respektlos.«

»Ich bin nicht so unschuldig, wie du glaubst«, sagte ich und wandte mich dabei direkt meiner Mutter zu. »Ich bin nicht mal mehr Jungfrau.«

Meine Mutter ließ sich nie zu einer Reaktion hinreißen. Dass ich mich so erfolgreich abschotten konnte, hatte ich ihr zu verdanken. Jetzt blickte sie kurz ins Leere, dann stand sie auf und ging, ohne auch nur zu mir hinzusehen, aus der Küche.

»Na, großartig, Mae«, sagte Anita.

»Warum lässt du mich wirklich wiederkommen?«, fragte ich.

»Keine Ahnung. Wahrscheinlich hat mir einfach deine Bluse gefallen«, sagte Anita und legte auf.

Der Februar war kälter als vermutet. Meine Mutter redete nicht mehr mit mir und stampfte durch die Wohnung, als hätte ich sie auf unsägliche Weise verletzt. Das gehörte zu ihren weniger attraktiven Gewohnheiten. Sie schminkte sich nicht mehr. Ihre Eitelkeit nahm ab, je mehr meine wuchs. Ich löste mich geistig zusehends von der Wohnung. Da, sagte ich mir, ist die Küche meiner Kindheit, dort der dunkle, hässliche Flur meiner Kindheit. Zur Schule ging ich nicht mehr: Wenn ich an die vielen Sitzreihen voller Mädchen dachte, die sich über ihre klein und eng mit Text bedruckten Buchseiten beugten, taten sie mir einfach nur leid. Das kalte Wetter nahm kein Ende, als wäre die ganze Stadt verurteilt. Ich verbrachte die meisten Tage an der Schreibmaschine und machte alles, was Anita mir auftrug. Die Stadt war genau wie immer; Menschen verschwanden bibbernd vor Kälte in den U-Bahn-Schächten, im Radio liefen schmalzige neue Songs. Die ersten paar Tage, an denen ich morgens in das Gebäude trat, waren die eindrücklichsten meines Lebens.

Ich brauchte ein Weilchen, um mir klarzumachen, woran mich dieser Ort erinnerte: an ein Puppenhaus. Überall waren Mädchen hindrapiert, sie besetzten jede mögliche Fläche, lagerten auf dem Sofa, auf den verblichenen Teppichen, genauso, wie Maud und ich sie früher beim Spielen platziert hätten. Wenn ich an meiner Schreibmaschine saß, fühlte ich mich endlich von Genie und Grazie umgeben, von Menschen, die ihr Leben in die Hand genommen hatten. Oft war es so dunkel im Raum, dass ich all die Leute gar nicht sah: Ich spürte sie nur. Und doch nahm Shelley im Vergleich mit ihnen eine ganz besondere Bedeutung an. Das lag wohl daran, dass wir gleich alt waren, vielleicht aber auch an etwas anderem, dem entschlossenen Zug um ihr Kinn, ihrer seltsamen Aura. Auch unter den anderen Mädchen waren viele Ausreißerinnen, aber so, wie ich das sah, hatte sie es am weitesten gebracht, besaß die meiste Energie, zeigte das größte Potential. Sie war sehr zielstrebig bei der Arbeit. Ich hielt den Blick ständig auf ihre makellosen Handrücken gerichtet. Ich wollte mit ihr befreundet sein, aber meine einzige Freundschaftsschablone war Maud, und was nützte mir das schon?

Shelley war immer schon vor mir da und ging erst nach mir. Was sie tippte, bekam ich nie zu sehen. Sie legte die fertigen Seiten immer gleich in ihren Aktenkoffer. Mir wurde gesagt, sie arbeite schon seit geraumer Zeit an etwas anderem, das nichts mit Anita und Dolores zu tun habe. Sie strahlte eine sanfte Autorität aus, die durch den Aktenkoffer – ein Gegenstand, an dem sie mit maßloser Zuneigung hing – nur noch verstärkt wurde. Ich suchte nach Rückschlüssen auf ihre Eltern in ihrem Gesicht. Sie mussten, vermutete ich, auf jeden Fall ziemlich furchtbar gewesen sein. Meine Fantasie, die sich nur aus Seifenopern und den Unglücksgeschichten meiner Mutter speiste, war zu allen möglichen düsteren Einfällen fähig. Es war ja auch nur folgerichtig; es musste mehr als Neugier gewesen sein, was sie dazu veranlasst hatte, in den Bus zu steigen und sich jetzt so unermüdlich an der Schreibmaschine abzuarbeiten. Ich bewunderte sie längst dafür, dass sie sich mit ihrem Leben nicht abgefunden hatte, staunte längst über ihre Unbeirrbarkeit, die Kraft ihres Verlangens. Wie sie tagtäglich resolut den Aktenkoffer schloss. Ich fragte mich, woher sie diese göttliche Bestimmtheit wohl nahm, die sie selbst in einem Raum voller Schönheiten noch so bemerkenswert machte. Und natürlich umwehte sie der Nimbus der Ausreißerin.

Wenn meine Mutter stumm mit mir am Frühstückstisch saß, versuchte ich oft, mir vorzustellen, wie Shelley wohl ihren Tag begann. Wahrscheinlich erwachte sie irgendwo in einer heruntergekommenen Wohnung, auf einer Matratze auf dem Fußboden, das komplette Klischee. Bestimmt hatte sie auch Mitbewohnerinnen. Für mich war das exotisch, eine Leistung, das wahre Leben – tropfende Wasserhähne, graue Gesichter, die einem auf dem Flur begegneten, fremde Zigarettenkippen im Aschenbecher. Ich malte mir ihre scheuen Verschönerungsversuche aus, ein paar Bilder, herausgerissen aus Zeitschriften, die Schönheit und Selbstoptimierung propagierten. Die Fotomodelle waren jetzt anders, ich sah sie in den Zeitschriften. Meine Mutter zeigte auf sie und sagte, sie seien viel zu dünn und taugten nichts, wohin seien bloß die ganzen sinnlichen Frauen verschwunden? Aber auf mich wirkten sie anziehend, in ihren Mienen und ihrem Charme lag eine Zugänglichkeit. Shelleys Morgenrituale und meine. Beide beugten wir uns über ein Waschbecken, das mit Zahnpasta und der Spucke anderer Menschen verschmiert war. Beide prüften wir uns aufmerksam, entschlossen, alle Spuren unserer Herkunft abzustreifen. Ich stellte mir so oft vor, wie Shelleys Morgen ablaufen könnte – aus welcher Richtung sie kam, wo sie entlangging, was ihr auffiel, die verbotenen Reize der Stadt, die ich schon längst nicht mehr sah –, dass ich manchmal fast glaubte, ich müsste in ihrer Gestalt in das Gebäude kommen und sie in meiner.

Ich machte nicht viel – tippte ein paar Briefe und Einladungen ab, ging zur Post, warf hin und wieder einen Blick in die Silberfolie, um zu prüfen, dass ich halbwegs annehmbar aussah und vielleicht einen Weg hinein finden könnte. Gelegentlich wurde mir klar, dass ich eigentlich in der Schule sein müsste, und der Gedanke machte mir Angst. Oder ich befürchtete, einfach wieder vor die Tür gesetzt zu werden wie ein hässliches Möbelstück, das zu nichts mehr passte. Ich saß aufrecht da, allzeit bereit, ein Diktat aufzunehmen. Oder ich sang leise zu den Platten mit, die gerade liefen, bei den hohen Tönen zitterte meine Stimme. Ich machte nicht viel, aber immer noch mehr als die anderen, die herumhockten, sich munter stritten, rauchten und von ihrem Privatleben erzählten. Ihr träge plätscherndes Geplauder: Szenen aus Hotels, die ich nur vom Hörensagen kannte, Heimfahrten, Auslandsreisen, Liebesaffären. Sorgfältig geschminkte Mädchen, die mit Herbstlaub in den Haaren hereinkamen, sich aufs Fensterbrett setzten und auf die Straße hinunteraschten. Das war kein Problem: Es war ihr Job. Sie redeten stundenlang über Partys. Ich war noch nicht auf allzu vielen Partys gewesen – Geburtstagsfeiern der Mädchen aus der Schule, die plötzlich und ohne Vorwarnung endeten, Feierlichkeiten, die sich bloß durch ihre Eintönigkeit auszeichneten –, hielt sie aber allgemein für eine eher schlichte Angelegenheit. Entweder man amüsierte sich oder eben nicht. Jetzt entdeckte ich auf einmal einen Strauß endloser Komplikationen, die Möglichkeit, ganz leidenschaftslos den Wert einer Party einzuschätzen. Die Grundaufstellung, die banale Oberfläche und den harten, dunklen Kern. Mit wem man Spaß hatte, Spaß hatte, Spaß hatte. Sie sprachen über Partys wie über Bonbons mit Füllung, die sie leersaugen wollten. Ich gab mir alle Mühe, sie nicht anzustarren, wie es mir eingeschärft worden war. Ganz in meiner Nähe saß Shelley mit großen Kopfhörern auf den Ohren. Sie sah damit aus wie ein Geschöpf von einem anderen Planeten, als würde sie Signale aus anderen Teilen des Weltraums empfangen. Kaum jemand beachtete sie. Was mir an ihr gefiel – diese Hingabe, die sie aus sich selbst schöpfte –, ließ sie in einer Umgebung, in der das niemanden interessierte, abnorm erscheinen. Dieses trotzige, beharrliche Tippen. Falls sie sich ausgeschlossen fühlte, ließ sie es sich nicht anmerken. Zurück zu Hause tat mir vom vielen Geradeausschauen der Nacken weh. Nach einem Tag im Studio fand ich die Gespräche übers Abendessen, über Restaurants, über die Arbeit, die ich in der U-Bahn mitbekam, öde, schlimmer noch als öde: ohne jedes Leben, unecht.

Hereinkommen sah ich ihn nie, aber ich merkte, wie sich die Atmosphäre änderte, wenn er da war. Es wurde heller, als wüssten plötzlich alle ganz genau, wohin sie den Scheinwerfer ihrer Aufmerksamkeitssuche richten mussten. Seine Anwesenheit forderte eine Reaktion, obwohl er gar nicht viel tat oder sagte. Wenn er durch den Raum schritt, schwiegen alle. Anita hatte mir gelangweilt erklärt, wer er war, aber ich hatte ja schon die Bilder gesehen. Er arbeitete weiter hinten im Studio und ließ sich von keinem Lärm, keiner sonstigen Störung irritieren. Seine Konzentration war gewaltig und unantastbar. Mehrmals tauchte er in meinen Träumen auf, da war er dann sehr viel freundlicher; er lächelte und tätschelte mir den Kopf, musterte mich bewundernd. Ich war ihm nie vorgestellt worden, trotzdem kannte ich seine leise Stimme, seinen schnellen, geräuschlosen Schritt. Wenn er mit jemandem sprach, standen die Betreffenden immer sehr gerade, als würden sie in dem Moment lebendiger, menschlicher.

Nach ein paar Tagen zeigte mir Anita, wie ich das Telefon bedienen sollte. Sie hielt mir den Hörer hin, dessen lange Schnur sich vor mir entrollte wie eine Kampfansage. Ich griff verunsichert danach. »Äh, hallo?«, sagte ich hinein. Es erschien mir auf einmal haarsträubend intim, wie sich mein Mund an die Sprechmuschel drückte.

»Anita hat das Telefon gerade erst entdeckt«, sagte Dolores.

»Ich will eben, dass sie es richtig macht. Der erste Eindruck zählt.« Anita trug einen kurzen Regenmantel und hatte die Kapuze noch auf. Ihr Kopf darunter sah aus wie geschrumpft.

»Manchmal ist die einfachste Art die beste«, sagte Shelley und nahm ihren Kopfhörer ab.

Wenn Shelley sich zu Wort meldete, wirkte sie immer abgestoßen von Anitas dominanter Art, ihren angedeuteten Disziplinierungsmaßnahmen. Der aufgeräumte Schreibtisch, die Taschenbücher, Anitas ganze Vorstellung von Effizienz war wie ein Widerspruch gegen alle anderen, die ins Studio kamen. Ich wusste, was Shelley dachte: Wenn Anita sich so viel Mühe geben musste, ihre Macht auszuüben, hieß das wahrscheinlich, dass sie eigentlich keine hatte. Das fiel gleich auf, wenn man nur genau hinschaute. Manchmal erwischte ich Anita morgens lesend am Schreibtisch. Dann wirkte sie wie eine ganz andere, viel fröhlichere Frau.

Shelley hauchte immer rauchig ins Telefon, wenn sie dranging. Ein ungeheurer Aufwand, um irgendwem zu gefallen, dem sie vermutlich nie begegnen würde. Ich war dann jedes Mal peinlich berührt. Sie war einfach nicht sexy, und all ihre Versuche wirkten heillos und jämmerlich, wie meine Mutter, wenn sie sich betrunken in Positur warf. Anita schüttelte nur ganz langsam den Kopf, wenn sie Shelley hörte, und das körperliche Unbehagen stand ihr ins Gesicht geschrieben. Sie selbst machte ihre Stimme immer unnatürlich hell, fast schon absurd erotisch, das Ergebnis war aber immer nur matt und seltsam. Ich glaube, Shelley hätte Anita und sich gern als absolute Gegensätze betrachtet, aber auch sie schien immer dann besonders zufrieden mit sich, wenn sie etwas tat, was sie bewältigen konnte: tippen, ihrem Kopfhörer lauschen, die fertigen Seiten zusammenlegen, um sie im Aktenkoffer zu verstauen. Manchmal, morgens, in den wenigen Minuten, bevor sie sich den Kopfhörer aufsetzte, hatte Shelley einen hilflosen, verlassenen Ausdruck im Gesicht, der mir Angst machte.

In diesen ersten Tagen an dem Schreibtisch, den Anita mir zugewiesen hatte, wurden mir die Schule und mein altes Leben völlig unverständlich. Ich konnte nicht fassen, dass ich überhaupt so viel Zeit an einem so geistlosen Ort verbracht hatte, mit Mädchen, die ihre Probleme lösten, indem sie sich gegenseitig an den Haaren zogen und die Augen auskratzten. Oft blieb ich länger als nötig, weil ich nicht zurück nach Hause wollte. Ich mochte es, wenn es im Raum dunkel wurde und kaum jemand da war, bis auf Shelley, die sich mit konzentriertem Klappern ihrer geheimnisvollen Aufgabe widmete.

Eines Abends diktierte Anita mir noch spät einen Brief, mit dem irgendwelche Eltern um Geld angebettelt werden sollten. Es war das erste Mal, dass ich ein Diktat aufnahm. Ich hatte den Eindruck gewonnen, dass ständig eine unbestimmte Anzahl solcher Briefe im Umlauf war. Ich hatte schon viele Umschläge mit offiziell klingenden Ostküstenadressen zur Post gebracht, Häuser mit eigener Zufahrt und Namen, mit makellosen Rasenflächen. Es fiel mir schwer, mir auch nur ansatzweise vorzustellen, wie es in solchen Häusern aussah: In meinem Kopf ähnelten sie den gesichtslosen weißen Flächen eines Warenhauses. Ich fragte mich, ob die Empfänger wohl, schon bevor sie die Umschläge aufrissen, ahnten, was für schmierige Anfragen sie enthalten würden. Erwarteten sie sie vielleicht sogar? Schreiben von missratenen Kindern aus aller Welt, die durch den Briefschlitz fielen. Beim Diktieren saß Anita neben mir und lackierte sich die Nägel, Streifen blauer Farbe, die zum klaren Morgenhimmel passte. Ich tippte so vorsichtig, als führte ich selbst das Gespräch mit den Eltern, die ich da beeindrucken wollte.

»Hast du auch reiche Eltern?«, fragte Anita. Sie trug eine glänzende Schicht nach der anderen auf und hielt ihre Hand dann bewundernd von sich weg. Sie wusste, dass ich keine hatte; bei Anita war alles Herausforderung oder Test. Ich glaube nicht, dass sie mir gegenüber irgendein echtes Wohlwollen hegte, aber sie wusste doch, dass wir uns ähnlich waren. Eine kalte Wohnung, aggressives Verhalten vom einen oder anderen Elternteil und der Ehrgeiz, den eine solche Umgebung manchmal auslöst. Allein aus dem Grund behielt sie mich dort, auch wenn es eigentlich nichts zu tun gab.

Ich schüttelte den Kopf.

»Viele der Mädchen hier haben welche. Aber aufregen darf man sich deswegen nicht über sie, sie können ja nichts dafür. Stimmt's, Dolores?«

»Stimmt genau«, sagte Dolores lachend. »Ist halt ein Handicap.«

»Ja.« Anita lachte jetzt auch. »Eine kosmische Strafe, deswegen müssen wir auch nett zu ihnen sein.«

»Die sensiblen Seelchen. Sie haben es ja auch schwer genug.«

Anita legte mir die Hand auf die Schulter. »Eigentlich spielt es keine Rolle, was du schreibst. Hauptsache, es wird klar, dass wir Geld brauchen. Also, dann fange ich mal an.«

»Ihr Lieblingsauftritt«, sagte Dolores.

»Daddy, seit ich fortgegangen bin«, rief Anita, »habe ich nichts mehr von dir verlangt. Würde es dich sehr schmerzen, mir etwas Geld zu schicken? Sicher, ich habe mein Taschengeld, aber New York ist so schrecklich teuer, wenn man einen gewissen Lebensstil pflegt.« Dolores lachte laut auf. »Es fallen wirklich so viele Kosten an, Daddy. Bitte hab Erbarmen! Meine Freunde arbeiten an wirklich wichtigen Projekten, und ich selbst bin ein bisschen deprimiert. Du weißt ja, wie ich dann werde! Sorgen wir dafür, dass das Licht weiterbrennt, sorgen wir dafür, dass alle glücklich sind. Alles Liebe für dich und Mutter. Wahrscheinlich interessiert es dich gar nicht, aber neulich war ich bei einer Zeitschrift auf der Titelseite. Bitte, bitte, was immer du erübrigen kannst! Alles Liebe von deiner dich liebenden Snuggles.«

Mir war ein bisschen mulmig beim Tippen, als würde ich mich in etwas sehr Persönliches einmischen, aber um mich herum taten alle so, als wäre es keine große Sache. Den fertigen Brief gab ich Anita. Sie steckte ihn in einen Umschlag und klebte ihn zu.

»Den gebe ich jetzt auf«, sagte sie und schüttelte den Umschlag dicht an ihrem Ohr. »Hey, was steht hier wohl drin? Ich rate mal – Ach Daddy, Daddy, bitte hab mich lieb und verzeih mir, dass ich an ein paar Perverse geraten bin.«

Als sie fort war, kam Dolores herüber und setzte sich auf meinen Schreibtisch. »Anita verachtet Susan. Also, sie verachtet die meisten dieser Mädchen, aber Susan aus irgendeinem Grund besonders. Sie findet sie schnöselig.«

Shelley hatte den Kopfhörer abgenommen und hörte aufmerksam zu.

Ein paar Mal rief mich Maud zu Hause an, und wie nicht anders zu erwarten, waren es ärgerliche Anrufe. Lehrer hatten nach mir gefragt oder auch nicht nach mir gefragt, alle vermissten mich, allen war es egal; sie konnte sich wie immer nicht entscheiden, ob sie mich beweihräuchern oder bestrafen sollte. Auch Entrüstung schwang mit, als könnte sie gar nicht glauben, dass ich das wirklich gemacht – die Schule verlassen, sie verlassen hatte. Und es tue ihr übrigens leid, was da rund um die Tanzvorführung passiert sei, falls ich das hören wolle. Falls ich das hören wolle. Die feuchte Hand ihrer Freundschaft streckte sich durch den Hörer. Ich spürte, wie mein Gesicht unwillkürlich zuckte, während ich ihr zuhörte. Beiläufig schrieb ich alles mit, was sie sagte, um meine Transkribierkünste zu testen. Spät am Abend, wenn Anita und Dolores nicht mehr auf mich achteten, tippte ich es ins Reine. Wahrscheinlich wäre es ihnen auch egal gewesen, wenn sie mich dabei erwischt hätten. Ich tat es nur aus einem letzten Rest von Loyalität zu Maud. Sie hätten sich sonst viel zu sehr über ihren wehleidigen Kleinmädchenton gefreut. In der U-Bahn las ich mir diese Telefongespräche dann durch. Meinen

Gesprächsanteil tippte ich nie. Abgetippt wirkten sie noch viel schlimmer. Wie Briefe aus einem völlig anderen Leben. Und unter allem lag die Androhung echter Liebe und Freundschaft, wie ich sie Maud nie zugetraut hätte. Sie vermisste mich, was mich nur noch mehr bestätigte. Ich hatte recht damit, die Schule, Maud und das alles aufzugeben und stattdessen in einem Raum zu sitzen, in dem ich kaum beachtet wurde. Ich hatte recht.

Shelley und ich hatten seit meinem ersten Tag nicht mehr miteinander gesprochen, zumindest nicht direkt, aber weil wir immer zur selben Zeit eintrafen und ich das Gefühl hatte, dass wir beide auf unsere eigene bescheidene Unabhängigkeit hinarbeiteten, gab es trotzdem eine unsichtbare Verbindung zwischen uns. Beide saßen wir stumm an unseren Schreibmaschinen und beobachteten heimlich. Ich hatte auch sie schon dabei ertappt, wie sie im Dämmerlicht nach der Person schielte, die ihr am jeweiligen Tag besonders spannend erschien, von der sie etwas lernen konnte. Beide versuchten wir, etwas in uns aufzunehmen – was, weiß ich nicht genau. Ihre gesellschaftlichen Erfolge? Ihre Schönheit? Ich merkte immer instinktiv, wenn Shelleys Aufmerksamkeit sich nicht mehr völlig auf das richtete, was da aus ihrem Kopfhörer kam. Und ich wusste, sie empfand wie ich – dass sich jenseits unserer Schreibmaschinen die Wände auftaten und uns die ganze Welt enthüllten, Menschen, die anders lebten, ohne Konsequenzen. Einmal, als wir nach der Arbeit aus dem Aufzug hinaus in die Abendluft traten, drehte sie sich zu mir und fragte: »Hast du Lust, noch irgendwo was essen zu gehen?«

Wir gingen in einen Tea-Room in der Nähe, von dem ich auch schon gehört hatte. So sicher, wie Shelley sich dort bewegte, ging sie wohl öfter hin. Um uns herum saßen aufgetakelte alte Damen in Wintermänteln, reglos wie Wasserspeier. Auf allen

Tischen standen Plastiktulpen, eine Tafel verkündete die Tagesgerichte.

Nachdem wir uns gesetzt hatten, schob Shelley verlegen die Salz- und Pfefferstreuer auf dem Tisch herum. Mir war klar, dass sie sich darauf einstellte, schweigend hier zu sitzen. Sie hatte mich aus reiner Neugier dazugebeten.

»Macht es dir denn bisher Spaß?« Sie klang gleichgültig, irgendwie desinteressiert, als läse sie einen Text ab. Sie hatte keinen auffälligen Akzent, ihre Stimme keine besondere Färbung – sie war vollkommen merkmalsfrei, redete wie kein Mensch sonst, dem ich je begegnet war.

»Schon«, sagte ich. »Die Arbeit, die du da machst, ist die schwierig?«

»Eigentlich nicht.« Sie setzte sich aufrechter hin, die Miene eifrig und konzentriert. Ihr Kleid war ausgesprochen unmodisch. Eine Frau nahm unsere Bestellung auf, ein Stück Schokoladenkuchen. Für mehr hatten wir beide kein Geld. Dazu zwei Gläser Wasser. Wir schauten aus dem Fenster. Trotz der Kälte war auf der Straße draußen viel Betrieb. Abende wie dieser fühlten sich für mich neuerdings offen an wie nie zuvor, als gäbe es keine klare Routine mehr, keinen geraden Weg zurück nach Hause, dem ich einfach folgen konnte. Shelley beugte sich mit vernehmlichem Seufzen über den Tisch, als wäre ich ihr Plan B, dabei war es doch ihr Vorschlag gewesen.

»Wie findest du deine Schreibmaschine?«, fragte sie.

»Sie funktioniert gut«, sagte ich. »Ein paar Buchstaben sind schwergängig. Das hat mir anfangs etwas Mühe gemacht, aber jetzt komme ich gut klar.«

»Hattest du Unterricht in der Schule?«

»Ja.«

»Selbstverständlich hatte ich gehofft, du würdest mehr Probleme haben, damit sie sich für mich entscheiden, falls sie mal zwischen uns beiden wählen müssen.« Das sagte sie lächelnd. »Ich war immer auf Gewinnen aus, schon als Kind.«

»Tut mir leid.« Ich zuckte mit den Schultern. »Tut mir leid, dass ich nicht mehr Probleme habe.«

»Ich glaube einfach nicht, dass sie uns beide brauchen.«

»Ich weiß nicht mal, ob sie eine von uns brauchen.«

Sie lachte. Spießte unbeholfen einen Bissen Kuchen auf ihre Gabel. Dabei war sie längst nicht so anmutig und präzise wie an der Schreibmaschine. »Herrje, diese Anita, was für eine Nulpe. Die ist doch wirklich eine arrogante Nulpe.«

»Mir kommt sie ganz intelligent vor. Ich sehe sie ständig lesen.«

»Und du glaubst, das heißt, sie ist klug?« In Shelleys Mundwinkeln klebte Schokolade. Sie legte ihre Gabel wieder hin. »Klug ist sie nur in einer Hinsicht. Außerdem gibt es jede Menge Intellektuelle dort. Das merkt nur niemand.« Sie schwieg kurz. »Wahrscheinlich hätten sie gern, dass wir beide verfeindet sind.«

»Warum?«

»Weil eine Fehde immer lustig ist, und Anita hätte Spaß daran.« Sie lächelte verschwörerisch. »Ich muss dir was erzählen.«

Ich griff nach meiner Gabel. »Was denn?«

»Ich habe Anita beim Telefonieren mit ihrem Freund belauscht. Sie hatten Telefonsex. Das Band war gerade zu Ende. Ich war noch beim Transkribieren, und ich schwöre dir, es lief schon, bevor ich es mitbekommen habe. Sie dachte wohl, ich höre nichts, weil ich den Kopfhörer noch aufhatte. Was hätte ich denn tun sollen? Zum Aufstehen und Rausgehen war es längst zu spät.« Sie sah mich an, ihre Haltung wurde trotziger. »Außerdem hat *sie* es gemacht. Da bin ja wohl nicht ich die Böse.«

»Aber was war denn nun?«, fragte ich. Ich spürte meine eigene Wissensgier, nackt und unverstellt.

»Ich konnte natürlich nur ihren Teil hören. Und ich hatte das Gefühl, irgendwas muss ich tun – wahrscheinlich findest du das jetzt unmöglich. Aber ich habe mitgeschrieben.« Ein breites, betretenes Grinsen. »Ich dachte mir, wenn ich mitschreibe, verstehe ich es auch.« Sie trank einen Schluck von ihrem Wasser. »Dein Gesicht, du schaust richtig entsetzt.« Sie legte den Aktenkoffer zwischen uns auf den Tisch und öffnete ihn. Nahm ein Blatt heraus. »Willst du's hören?«

»Hast du vor, sie damit zu erpressen?«

»Erpressen? Du bist ja eine richtige Draufgängerin, Mae. Nein, sie ist nur einfach so eine Zicke. Immer zieht sie über die anderen Mädchen her. Denkt sich Lügengeschichten aus. Es wird Zeit, dass jemand so was mal mit ihr macht. Ich habe es genossen, dass sie so erniedrigt wurde. Genau deswegen hat der Mann, mit dem sie telefonierte, es wahrscheinlich auch genossen.«

»Du wirst es mir sowieso vorlesen, auch wenn ich dich bitte, es zu lassen.«

»Stimmt.« Sie klang schadenfroh.

»Mach nur«, sagte ich. »Ich habe Erfahrung.«

»Ach ja?«, sagte sie und strich sich die Haare vom Mund. Dann räusperte sie sich und begann mit ihrer Anita-Parodie. »Ich bin noch hier. Nein, ich bin wirklich noch hier drinnen. Ich kann jetzt nicht reden. Ich hab gesagt, ich kann nicht reden.« Shelley kicherte und sah von ihrem Blatt auf. »Da fühlt sie sich eindeutig unwohl.« Sie blickte erneut auf das Blatt, nahm wieder die aufgesetzte Stimme an. »Ich will deinen Schwanz. Zufrieden? War es das, was du hören wolltest? Ich möchte dir jetzt und hier einen blasen.« Sie grinste. »Ich glaube, da hat sie es dann auch langsam genossen. Ich glaube, es hat ihr Spaß gemacht. Ich habe mich gefragt, ob sie sich selbst anfasst.«

»Und, hat sie?«

Sie nahm noch eine Gabel Kuchen. »Nein, sie hat aufgelegt.«

»Es wäre auch schwierig gewesen, einen Orgasmus mitzuschreiben«, sagte ich. Etwas an der Art, wie sie redete, machte mich nervös; es klaffte eine Lücke zwischen dem, was sie sagte, und der Wirkung, die sie damit zu haben hoffte. Ihr gieriges Interesse ließ sie unschuldig wirken, naiv.

»Hast du das auch schon mal gemacht? Sex am Telefon?«

»Ich hab's nicht so mit dem Telefon«, sagte ich. »Wer ist denn der Typ?«

»Irgend so ein Würstchen. Er ist verheiratet.«

»Woher weißt du das?«

»Das ist bekannt«, sagte sie. »Und genau so was braucht Anita doch. Etwas zusätzliche Aufregung und Drama, damit sie sich wie was Besonderes fühlt. Irgendeinen Schwachkopf, der sie mit dem Mond vergleicht oder so. Bestimmt ist sie ganz heiß auf die Art von Aufmerksamkeit. Ich finde es wirklich furchtbar, wie leicht manche Leute zu durchschauen sind.« Sie hielt den Blick auf das Sahnepfützchen am Tellerrand gerichtet. »Ich reize sie einfach gern. Das hat mir mein Vater beigebracht. Du musst herausfinden, worauf jemand besonders stolz ist, und ihm das dann miesmachen. Mein Vater ist Geschäftsmann. Man kann dabei auch ganz höflich sein. Neulich sprachen wir über ein anderes Pärchen, und ich sagte: ›Ich wusste gar nicht, dass überhaupt noch irgendwer Affären hat. Das ist doch total aus der Mode.‹« Sie leckte ihre Gabel ab. »Da war sie ziemlich betreten. Soll ich dir was sagen? Eigentlich mag ich gar keinen Kuchen.« Sie legte die Gabel weg. »Normalerweise esse ich nichts Süßes. Das ist so kindisch.«

Ich hatte den Eindruck, dass Shelley alles, was sie zum Thema ›in Mode‹ oder ›aus der Mode‹ wusste, aus Zeitschriften hatte, aus Artikeln, in denen sie Sätze unterstrich, aus Klatschkolumnen, die sie auswendig lernte. »Wo kommst du her?«, fragte ich.

Ein glasiger, irritierend starrer Blick.

»Wie meinst du das?«

»Wo ist dein Zuhause, meine ich?«

Während ich die Frage stellte, starrte sie mich weiter an. Vermutlich dachten wir beide das Gleiche: Unser Zuhause, das war immer mehr die schwere Eingangstür, der vertraute Anblick des geschwungenen Sofas, unsere Plätze an den Schreibmaschinen, die Gespräche, in die wir uns ein- und wieder ausblendeten. »Mein Zuhause«, sagte sie nachdenklich. »Mein Zuhause? Ist das eine gute Frage? Hey, ich hatte überlegt, mir die Haare zu färben. Kommst du mit?«

»Warum verrätst du es mir nicht?«

»Weil es dich nichts angeht«, sagte sie. »Was bedeutet dir das denn? Was spielt es für eine Rolle? Ich glaube, du willst nur eine traurige Geschichte vom Mädchen aus der Kleinstadt hören, das am Ende irgendwelchen Typen am Busbahnhof für fünf Dollar einen bläst. Solcher Schweinkram müsste dir doch gefallen. Mit deiner Heiligenmiene. Aber mich täuschst du nicht.« Sie drohte mir mit dem Finger. »Vor Leuten wie dir hat man mich schon gewarnt. Du hast eine schmutzige Fantasie, Mae.«

Ich schnaubte. »Das ist doch Quatsch. Und es stimmt nicht. Eine schmutzige Fantasie? Also ehrlich.«

»Eine schmutzige Fantasie hat nicht immer nur mit Sex zu tun. Man kann sich auch von Leid und Bestrafung antörnen lassen. Das ist anscheinend mehr deine Linie.«

»Sag mir doch einfach, aus welcher Stadt du kommst.« Inzwischen war ich verärgert. Am liebsten hätte ich mich über den Tisch gereckt und ihr eine geknallt. Ich fragte mich, ob sie so ein Verhalten auch bei anderen vernünftigen Menschen auslöste.

»Nein.« Sie streckte mir die Zunge heraus. »Probleme. Was für Probleme hast du, Mae?«

»Also, meine Mutter trinkt.«

Sie lachte los. »Na, großartig. Und was trinkt sie so?«

»Alles«, sagte ich.

»Wow, eine Alkoholikerin, und ich dachte, Trinken ist aus der Mode und alle nehmen nur noch Drogen.« Sie stützte die Ellbogen auf. »Vielleicht habe ich mich ja einfach gelangweilt und bin deshalb fortgegangen. Vielleicht habe ich mich so sehr gelangweilt, dass ich dachte, ich muss sterben. Reicht das nicht?« Kurz schloss sie die Augen, als wäre sie von sich selbst erschöpft, von dieser ganzen Farce.

»Dann sind Affären also aus der Mode und Trinken auch. Was kann man denn überhaupt noch unternehmen?«

»Ins Kino gehen.« Sie zog ein paar zusammengerollte Scheine aus der Tasche und legte sie auf den Tisch. »Komm doch mit«, sagte sie.

Ich zögerte. »Ich habe alle Filme schon gesehen.«

Sie hielt bereits die Tür des Lokals auf.

Ich griff mir meinen Mantel und folgte wieder einmal einer relativ fremden Person durch die Straßen, ließ mich von ihr führen, wohin sie wollte. Sie hatte eine lustige, altmodische Art zu gehen, wie eine Frau in einer Kleinstadt, die noch schnell ein paar Dinge für ihren Mann erledigt, bevor er von der Arbeit kommt. Eine emsige, gattinnenhafte Zielstrebigkeit. Es war dunkel, und überall roch es nach nassem Abfall. Ein riesiger Müllwagen stand halb auf dem Gehweg, und als Shelley durch den Schatten ging, den er warf, sah sie noch viel zarter und zerbrechlicher aus. Sie war klein und kompakt, hatte aber nichts Begehrenswertes an sich. Ich überlegte, ob sie es, genau wie Anita auch, hasste, von so vielen Frauen umgeben zu sein, die gewollt wurden, nach denen sich verzehrt, über die geschrieben wurde. Eine Zeit lang gingen wir schweigend weiter, dann drehte sie sich zu mir um und bat mich, ihr noch etwas über den Anfall zu erzählen, von dem Mädchen bei der Tanzvorführung.

»Ich habe dich an deinem ersten Tag davon erzählen hören«, sagte sie. »Wie war das genau?«

Sie war versessen auf jede Art von Erfahrung. In ihren Augen waren noch die schlimmsten Straßen nicht hässlich, sondern lebensverändernd, voller Möglichkeiten.

»Sie ist mit dem Kopf auf den Boden gekracht. Es gab einen lauten Knall, und ihre Augen – die haben sich verdreht. Weit nach hinten verdreht. Ein bisschen geblutet hat sie auch. Das ganze Publikum war erschrocken, aufgewühlt. Versteh mich nicht falsch, ich fand das nicht aufregend, wie es hinterher alle behauptet haben, wie sie es mir alle vorgeworfen haben. Ich fand es einfach nur interessant.«

»Sicher. Der menschliche Körper unter Stress, die physischen Reaktionen.«

»Ich fand es interessant«, bekräftigte ich. »Das ist etwas anderes als aufregend.«

»Absolut«, pflichtete sie mir bei, »alle tun immer so tugendhaft, als fänden sie es gar nicht aufregend, zuzusehen, wie jemand anderes sich verletzt. Aber natürlich ist es das! Darum geht es doch in fast allen Zeichentrickfilmen. Wenn du mich fragst, sind einfach alle wahnsinnig verklemmt. Oder sie waren mal bei mir zu Hause. Zumindest sind sie hier nicht ganz so verklemmt wie anderswo.« Das schien sie zu freuen. »Da, wo ich herkomme, gehen sie daran ein.«

»Dann findest du mich also nicht pervers?«

»O doch.« Sie fasste mich am Arm. »Ich finde dich total pervers.«

Ihr Lachen bewirkte, dass ich ihr einfach alles erzählen wollte. Ich wollte wie besessen alle Einzelheiten meines Lebens durchgehen, die ich traurig oder beschämend fand. Sie machte nicht den Eindruck, als ob sie sich, wie die anderen Mädchen, die ich kannte, von jeder Verletzlichkeit abwenden würde, um sich bloß nicht damit anzustecken. Ganz anders als Maud, die mit geschlossenen Augen dasaß, ein Schulbuch aufgeschlagen auf dem Schoß, und tat, als würde sie nichts hören, wenn ich mich über das irre Verhalten meiner Mutter beklagte. Shelley fühlte sich offensichtlich nicht durch gesellschaftliche Vorgaben gebunden, die sie nicht einmal verstand. Ich glaube, sie interessierte sich für alle Aspekte des Lebens, selbst wenn sie ihr Angst machten oder sie abstießen. Sie war hierhergekommen, um sich alldem auszusetzen. In der Hinsicht war sie wie kein anderer Mensch, dem ich je begegnet war. Ich konnte ihr alles erzählen, und sie würde es richten. Von Daniel, von seiner Mutter, die immer noch ihren Ehering trug, und davon, wie entwürdigend ich das alles fand. Aber im Nacherzählen würde ich es nicht mehr entwürdigend finden, ich würde an allen passenden Stellen den Witz entdecken. Du armes Ding, würde Shelley sagen und lauthals lachen. Du armes Ding.

Es fing wieder an zu regnen, und sie spannte ihren Schirm über uns beide. Dann blieben wir vor einem Kino stehen. Vor dem Kassenhäuschen bildete sich bereits eine kleine Schlange. Shelley grüßte all diese fremden Leute, als würde sie sie persönlich kennen, lächelte und nickte ihnen zu. Die Wartenden reagierten zurückhaltend auf sie. Die Straße, die erwachsenen Menschen, das alles gab mir dasselbe Gefühl wie die Unterhaltung mit Daniels Mutter, dass ich endlich Teile des Lebens zu sehen bekam, die mir bis dahin verborgen geblieben waren. Shelley schüttelte den Regen von ihrem Schirm. Sie zog einen Lippenstift aus der Handtasche und reichte ihn mir. »Dieser Film bedeutet mir sehr viel«, sagte sie. Ich zog mir hastig die Lippen nach, während sie bei dem Mann hinter der Glasscheibe zwei Karten löste. Langsam pellte sie ein paar weitere Scheine aus ihrem Bündel.

Drinnen gab es keinen Vorraum. Wir gingen an einem Vorhang entlang in den Vorführraum. Einige Paare lagen halb in ihren Sitzen, nur etwa die Hälfte der Gesichter war angestrahlt. Jemand hatte eine offene Bonbontüte auf dem Schoß. Ein älterer Mann lächelte mich an. Ich kam mir widerwärtig vor unter diesem Lächeln, erwiderte es aber trotzdem. Die meisten Leute blickten nach vorn, Richtung Leinwand. Das Kino wirkte schäbiger als die, in denen ich mit Mikey gewesen war. Shelley eilte aufgeregt den Gang entlang, und wir setzten uns auf zwei Plätze ganz vorn. Während wir darauf warteten, dass der Film anfing, beugte sie sich zu mir herüber.

»Du darfst dir nichts daraus machen, was andere Leute von dir denken, und dich auch nicht von der Meinung anderer abhalten lassen, das zu werden, was du werden willst.« Sie sprach leise.

Einen Moment lang sagte ich nichts.

»Und was willst du werden?«

Eingedenk ihrer Stimmenvielfalt am Telefon rechnete ich damit, sie würde Schauspielerin sagen oder Sängerin oder Tänzerin. Ich vermutete, dass sie ehrgeizig war und die Ziele ihres Ehrgeizes auf der Hand lagen. »Ich bin genau das, was ich werden will«, sagte sie. »Tippse.«

Dann ging es los. Erst war eine wacklige Titelkarte zu sehen. Ich drehte mich nach dem Vorführer um, in seinem kleinen Raum da oben, wo er das göttliche Urteil traf, was wir zu sehen bekämen. Der Film begann in einer Küche, wo eine Frau auf der Arbeitsfläche lümmelte. Ein paar Gesichter erkannte ich, die eindrücklichsten, die größten, rundesten, melancholischsten Augen. Auch ein paar Stimmen erkannte ich von den Anrufen, die ich angenommen hatte, obwohl sie hier im Film gedämpfter klangen, fast schon unhörbar. Ich sah Shelley an, und sie lächelte wissend, als hätte sie das alles geplant, als hätte sie den Film selbst gedreht. Die Kamera verharrte wie ein Tier, das sich zum

Sprung bereit macht. Ich spürte, wie Shelley neben mir atmete, wie ihre Augen jeder einzelnen Regung folgten. Eine Geschichte war nicht auszumachen – ein Hotelzimmer, Geschrei, Stimmen, die im Leeren verhallten –, aber Shelley lachte mit, als wäre sie persönlich eingeweiht. Die erste Stunde hindurch saß ich da wie gelähmt und spürte eine Angst, für die es keine Erklärung gab. Mädchen mit stark geschminkten Augen fläzten auf einem Bett, blickten hoch zur Kamera, als erwarteten sie von ihr, dass sie ihnen sagte, was sie zu tun, wer sie zu sein hatten. Blickten zur Kamera, als wäre deren Anwesenheit unvermeidlich. Sie verhielten sich unaufrichtig, albern, aber unter ihren Spielchen lag eine Andeutung echter Aggression. Immer wieder klingelte das Telefon, und es war wie ein Ton direkt aus der Hölle. Das ganze Geschehen schien vom Telefon diktiert. Quälereien, Telefon, Paare kurz vorm Kopulieren, Telefon, falsches Gelächter. Eine aufgekratzte Frau, die einer anderen Person etwas spritzte. Die grotesken, extremen Wesenszüge, die hier präsentiert wurden, konnte ihnen nur einer entlockt haben; das wusste ich aus dem Verhalten, das ich schon beobachtet hatte. Ich wusste es, weil ich beobachtet hatte, wie sie sich im Studio für ihn in Szene setzten. Fast hörte ich Shelleys Herz neben mir schlagen, als würde sie am liebsten in die Leinwand kriechen. Ja, sagte ihr begieriger Körper, genau das ist die Richtung, die mein Leben nehmen soll. Auf der Leinwand hob sich vor allem ein auffallend schönes Mädchen ab. »Susan«, flüsterte Shelley mir ins Ohr. Snuggles. Wie sie da mit hochgezogenen Schultern auf dem Bett hockte und gutmütig die Beschimpfungen der anderen über sich ergehen ließ, konnte man sich schwer vorstellen, dass sie Geld und Sicherheit im Rücken hatte. Sollte sie selbst versuchen wollen, das zu vergessen, war hier, vor dieser Kamera, genau der richtige Ort für sie. Die Kamera schaffte es, jeden Hinweis auf den Menschen zu beseitigen, der man vorher gewesen war. Ein gutaussehender Junge bekam die Hose heruntergezogen, sein Glied wurde liebkost, sein Schamhaar gezeigt. Seine Attraktivität hatte etwas Unwirkliches, viel mehr noch als die der Mädchen. Ich würde alles für dich tun, sagten ihre Mienen, und sie schauten direkt in die Kamera. Ihre Gemeinheiten, die Münder, die grausame Worte sagten, die hervorzuckenden, gespaltenen Zungen. Die ganze Stadt, reduziert auf ein einzelnes Hotelbett. Drei Stunden saßen wir da, länger, als ich je mit Mikey im Kino gesessen hatte. Gegen Ende erschien ein junger Mann, der flüssiger, intelligenter redete als die anderen. Sein Sprachgebrauch berührte mich: Anscheinend wollte er nicht so sehr Eindruck auf die Kamera machen als vielmehr mit ihr kommunizieren. Er nannte sich selbst The Pope, alle könnten zu ihm kommen und beichten, er werde sie von ihren Sünden lossprechen. Seine Schäfchen seien Homosexuelle, Perverse jeder Sorte, Diebe, Verbrecher, all jene, die von der Gesellschaft verstoßen seien. Als er von »Perversen jeder Sorte« sprach, stieß Shelley mir den Ellbogen in die Seite und flüsterte: »Damit meint er dich.« Ich fand ihn anziehend, aber nicht auf erotische Weise – ich fühlte mich zu seiner Beredtheit hingezogen, zum Aufruhr seiner Gefühle, über die er so mühelos sprechen konnte. Ich wollte auf die Knie sinken und weinen, mein nasses Gesicht an seine Beine drücken, spüren, wie seine Vergebung mich durchströmte. »Herr, vergib ihnen«, sagte er, »denn sie wissen nicht, was Liebe ist.« Etwas Wahreres hatte ich noch nie gehört. Nichts anderes brauchte überhaupt je vergeben zu werden.

Als das Licht wieder anging, applaudierte Shelley. Als Einzige. Klatsch, klatsch, klatsch. Sonst war nichts zu hören. Die Luft war dick vom Zigarettenqualm. Ich dachte an andere Leute, die in Kinos saßen, sich Dinge ansahen, die sie für das Leben hielten, die aber gar nicht das Leben waren: feststehende Bilder, eintönig, ungültig, bedeutungslos. Sie wussten nichts von dem klingelnden Telefon, das sich anhörte wie ein Schrei. Ich hatte das Gefühl, mit meinem Gesicht der Sonne näher zu sein als diese Leute. Ich war vom vorgezeichneten Weg abgekommen und hatte etwas Besseres gefunden.

»Ich habe noch nie einen Film mit Leuten gesehen, die ich kenne«, sagte ich, als es wieder richtig hell war.

»Toll, oder? Weißt du, was mir so an ihnen gefällt?«, sagte Shelley. »Sie sind alle bereit, sehr weit zu gehen. Richtig weit. Du kannst wirklich dankbar sein. Viele würden dafür töten, ihr Leben in deren Chaos zu führen.«

Draußen hakte sie sich bei mir ein. Wir rannten durch die Straßen, und alle Gesichter, an denen wir vorbeikamen, sahen schlaff und unwissend aus.

»Wie bist du noch mal zu uns gekommen?«, fragte Shelley.

Ich dachte an den Doktor. An seine falsche Liebenswürdigkeit, seinen geraden Rücken, die Art, wie er mich durchschaute, seinen irritierenden Blick. Seit dem, was ich von Anita gehört hatte, gelang es mir nicht mehr, ihn so zu sehen wie vorher. »Ich glaube, sie mochten mich einfach. Es gab keinen Grund. Und du?«

»Ich habe angefangen, im Serendipity zu kellnern, und dann habe ich gewartet.«

»Gewartet? Worauf?«

»Dass ich gefunden werde.«

Ich wollte lachen, aber sie meinte es ganz ernst.

Als ich abends nach Hause kam, war meine Mutter noch auf. Mikey war unterwegs. Das waren immer die schlimmsten Momente, weil wir keinen Puffer zwischen uns hatten. Nach dem Film wirkte unsere Wohnung noch viel mehr wie ein Ort, an dem nie auch nur irgendetwas passieren würde. Sie hatte keinen Charakter. Meine Mutter interessierte sich nicht für Ausstattung, Kunst und dergleichen. Sie wollte einfach nur durch den Tag kommen. Möglichkeiten interessierten sie nicht. Ich setzte mich aufs Sofa, und sie baute sich vor mir auf, riesengroß und auf eine neue Art nicht wiederzuerkennen. Wir hatten uns schon weit voneinander entfernt. Was immer ihr so viel bedeutet hatte, verschwand allmählich. Manchmal erwischte ich sie dabei, wie sie mich anstarrte, und ihr Blick sagte: So wird's dir auch mal ergehen. Ich war so gepolt auf ihre vielen kleinen Unglückseligkeiten. Ich schleppte das alles ständig mit mir herum. Sah die Falten in ihrem Gesicht, ihre traurigen Augen, die verklumpte Wimperntusche. Ich rechnete damit, dass sie mich schlagen würde, und freute mich darauf, wie auf eine Bestätigung all dessen, wovon ich ohnehin schon überzeugt war – dass ich das Opfer war und sie der Folterknecht. Es würde sie erstaunlich wenig Mühe kosten, mich zu schlagen: Sie würde sich einfach vorbeugen und es tun. Stattdessen wischte sie mir den Mundwinkel, wo wohl der Lippenstift verlaufen war.

»Ich hätte dir zeigen können, wie man das richtig macht«, sagte sie.

»Das Schweigen ist zu Ende?«

»Ist mir zu langweilig.«

»Gute Nacht«, sagte ich.

»Da hat ein Mann für dich angerufen«, sagte sie. »Er meinte, er ist dein Arzt.«

»Tust du mir einen Gefallen? Wenn er das nächste Mal anruft, sag ihm, ich bin nicht mehr hier, ich bin ausgezogen.«

Das hatte ich schon tausend Mal für meine Mutter getan, Männer abgewimmelt, die für sie anriefen, mit den abwegigsten Vorwänden, die wir uns gemeinsam ausdachten und dabei vor Lachen brüllten, weil diese Typen so verzweifelt waren. Jetzt tat sie es zum ersten Mal für mich. »Kein Problem, Schatz«, sagte sie und wandte sich wieder zum Fernseher.

Eigentlich war gar nichts wirklich Bedeutendes passiert. Ich hatte einen Film gesehen – drei Stunden in einem dunklen Saal. Aber in den Tagen danach fühlte ich mich auf eine Weise belebt, mit der ich nie gerechnet hätte. Mikey hatte zwar immer versucht, mir dieses Konzept zu vermitteln, trotzdem hatte ich nicht gewusst, dass ein Film einen dermaßen öffnen kann. Es war, als hätten alle, die darin zu sehen waren, für etwas gekämpft und gewonnen. Als ich sie danach wieder auf der Feuertreppe sitzen und auf dem Sofa lümmeln sah, wirkten sie erhaben, immun gegen das Alltagsleben, immun gegen alle Konventionen. Morgens beim Aufstehen dachte ich an diese Mädchen, die hässlich und zugleich so schön waren. Ich fand es unfassbar, dass man beides gleichzeitig sein konnte. An meiner Schreibmaschine übte ich, ausdruckslos, gleichgültig und souverän zu wirken. Etwas anderes interessierte mich nicht mehr. Ich fing an, meine Mutter zu beobachten, studierte sie regelrecht, bevor sie zur Arbeit ging – wie sie in der Küche stand, mit missmutiger Miene in ihrer vollgestopften Handtasche kramte. Sie verhielt sich wie eine Frau, die in der Falle saß, aber in was für einer? Ich hatte das teilweise von ihr geerbt – die Neigung zum Selbstmitleid, die Fähigkeit, überall Grenzen zu sehen – und wollte es abschütteln. Das erschien mir wichtig und fürs Überleben unerlässlich. Und hier war der richtige Ort dafür. Jeden Morgen kam Shelley zu mir, setzte sich auf meinen Schreibtisch und fragte, wie mein Abend gewesen sei. Sie hörte so aufmerksam zu. Es gab noch andere Freundschaften im Studio – Leute, die wechselseitig über ihre Witze lachten, halb aufeinanderlagen, sich beiläufig, zärtlich mit ihren schlaffen Körpern berührten –, aber sie schienen mir alle nicht das zu haben, was sich da zwischen Shelley und mir entwickelte. Shelley interessierte sich auf eine Weise für mich, wie ich es nicht gewöhnt war. Sie stellte mir unzählige Fragen, blieb aber selbst zugeknöpft. Trotzdem gefiel es mir, im Zentrum der Aufmerksamkeit zu stehen. Noch nie hatte mir jemand so genau zugehört. Und dazu tagein, tagaus das ständige metallische Klappern der Schreibmaschinen.

Ich ging nur einmal ans Telefon – eine Tat, die mir äußersten Mut abverlangte. Hallo, sagte ich, und die Stimme am anderen Ende sagte: Ich will mit Andy sprechen, gib mir Andy. Da ging ich zu ihm. Bisher bestand unser Kontakt nur darin, dass ich ihn am anderen Ende des Studios sah, beim Malen oder Reden. Beim Telefonieren, wenn er im Dunkeln die Telefonschnur um den Finger drehte oder still und nachdenklich verharrte. Dann stand ich vor ihm, und er war wie eine Erscheinung. Als ich ihm sagte, da sei ein Anruf für ihn, reagierte er kaum. Er legte die Hand an die Wange, um seine Pickel zu verdecken, ein Trick, den ich selbst gut kannte. Mit einem Nicken signalisierte er mir, dass er mich hier schon gesehen hatte. Er fragte nicht, woher ich kam, was mich hergeführt hatte. Warum sollte er auch? Ich war nur ein weiteres junges Ding in einem Raum voll junger Dinger. Er hatte mir absolut nichts zu sagen, aber ich sah ihn taxieren und zu dem Ergebnis kommen: harmlos. Schlechte Haut, schlechte Haare, verkroch sich auch noch, wenn sie direkt vor ihm stand. Was für eine Mühe er sich gab, so zu wirken, als hätte er keine Macht. Den Anruf nahm er mit verschränkten Armen entgegen. Selbst wenn er mitten in einem Raum voller Leute war, stand er doch abseits. Gänzlich für sich, obwohl er mit allem in Verbindung blieb. Ich musterte ihn, so wie Shelley es tun würde, mit der gleichen, wahrscheinlich völlig deplatzierten Selbstgewissheit, der Weigerung, mich einschüchtern zu lassen. Ohne es zu merken, dachte ich bereits wie sie. Ich hatte immer schon die Neigung gehabt, blind zu folgen.

Eines Morgens kam ich herein, und meine Schreibmaschine war weg. Ich fasste an die kalte Schreibtischplatte, wo sie gestanden hatte. Erst war ich nur leicht verärgert, als hätte jemand mein Zimmer umgeräumt. Dann wuchs die Panik, sie warfen mich raus, ich war zu nichts mehr nutze, so wie die grauen Mülltüten, die jede Woche abgeholt wurden. Sie waren mir auf die Schliche gekommen. Ich überlegte, was mir sonst zu tun blieb. Ich könnte Kaffee kochen – mein Familiengewerbe. Meine Gedanken klammerten sich an die Kaffeekanne als Heilsbringer. Während ich noch verwirrt herumstand, schob mir Shelley eine Schachtel auf den Schreibtisch. Sie schwang die Beine zu mir herüber, zwischen ihren Fingern ragte eine Zigarette hervor.

»Soll ich ein Diktat aufnehmen? Das geht nicht, meine Schreibmaschine wurde geklaut«, sagte ich. »Warst du das?«

»Warst du das? Warst du das?«, äffte Shelley mich nach. »Schau mal rein.«

Ich hatte bereits in die Schachtel gegriffen und hielt eine Tonbandkassette ins Licht, als könnte sie mir etwas offenbaren. Drehte sie ein paar Mal in der Hand.

»Ich wundere mich ja immer, dass die aus Plastik sind«, sagte Shelley. »Eigentlich müssten sie aus einem haltbareren Material sein.«

Das war es, was Shelley schon die ganze Zeit tat, und jetzt, nach ihrem Willen, würde auch ich es tun. So erzählte sie es mir, ich sollte mich an den Schreibtisch setzen und jedes Geräusch, jede Äußerung, alles abtippen, was auf den Tonbändern zu hören war. Ich sollte der Reihe nach vorgehen, von 1965 bis 1967, so, wie die Kassetten jeweils beschriftet waren. Ich müsse ganz akribisch vorgehen. Das alles erklärte Shelley mir sehr langsam, mit einem abstrusen Maß an Blickkontakt. Sie machte das jetzt schon länger. Die Art, wie sie die Tonbänder liebkoste, die Autorität in ihrer Stimme, alles vermittelte den Eindruck, dass nur sie zu dieser Arbeit fähig war. So ging sie vor: Sie begab sich in eine Position, in der sie normalerweise weder willkommen noch akzeptiert gewesen wäre, und machte sich durch ihre rigide Entschlossenheit unentbehrlich. Dass sie mich dazuholte, war der ultimative Vertrauensbeweis. Ich drehte eine der Kassetten in der Hand, hin und her. Hielt sie mir vor die Augen, als würde ich durch ein Fernrohr schauen.

»Klingt langweilig«, sagte ich.

»Es ist geistig sehr viel anregender als das, was du bis jetzt gemacht hast«, sagte Shelley. »Kein erfundener Müll, wie Anita ihn dir gegeben hat. Eine edle Aufgabe.«

»Und was soll das werden?«

»Ein Buch. So eine Arbeit kann man nicht einfach irgendwem anvertrauen. Die Mädchen hier … Ich merke dir an, dass du auf eine andere Art hungrig bist als sie. Und ich brauche Unterstützung, wenn ich jemals wieder eine Nacht schlafen will. Ich habe mir angesehen, wie du tippst, du bist sehr sorgfältig. Und ich bin schnell.«

»Dann ergeben wir zusammen also die ideale Tippse.« Ich lachte. »Du weißt schon, dass ich auch schnell bin?«

»Vor allem bist du arrogant.«

»Entschuldige.«

»Nein, nein, nicht entschuldigen. Das ist doch gut.«

Ich folgte ihr. Wieder folgte ich ihr. Ich war auf einer ständigen Verfolgungsjagd. Ganz hinten im Raum war unsere Ausrüstung aufgebaut, vor der Backsteinwand standen zwei Magnettonbandgeräte. Auch meine Schreibmaschine war bereits dort. Mein Einverständnis war reine Formsache gewesen. Es waren bessere Geräte als das, mit dem ich Shelley bisher hatte arbeiten sehen, und sie stand strahlend daneben, ganz die stolze Angestellte. Ich sah mir das Kabelgewirr an, wie um jede Einzelheit in mich aufzunehmen. Sie strich mit den Fingern über die Tasten meiner Schreibmaschine. Sie hatte keine Hemmungen, das Eigentum anderer Leute anzufassen. Dann strich sie mit den Fingern über die Geräte.

»Aluminium«, verkündete sie.

Shelley erwähnte auch den Namen des Mannes, der die Ausrüstung zur Verfügung gestellt hatte und früher selbst oft hier gewesen war. Es war der kärglichste Teil des Studios, weit weg vom Sofa, weit weg von den Bildern. Ein kleines, quadratisches Fenster: Darauf beschränkte sich mein neues Leben. Vorbei war es mit dem direkten Blick auf diejenigen, die hereinkamen, vorbei mit der Suche nach tief verborgenen Anzeichen, dass diese Leute mich überhaupt zur Kenntnis nahmen. Wir würden auch nicht mehr ans Telefon gehen müssen, weil wir es höchstwahrscheinlich gar nicht klingeln hören würden. All diese Stimmen, die auf einer ganz anderen Frequenz schwangen als unsere, würden wir jetzt nicht mehr hören. Der neue Platz kennzeichnete uns als alleine, und ich begriff gar nicht, wie Shelley das nicht merken konnte.

»Komm, ich zeige dir, wie es funktioniert«, sagte sie.

Sie kramte in der Schachtel mit den Tonbandkassetten. Die Schachtel war unbeschriftet, nichts wies darauf hin, dass sie irgendwie von Bedeutung war. Das war üblich – bis auf das Telefon erhielt hier kein Gegenstand irgendeine Sonderbehandlung. Ich hatte schon Bilder auf dem Boden herumliegen sehen und war über teure Pelzmäntel gestolpert, und alles war von der gleichen, silbrigen Staubschicht bedeckt. Shelley zog eine Tonbandkassette heraus, deren handbeschriftetes Etikett sie als Aufnahme von 1965 auswies. Sie schob sie in das Gerät und drückte auf »Play«. Die Spulen drehten sich immer schneller, und ich spürte, wie mein Herzschlag sich beschleunigte, so, wie es auch manchmal geschah, wenn Mikey Musik auflegte, die ich noch nicht kannte. Shelley starrte wie gebannt zu dem Gerät hinauf.

Sie setzte sich einen Kopfhörer auf und beugte sich über den Schreibtisch. Ihre Bluse hatte sich aus dem Rockbund gelöst und zipfelte hinter ihr her. Sie beugte sich näher zu dem Gerät hin, so, wie sie es auch im Kino gemacht hatte, als wäre es ein besonders aufgeladenes, intimes Erlebnis für sie. Ich sah die Anspannung in ihrem Rücken. Nach ein paar Minuten drehte sie sich zu mir um und setzte mir den Kopfhörer auf.

»Hör mal«, sagte sie.

Ich drückte den Kopfhörer fester an mein rechtes Ohr. Ich hörte ein Freizeichen, dann lauten Verkehrslärm, Krankenwagen, das Großstadt-Stimmengewirr. Dieselben Geräusche, die ich tagtäglich hörte, nur dass sie jetzt klarer klangen, wie verstärkt. Dann eine Männerstimme. Er erzählte, was er am Abend zuvor gemacht hatte, und ich erkannte den wissenden, ironischen Tonfall sofort, das Sprechtempo. Ich erkannte die Predigt.

»The Pope«, sagte ich laut, ins Nichts, denn Shelley hatte bereits ihren eigenen Kopfhörer aufgesetzt, ihr Tonband lief. Ich hielt das Band an, das ich gerade hörte. Dann schaltete ich es wieder ein und lauschte seinem Redeschwall, all den Wörtern, die aus ihm herausquollen. Dann hielt ich wieder an, brachte ihn zum Schweigen. Um mich zu beschäftigen, untersuchte ich das Gerät genau, wie um es auf Fehler zu prüfen, die nur ich finden konnte, drehte an den Schaltern, erst an, dann wieder aus. Ich fürchtete mich davor, mit der Arbeit anzufangen, wollte das Shelley gegenüber aber nicht zugeben. Dann hätte ich ja schwach auf sie gewirkt. Ich setzte den Kopfhörer wieder auf. Ich drückte nicht auf »Play«, legte aber den Kopf in vorgetäuschter Lauschpose schief. Nichts – nur weißes Rauschen. Es kam mir vor, als wären mir alle Menschen im ganzen Gebäude zu nahe, als würden sie mich beobachten, wären aber gleichzeitig viel zu weit weg. Wir waren losgelöst vom Rest des Studios. Der Himmel vor dem Fenster hatte ein klares, kaltes Blau.

Am Nachmittag lud uns Anita zu einer Party ein. »Vielleicht«, antwortete Shelley und blickte über Anitas Kopf hinweg. Sie hatte eine breite, übergroße Brille aufgesetzt, mit der ich sie noch nie gesehen hatte. Die Brille sollte wohl das enorme Ausmaß der Aufgabe symbolisieren, mit der sie betraut war. Als es Abend wurde, stand Shelley betont beiläufig auf. Anita war schon vor uns gegangen, aber wir wussten die Adresse. Durchs Fenster kam die Nacht herein, ein perfektes, schwarzes Quadrat, wie aus dunklem Stoff geschnitten. Während wir auf den Aufzug warteten, ließ Shelley die Handgelenke kreisen. Sie nahm die Brille ab und verstaute sie im Aktenkoffer.

Wir gingen zur U-Bahn. Unterwegs erzählte ich Shelley, wie ich an die Arbeit herangegangen war. Dass ich beim ersten Hören nur wenige Wörter notiert und dann wieder zurückgespult hätte, um den Rest des Satzes zu erfassen. Auf dem Bahnsteig lehnte Shelley sich an eine Säule, ihre Augen, wild und glänzend, nahmen alles in sich auf. Sie achtete sorgfältig darauf, nie etwas zu tun, das als touristisch gedeutet werden konnte, trotzdem erinnerte die Art, wie sie sich in erfundene Szenen aus Filmen oder Songs hineinversetzte, an eine Touristin. In Wirklichkeit war sie eine. Sosehr sie sich auch bemühte, die Illusion von Erfahrung zu vermitteln, hatte sie doch etwas sehr Naives an sich, es lag eine zu große Offenheit in ihrer Miene. Ich hatte mit den Jahren gelernt, das abzulegen. So konnte man schließlich nicht ständig herumlaufen, aber an ihr wirkte es irgendwie liebenswert. Ich wusste, dass sie mich aus dem genau entgegengesetzten Grund anziehend fand – weil ich so vertraut mit der Stadt war, dem ganzen Wahnsinn so blasiert begegnete. Das gab auch ihr einen gewissen Schutz. Im Studio war sie ein Niemand, kein Geld, keine reichen Eltern, sie sah weder toll aus, noch war sie auf unterhaltsame Weise unausstehlich. Das waren die gängigen Maßstäbe. Und trotzdem mochte ich sie, weil sie mir bei aller

Merkwürdigkeit ein aufrichtiges Leben zu führen schien, so aufrichtig wie niemand sonst, dem ich im Leben begegnet war. Ich mochte den Anblick ihres Gesichts, das aus den Tiefen des schweren grünen Mantels schaute wie ein zaghaftes Tier aus dem Eingang seiner Höhle. Ich mochte ihr kleines, freudiges Erbeben, wenn eine U-Bahn hereinrauschte. Ich hatte keine Ahnung, wo sie ihre Kleidung kaufte: die Faltenröcke, die gestärkten Blusen. Das alles sprach von einem Anstand, den andere Mädchen gar nicht schnell genug loswerden konnten. Überall Miniröcke, hauchdünne, enge Oberteile; Anstand war aus der Mode, Anstand war obszön. Ich glaube, Shelley genoss es, wie albern sie wirkte – die Fallhöhe zwischen ihrem Aussehen und den Leuten, mit denen sie sich umgab. Und trotzdem war sie allem Anschein nach viel offener als ich dafür, Kontakte zu knüpfen. Alle Welt erzählte uns ständig, wir wären noch nie so frei gewesen, aber glauben konnte ich das nur, wenn ich mit Shelley zusammen war, ihre Aufregung erlebte, in ihren Traum eintrat, der sie im Bus quer durch das ganze Land geführt hatte. Dort in diesem Studio, zusammen mit ihr, spürte ich die Möglichkeit, ganz anders zu leben.

Die U-Bahn ruckelte die ganze Zeit, während Shelley Anita so sorgsam analysierte, als wäre es ein Dienst an der Allgemeinheit, akribisch herauszuarbeiten, was bei ihr alles falsch lief. Anita war der Feind.

»Sie ist genau die Sorte Mensch, die auf der Highschool immer stolz auf ihre guten Noten war, weißt du, was ich meine? So eine, die jede kleinste Andeutung von Scheitern verabscheut. Wahrscheinlich freut es sie, von lauter Leuten umgeben zu sein, die sie für Versager hält. Das gibt ihrem Selbstbild Auftrieb.«

Ich sagte nichts. Ich hatte eine andere Meinung von Anita als Shelley, außerdem war ich müde, weil ich den ganzen Tag an der Schreibmaschine gesessen hatte, weil das Projekt so schwierig war und ich mich so klein fühlte auf diesem Platz vor der Wand. Hinter mir fand weiterhin alles Mögliche statt, und ich konnte nicht zusehen. Es machte mich fertig, dass ich nicht zusehen konnte. Die wenigen Krümel Sonnenlicht, die auf die Tasten fielen. Ich wechselte das Thema.

»Hattest du auch gute Noten auf der Highschool?«, fragte ich.

»Mal ehrlich, wen juckt's? Ich war schon lange weg, bevor jemand rausfinden konnte, ob ich ein Faulpelz oder ein Schlaukopf bin. Man muss schließlich wissen, wie man sich aus einer Lage befreit, in der man nicht sein will.« Sie zog einen großen silbernen Flachmann aus der Manteltasche. »Und jetzt schreibe ich ein Buch, was spielt das also noch für eine Rolle? Ich bin Autorin.« Sie lachte. »Im Grunde ist er doch ein Nichts, oder? Ich habe dir angesehen, dass du das auch findest, als du mit ihm geredet hast. Ganz normaler Durchschnittstyp, genau das hast du gedacht. Aber warum mögen ihn dann so viele Leute? Das wird einem nicht gleich klar.«

»Er hat schlechte Haut«, sagte ich.

»Na und?«

»Ich auch«, sagte ich, »darüber könnten wir uns zum Beispiel austauschen.«

Shelley sah mich an. »Klar, Mae. Gute Idee. Wenn ich jemanden zum ersten Mal treffe, frage ich diesen Menschen oft, was er wirklich liebt? Also, wofür er sterben würde. Das habe ich von meinem Vater. Es ist eine gute Möglichkeit, jemanden wirklich zu begreifen. Was glaubst du, was er liebt?«

»Das weiß ich beim besten Willen nicht«, sagte ich.

Sie nahm einen tiefen Schluck aus ihrem Flachmann und gab ihn an mich weiter. »Weißt du, dass du wirklich attraktiv sein könntest, wenn du dir nur etwas Mühe geben würdest? Deine Haare und dein Gesicht haben richtig Potential.«

»So geht es mir mit vielem.«

»Wie?«

»Dass ich etwas sein könnte, wenn ich mir nur etwas Mühe geben würde.« Ich trank einen kleinen Schluck und hustete verstohlen. »Aber gerade mit dem Mühegeben habe ich ein Problem. Ich bemühe mich nicht gerne.«

Sie wollte sich eine Zigarette anzünden. Der erste Versuch misslang. Sie probierte es erneut und nahm einen langen Zug. »So schwierig ist das doch nicht.«

Es kam häufig vor, dass sie sich so beiläufig äußerte, als hätte sie den Gipfel weiblicher Perfektion bereits erreicht. Ihre unmodischen Kleider, ihre oft so unruhige Miene, die kastige Körperform: alles kein Hindernis. Sie benahm sich, als hätte sie alle Schönheit dieser Welt für sich gepachtet, deshalb fing man, wenn man mit ihr zusammen war, wider besseres Wissen an, das auch zu glauben.

»Was hörst du gerade auf deinem Tonband?«, fragte ich.

»Nichts. Gerede, Geräusche«, sagte sie mit einer gewissen Vorsicht.

»Ja, bei mir auch. Ganz schön langweilig, oder?«, sagte ich und dachte an den Kick aus Aufregung und Angst, den ich spürte, wenn ich mein Tonband starten sah.

Sie nickte und schob die Hände in die Taschen. Ihre Lippen klebten fest an der Zigarette. Sie hatte eine affektierte Art zu rauchen, befangen und gierig zugleich, wie man es auch von anderen Mädchen kannte, die bemüht waren, sich neu zu erfinden.

»Hattest du auf der Schule eigentlich Freundinnen?«, fragte sie unvermittelt.

»Ja, eine«, sagte ich. »Maud.«

»Da bin ich eifersüchtig.«

»Das ließe sich leicht beheben, wenn ich dir Maud vorstelle.«

»Ach was, vergiss sie. Wiedersehen, Maud«, sagte Shelley, als die Bahn ihre Türen öffnete. Sie hakte sich bei mir ein, und so stiegen wir gemeinsam aus.

Die Party war eine Vernissage in einer Galerie im West Village. Als wir dort ankamen, war es bereits später, als wir gedacht hätten. Den offiziellen Teil hatten wir verpasst. Es war nur noch ein Mann da, der durch einen Raum voller Luftballons stapfte. Shelley hob einen roten Ballon auf und rieb mir damit über den Arm, dass sich die Härchen aufstellten. Der Mann massierte sich die Stirn, als hätte er Kopfschmerzen, und erklärte uns, alle seien schon nach oben gegangen. Wir mussten drei Stockwerke hinaufsteigen, und als wir oben ankamen, war Shelley außer Puste und genervt. Sie hatte immer noch den Ballon in der Hand. Bevor wir hineingingen, sah sie mich an.

»Hey, mach mal ein anderes Gesicht«, sagte sie. »Angst bringt uns hier auch nicht weiter.«

In der Wohnung war es so dunkel, dass man kaum etwas sah. Licht kam nur von etlichen Bildschirmen, über die Bilder flimmerten. Ich ging näher heran und sah, dass es Bilder von Männern waren, die sich hingekniet hatten, während andere Männer vor ihren Mündern Stellung bezogen. Wahrscheinlich sollte das witzig sein, aber mich brachte es nicht zum Lachen. Es wirkte irgendwie verstörend, wie engagiert die Mienen der knienden Männer aussahen und wie ausdruckslos die der Männer, die befriedigt wurden. Die Gäste waren schick und selbstbezogen und nahmen weder Shelley noch mich zur Kenntnis. Es war, als wären wir gar nicht da. Ich blieb neben einem Bildschirm stehen, als würden die Bilder mich gar nicht weiter stören, als wäre ich ganz in tiefgründige Gedanken verloren, viel tiefgründiger als Partys oder Cocktails. Diese Pose hatte ich häufig eingesetzt, auch schon in der Schule. Shelley verschwand in der Menge, und ich redete mit niemandem. Ich arbeitete an meinem undurchdringlichen Äußeren. Menschen traten in den Lichtschein der Bildschirme, verließen ihn wieder, wechselten die Gestalt. Wenn sie vom grellen Licht angestrahlt wurden, sah ich, dass die meisten ganz normal aussahen. Kaputte, gelbliche Zähne, unregelmäßige Züge, Glubschaugen. Aber das alles wurde übertönt von der Selbstgewissheit oder Erotik, die sie jeweils ausstrahlten. Von Zeit zu Zeit tauchte ein Gesicht von zarter Schönheit wie ein Traum aus dem Dunkel auf. Ich sah Susan, die ich aus dem Film wiedererkannte. Sie tanzte mit einem großen Mann, seine Hände lagen fest um ihre Taille, schwere Ohrringe schaukelten keck an ihren Ohrläppchen. Sie blinzelte und lächelte die ganze Zeit, als wäre sie selbst erstaunt, wie begehrenswert sie war. Hey, Snuggles, wollte ich zu ihr sagen, ich tippe deine Briefe ab. Um sie herum tanzten alle schwungvoll, wie Planeten, die um die Sonne kreisen. Ich sah, wie ein Mann im Anzug einem anderen Mann die Wange streichelte, als wären sie gerade dabei, sich zu versöhnen. Das war mir zu intim, ich wandte mich ab. Am anderen Ende des Zimmers stand Anita im Gespräch mit irgendwem, das dunkle Haar fiel ihr ins Gesicht. Sie winkte mir zu. Neben ihr stand Dolores im Schein der rotglühenden Spitze ihrer Zigarette. Anita sah nicht aus, als könnte sie schmutziges Zeug in den Telefonhörer flüstern. Ich kam kaum hinterher, umzulernen, was ich bisher über Menschen zu wissen glaubte. Von Zeit zu Zeit stellte sich eine Frau mitten ins Zimmer und sang über die Musik hinweg, als wäre sie Teil einer Inszenierung, projizierte ihre Persönlichkeit in den Raum. Die Musik selbst war leise und besinnlich, von der Art, die gut fürs Seelenheil war, wie Mikey immer sagte.

Auch er war da – ein lederumhüllter Ellbogen, gesenkter Kopf. Alle fassten ihn an, tätschelten ihn zärtlich wie einen heiß geliebten Hund. Er hielt den Kopf immer ein wenig schief, als bekäme er gerade etwas mitgeteilt. Ich fühlte mich daran erinnert, wie ich aussehen musste, wenn ich so tat, als würde ich mir das Band anhören.

Ich fühlte mich, als läge ein Schleier vor meinen Augen, als sähe ich verschwommen, als gäbe es einen echten körperlichen Grund dafür, dass ich mich nicht richtig auf die Party einlassen konnte. Wahrscheinlich stand ich eine gute Stunde so da. Ich sah, wie Susan mit dem Mann knutschte, mit dem sie getanzt hatte. Sein Hemd war aufgeknöpft, sein Gesicht offen, sein ganzer Körper eine Einladung. Es war logisch, dass sie zusammenfanden. Es leuchtete ein. Shelley kam zurück und redete mir laut und fieberhaft ins Ohr. Auf ihre linke Wange war ein Schmetterling gemalt. Soweit ich sehen konnte, hatte von den anderen Mädchen niemand einen Schmetterling im Gesicht. Er wirkte schludrig und kindlich, ohne jede Spur von künstlerischem Talent. Ich sah auch niemanden, der Gesichter bemalt hätte.

»Von wem ist der, Shelley?«, fragte ich und fasste sanft daran.

»Mir gefällt er«, sagte sie.

Ein Fotograf machte ein Bild von uns, nicht so sehr weil er es wollte, sondern weil ihm offenbar nichts anderes übrigblieb. Ich mit meinem fahlen Lächeln, Shelley mit ihrer angestrengten Schönheit. Glücklich wirkte er nicht über sein Motiv; wir hatten wohl etwas an uns, was falsch und einsam wirkte, von dem die Kamera sich eigentlich abwandte. Danach hielt ich es nicht mehr aus. Ich wollte das hier nicht enden sehen, Glasscherben auf dem Boden, übertriebene Gefühlsbekundungen, Abschiede, Enttäuschung, Aufbrüche irgendwo anders hin, wo wir nicht eingeladen waren.

»Komm, wir gehen«, sagte ich.

Draußen brummte mir der Kopf, und die Nacht schien mir unwirklich hell. Die Farben auf Shelleys Wange waren bereits zerlaufen.

»Schön ist das nicht«, sagte ich und fuhr die Schmetterlingsflügel nach. Ich wusste, dass manche der anderen Shelley für eine Lachnummer hielten: ihre provinzielle Ausstrahlung, das Robuste an ihr, ihre resolute Miene unter dem Kopfhörer. Sie käme nie auch nur auf den Gedanken, dass jemand ihr mit falscher Freundlichkeit begegnete.

»Was ist denn nicht schön daran?«, fragte sie. »Es ist ein Schmetterling.«

»Vergiss es einfach«, sagte ich.

Shelley zog mich zu sich und drückte mich an die Brust. Es war eine warme Umarmung, die alles auslöschte, so wie bei meiner Mutter, wenn sie in besonders unmöglicher Stimmung war. Sie roch entsetzlich nach Alkohol. »Du machst dir einfach zu viele Sorgen«, sagte sie. »Sogar um bemalte Gesichter sorgst du dich.«

Wir gingen in ein Diner an der Ecke und setzten uns an die Theke. Nach all dem Ungewohnten war der Geruch dort beruhigend. Es roch nach meiner Kindheit. In einer der dunkel vertäfelten Sitznischen saßen zwei Mädchen im Pullover. Auf dem Weg hatte Shelley sich die ganze Zeit an mir festgehalten. Ich setzte sie auf den Barhocker, und sie stellte die Füße auf die silberne Stütze. Sie hatte immer noch den roten Luftballon dabei und legte ihn jetzt zwischen uns auf die Theke. »Ich finde diesen Mantel furchtbar«, sagte sie, »ich fühle mich einfach nicht leicht darin. Nicht luftig. Wir müssen mal einen Einkaufsbummel machen.« Sie drückte den Mund auf die Theke, küsste sie und hinterließ einen beschlagenen runden Fleck darauf. »Ich will tanzen«, sagte sie dumpf.

»Susan war da«, sagte ich.

»Aber Edie nicht. Ich habe extra geguckt. Ich glaube ja nicht, was sie da behaupten, dass ihr die Haare ausgehen. Sie sollten sich bei ihr entschuldigen … Anita und Dolores. Sie sind ganz ohne Grund sauer auf sie, wahrscheinlich, weil sie so himmlisch ist.« Shelley schlug mit der Hand auf die Theke.

Ich überlegte, ob ihr wohl jemand etwas ins Glas getan hatte. Shelley hätte das garantiert zugelassen, weil sie gar nicht begriff, dass es möglich war. Ich bestellte einen Hamburger für sie, ein Riesenstück dunkles Fleisch, für das sie sich fast den Kiefer ausrenken musste. Ihr Blick war voller Erwartung, das Fleisch hing ihr halb aus dem Mund.

»Seit ich hier bin, lerne ich lauter tolle Leute kennen. Außer Anita. Diese Ziege. Aber sonst fast nur großherzige Wesen. Und alle sind absolut verrückt nach mir. Ich habe hier einen Charme, den ich zu Hause nie hatte. Zu Hause hat mich niemand gemocht. Hier mögen mich alle, weil sie einfach viel kultivierter sind.« Sie sprach mit so viel Leidenschaft, ließ ihre Zähne sehen, sogar ihren Gaumen.

Ich trank etwas Wasser. »Ist doch super, Shelley.«

»Meine Eltern«, sagte sie, die Augen weit offen und anklagend wie eine Beichtende, »haben mich erdrückt, vor allem mein Vater.«

»Dazu neigen Eltern generell. Sie glauben, man gehört ihnen.«

»Ja, genau«, rief sie mit vollem Mund. »Er hat geglaubt, ich gehöre ihm. Ist das nicht absurd?«

»Aber nicht erstaunlich.«

Die Kellnerin wollte wissen, ob sie uns noch etwas bringen könne.

»Nein danke«, antwortete Shelley fröhlich. »Ich bin betrunken.«

Ich musterte die Kellnerin, als sie wieder ging. Sie war schon älter, strähniges Haar, dunkle Ringe unter den Augen. »Meine Mutter ist Kellnerin. Abends kommt sie immer nach Hause und erzählt nur davon, wie erschöpft sie ist. Armselig.« Ich trank von meiner Limo. Jetzt konnte ich sagen, wozu ich Lust hatte, verraten, wen immer ich wollte, weil Shelley sich morgen früh sowieso an nichts erinnern würde. »Wahrscheinlich beneidet sie mich um meine Stelle.«

»Deinen Beruf«, sagte Shelley und spuckte Fleischbröckchen.

»Ja, ihre Tochter hat einen Beruf, und sie wischt immer noch den Schmodder vom Tisch.« Der Abend, der hinter mir lag, die hohe Meinung, die alle im Studio von sich hatten, die verwirrenden Möglichkeiten, die sich auf einmal für mich auftaten: All das hatte seine Wirkung auf mich. »Schmodder«, wiederholte ich, genoss den Klang des Wortes.

»Kriegt sie viel Trinkgeld?«

»Sie schlägt sich nicht schlecht.«

»Ich habe unheimlich Respekt vor ihr.«

»Warum?«

»Weil sie dich großgezogen hat und du nett bist.« Sie schenkte mir ein niedliches, schiefes Lächeln. »Ich glaube, mir wird schlecht.«

Es war nicht leicht, sie vom Barhocker zu hieven und nach draußen zu bugsieren. Dort erbrach sie sich in einen Abfalleimer, drei bis vier Minuten lang. Sie war bemüht, es mit einer gewissen Eleganz zu tun. Zwei Männer kamen vorbei und sahen uns an, als wären wir ekelhaft, als hätten sie von Leuten wie uns schon gehört, und da waren wir nun, leibhaftig, und verhielten uns genau wie erwartet. Mir war das längst egal. Ich trug eine Tarnkappe, ich war nicht mehr ich. Ich war jetzt ein Mensch, der Selbstgewissheit verströmte, selbst noch, als ich Shelley die Haare zurückhielt und etwas Erbrochenes auf meinen Schuhen landete.

»O Gott, o Gott.« Sie keuchte, und die Farbe auf ihrem Gesicht war noch weiter verlaufen. Aus ihrer Hand löste sich der rote Luftballon und flog in den Himmel hinauf, weg von uns. Ich sah ihm ein paar Sekunden nach. Dann spürte ich, wie sie sich endlich neben mir aufrichtete. Sie war fertig. »Verflixt«, sagte sie. »Ich hatte diesen Ballon richtig gerne.«

Zurück zu Hause wusch ich mir über der Badewanne die Haare. Ich stank nach Zigaretten und Erbrochenem. In der Küche saß meine Mutter am Tisch, mit einem Mann, den ich noch nie gesehen hatte. Bis auf Mikey hatten alle Männer, die meine Mutter mit nach Hause brachte, einen Zug von höhnischer Geringschätzung, ihre Verachtung erfüllte den ganzen Raum. Meine Mutter konnte sich ihr Interesse nie erhalten, sie sich das ihre aber auch nicht. Ich trat im Nachthemd in die Küche, meine Haare tropften den Boden voll. Der Mann schaute weg. Meine Mutter musterte mich von oben bis unten. »Bist du irgendwie gestresst?«, fragte sie.

»Ja.« Ich schwieg kurz. »Wegen der Schule.«

»Mach doch deine Übungen.«

»Was denn für Übungen?«

Sie wandte sich wieder dem Mann zu. »Die, die du machen sollst.«

Im Gehen hörte ich sie noch sagen: »Sie war so ein süßes Baby. Sie hat Preise gewonnen.«

Auf dem Sofa tat Mikey, als wäre er in einen Roman vertieft und kümmerte sich nicht um die Verführungsszene in der Küche, seine Mundwinkel hingen, er blätterte die Seiten durch wie auf der Suche nach der Quelle seines Unglücks.

Vor dem Spiegel in meinem Zimmer umrandete ich mir die Augen mit Kajal. Ich wollte, dass es verführerischer und geheimnisvoller aussah als Shelleys Bemühungen. Die dunklen Augen einer Fremden blickten mich an. Ich steckte mir die Haare hoch, so wie Susan. Ich stellte mir vor, mich auf einer Party mitten in den Raum zu stellen, vor alle anderen, und ein eindringliches Lied zu singen, eines, das Leben verändern konnte. Zum ersten Mal seit der Begegnung mit Daniel sah ich mir meinen Körper genau an – kleine Brüste, breite Hüften, kurze Beine, aber zum ersten Mal erschien mir das alles beherrschbar und nicht wie ein Problem, das ich lösen musste. Ich probierte ein paar Posen vor dem Spiegel aus, Gesprächsposen, lachende Posen. Irgendwann legte ich mich aufs Bett, aber ich konnte nicht einschlafen. Ich dachte an die Party. Es hatte keine besonders einprägsamen Szenen gegeben, trotzdem kam jetzt in Pulsen und Taktschlägen alles zurück. Ich war mir meiner Hände und Finger sehr bewusst, die sich um Shelleys Haar geschlossen hatten, als sie sich erbrach. Ich hörte meine Mutter mit dem Mann im Schlafzimmer verschwinden. Als es hell wurde, verließ ich die Wohnung.

Die Eingangstür stand offen. Das war immer so. Wer wollte, konnte einfach hereinkommen, und das geschah oft. Selbst so früh am Morgen war ich dort nicht allein. Beim Eintreten sah ich als Erstes Shelleys krummen Rücken. Die Spulen ihres Tonbandgeräts drehten sich bereits. Fünf, sechs Bilder standen nebeneinander an die Wand gelehnt. Sie fielen mir zum ersten Mal richtig auf. Die Farben waren grell, intensiv, wie die Schlieren gestern Nacht auf Shelleys Wange. Ich erkannte die berühmte Frau darauf sofort. Ich hatte ihr schon unter den Rock geschaut, sie im Swimmingpool gesehen, aber noch nie so wie hier. Sie wirkte konserviert, einbalsamiert. Ich musste an das leuchtend rosa Fleisch in Shelleys Hamburger denken. Ihr Gesicht, immer wieder, aber diese Detailbesessenheit ließ sie nicht lebensechter erscheinen, sondern machte sie einfach weniger menschlich, als wäre sie nur eins von vielen Millionen Tieren, die zur Schlachtbank geführt wurden.

»Hallo«, sagte ich, und Shelley nickte mir zu. Ihre Bluse war hoch geschlossen, als wäre sie gar kein Mädchen, das sich auf der Straße erbricht, sondern befände sich vielmehr in einem Zustand ständigen Entsetzens und Staunens über solche Ungehörigkeiten. Sie roch stark nach Drogerieparfum. Äußerlich wirkte sie genau wie immer. Sie hatte die Schachtel mit den Tonbändern ausgeleert, als hätte sie etwas Bestimmtes gesucht. Jetzt winkte sie mich heran. Mit einem Finger. Die Strickjacke fest zugeknöpft. Sie setzte mir ihren Kopfhörer auf, und ich hörte eine junge Stimme, hell, kokett und fröhlich. »Das ist Edie«, flüsterte Shelley an meinem rechten Ohr. Sie nahm mir den Kopfhörer wieder ab und setzte ihn selbst auf. Sie schien ganz aus dem Häuschen, als hätte sie genau das gefunden, was sie gesucht, wofür sie gelitten hatte. Ihr Gesicht, in der Nacht noch so offen, verbarg jetzt alles, ihre ganze Geschichte. Sie war nichts anderes mehr als eine Frau an einer Schreibmaschine. Jetzt fing sie an, sich fieberhaft Notizen zu machen, arbeitete so konzentriert, dass ich es kaum fassen konnte. Ich griff in die Schachtel und zog ein Band mit der Aufschrift »1965« heraus. Um meinem eigenen Ordnungsempfinden zu genügen, fand ich es wichtig, chronologisch vorzugehen. Ich drückte einen Schalter. Ich setzte meinen Kopfhörer auf. Und fing an zu hören.

Still war es nie. Wenn ich Stille wollte – und nach den ersten paar Stunden lechzte ich regelrecht danach –, musste ich den Kopfhörer absetzen und mir einen Punkt irgendwo an der Wand suchen. Auf diesen Punkt starrte ich dann unverwandt und stellte mir vor, wie sich Stille ausbreitete. Ich stellte mir eine grüne Wiese vor, atmete tief ein und aus, dachte mich in ein leeres, von Licht geflutetes Zimmer. Aber schon bald wurden auch diese leeren Zimmer wieder von Menschen bevölkert, denen ich zuhören musste. Es gab zwar kleine Inseln der Stille auf den Bändern, aber das war immer nur die vorbereitende Stille, bevor jemand anders zu reden anfing, bevor die Wörter wieder strömten, hässlich, ordinär und unaufhaltsam. In diesen Stille-Inseln, den Momenten, wenn die Sprechenden innehielten, durchatmeten, machte sich die Stadt bemerkbar. Hupend, lärmend, gewaltsam. Als Hintergrund dieser Bänder klang New York wie eine kreischende Karikatur der Hölle. Wenn ich abends nach Hause fuhr, schien mir dieser Lärm – Streitereien auf der Straße, Martinshörner, das Quietschen der U-Bahn – wie verstärkt. Fast greifbar wurde er, als könnte ich die Hand ausstrecken und ihn anfassen. Das Abendessen verzehrte ich schweigend, als wäre mir jede Unterhaltung zu viel. Ich hatte keine Energie mehr, mir meinen Weg durch noch mehr Wörter zu bahnen. Während dieser ersten Woche war ich bemüht, Shelley nicht zu sehr anzustarren. Die Leichtigkeit, mit der sie vorging, brachte mich durcheinander. Als wäre sie genau dafür auf dieser Welt. Hin und wieder verriet ihre Miene, was sie gerade hörte – ein liebevoller Ausdruck, ein empörter Blick, alles so gekonnt ausgeführt wie von einer Stummfilmschauspielerin. Es kam mir schon zudringlich vor, sie bloß anzusehen. Ihr Tonband war ihr ganz persönliches Geheimnis, ich wollte ihre Reaktionen darauf nicht sehen. Stattdessen schob ich meinen Schreibtisch näher ans Fenster, um mich auf etwas anderes konzentrieren zu können. Unser kleines Stück Himmel zeigte erste Anzeichen von Frühling.

Mir war klar, dass ich verglichen mit Shelley längst im Hintertreffen war. Sie hatte einen ordentlichen Stapel abgetippter Kassetten neben sich. Wahrscheinlich war sie mir viele Gespräche voraus. Ich wusste nicht, wann wir die fertigen Seiten abgeben sollten – das hatte Shelley mir nicht gesagt –, aber allmählich kam mein Kampfgeist in Gang. Ich staunte jedes Mal, wenn das passierte, es war mir aber nur recht. Shelleys Ehrgeiz war ansteckend. Anfangs versuchte ich noch, es möglichst gut zu machen, fing wieder von vorn an, wenn die Ränder nicht ganz stimmten, und wenn ich mich vertippte, knüllte ich das Blatt zusammen und warf es weg. Ich war genau, und Genauigkeit war ein Problem. Diese frühen Versuche fühlten sich an, als lägen zwei unterschiedliche Seiten von mir im Clinch. Das Tippen strengte mich auch körperlich an, jeder Tastenschlag verlangte mir alles ab. An manchen Abenden war ich wie zerstört. Zu nichts mehr in der Lage, als ein paar Kekse zu essen und ins Bett zu fallen. Dann fand ich meinen Willen und meine Entschlossenheit wieder. Wo war das hergekommen? Ich überließ meinem Unterbewusstsein die Führung. Ich traf die Tasten instinktiv. Sogar mir selbst fiel es schwer zu glauben, dass ich bisher nur wenige Diktate aufgenommen hatte. Wenn ich mich morgens an den Schreibtisch setzte, hatte ich nicht mehr das Gefühl, als täte ich die ersten Schritte hinein ins ewige Nichts. Ich war beherrscht, unbesiegbar. Alles ringsum verschwand. Es gab nur noch Shelley, die sich immer wieder einen Stift in den Mund schob. Rein, raus, rein, raus, die Kappe schon ganz spuckefeucht. Dann war die Seite zu Ende, und ich kam wieder hoch, tauchte auf aus dem Wasser, zurück an die Oberfläche.

Aber das Tippenlernen war nichts im Vergleich zum Hörenlernen. Als ich das erste Band eingelegt hatte, rührte ich mich kaum, als könnte jede kleinste Bewegung von mir sie stören, als säße ich mit ihnen im selben Raum. Das erste Band, das ich einlegte, begann mit Geräuschen, und ich tippte sie pflichtschuldigst ab. Rasseln, Murmeln, Klirren, Läuten. Dann die Geräusche eines Telefons. Klick, Pause, Klick, Klingeln. Ich war wirklich sorgfältig. Nichts ließ ich weg. Anschließend war es nur noch ein einziger Erguss von Wörtern. Ich spulte häufig zurück, um eine genaue Bedeutung zu erfassen, herauszufinden, wer in dem ganzen Lärm da gerade sprach. Der Ton passte nie zu dem, was sie sagten, die Gefühle stimmten einfach nicht. Sie waren krank, pleite, depressiv, lachten aber ständig, amüsierten sich, waren lebhaft. Der Widerspruch war gewaltig, und ich konnte ihn nicht begreifen: diese Lücke zwischen ihrem schlechten Befinden und ihrer Energie und Entschlossenheit, trotzdem weiterzumachen. Wie schon bei der Party wartete ich darauf, dass sich ein Nebel lichtete. Dann wurde mir klar, dass es keine Rolle spielte. Ich musste ja nichts darüber sagen, wie es ihnen ging; ich musste nur ihre Worte niederschreiben. Nur alles in mich aufnehmen und wieder aufs Papier speien. Vor allem anderen ging es hier um Vertrauen. Ich musste ihre privaten Äußerungen öffentlich machen. Oft war es schon dunkel, bis ich fertig wurde. Ich merkte, dass ich mich zum ersten Mal ganz und gar mit meiner Arbeit verbunden fühlte.

Im Lauf der folgenden Wochen machte ich mir kaum noch Gedanken über Shelleys Technik, aber es ärgerte mich, dass sie mir voraus war. Wir unterhielten uns jeden Morgen und jeden Abend, aber nur über andere Dinge: neu entdeckte Musik, aktuelle Filme, meine körperlichen Komplexe. Wie ich es schaffen konnte, größer zu wirken. Wo ich tief ausgeschnittene Kleider herbekommen sollte. Über die Tonbänder sprachen wir praktisch nie, und doch steckten wir da zusammen drin, als Paar, die Heldinnen unseres ganz persönlichen Dramas, von dem alle anderen ausgeschlossen blieben. Unsere Arbeit besaß einen Wert. Shelley erzählte kaum etwas von sich. Wenn ich sie ganz direkt nach ihrer Familie fragte, verzog sie das Gesicht, als könnte sie sich nur mit Mühe erinnern, und wechselte dann das Thema. Dafür brachte sie mich immer mehr zum Reden, und mich störte das kaum. Sie wollte Geschichten über unsere Wohnung hören, wollte wissen, was Mikey las, womit meine Mutter mich in den Wahnsinn trieb. Ich glaube, sie hatte heimlich Spaß daran, sich in diese häuslichen Szenen hineinzuversetzen. Wenn ich du wäre, würde ich Folgendes machen: So fingen ihre Ratschläge immer an. Sie hörte mir aufmerksam zu, aber sobald sie den Kopfhörer aufhatte, trug sie die immer gleiche selig fromme Miene zur Schau, als würde sie himmlischen Stimmen lauschen. Irgendwie wirkte sie immer entspannt. Ich nicht. Ich fühlte mich ständig unter Zeitdruck, weil sie auf den Bändern eigentlich immer nur von Zeit sprachen. Was sie damit anfangen, wann sie den Ort wechseln, bis wann sie die Nacht noch verlängern sollten. Manchmal, wenn ich abends den Kopfhörer absetzte, kam es mir vor, als würde die Uhr lauter ticken. Wenn ich mir einen Muffin oder ein U-Bahn-Ticket kaufte, rechnete ich immer halb damit, dass die Stimmen von den Bändern zwischen all den Fremden hindurch zu mir drangen. Nach einiger Zeit fand ich mich damit ab, dass ich jeden Abend ein paar Stunden brauchte, um in die Wirklichkeit zurückzukehren.

In unserem Rücken ging das Leben im Prinzip weiter, aber wir nahmen nicht daran teil. Wir waren in der Welt von vor zwei Jahren gefangen. Das rote Sofa lag jetzt nicht mehr in meiner Blickachse, aber ich sah immer noch Mädchen hereinmarschieren, in hohen Lederstiefeln und wild entschlossen, und dann sah ich sie kleinlaut und eingeschüchtert wieder abziehen. Oft saßen sie stocksteif da, wenn sie fotografiert wurden, und waren nur im Profil zu sehen. Manchmal kreiste eine Filmkamera durch den Raum. Alles musste aufgenommen werden. Immer waren auch irgendwelche Jungs da, die anscheinend nicht recht wussten, was sie mit sich anfangen sollten, befangen auf einem Hocker saßen oder mit blödem Grinsen auf dem Boden herumlagen.

Im hektischsten Teil des Studios sah ich ihn stehen und arbeiten, klein und abwesend sah er aus. Sein Leben hatte eine solche Dynamik, dass sich wohl selbst Dinge, die nur zwei Jahre zurücklagen, schon sehr weit weg anfühlten. Wann immer das silberne Telefon klingelte, wurde er hergerufen.

Am Monatsende sammelte Anita unsere fertigen Seiten ein, um sie durchzusehen. Sie war fort gewesen, um eine Ausstellung in Europa zu planen. Ich hatte den Eindruck, dass die Dinge auf eine Weise Fahrt aufnahmen wie nie zuvor. Bevor sie die Stapel an sich nahm, schob sie mir ein Päckchen französische Zigaretten über den Tisch. Shelley bekam nichts. Dolores beobachtete uns, schälte langsam eine Orange und ließ die Schalen in den Mülleimer fallen. Anita lehnte halb an meiner Tischkante.

»Völlig zusammenhanglos«, sagte sie, während sie durch die Seiten blätterte. »Dafür könnt ihr nichts. Ich glaube, er will es genauso haben.«

»Es ist eben lebendig«, sagte Dolores, »das spürt man.«

»Es ist lebendig, und du willst nichts damit zu tun haben«, entgegnete Anita. »Dolores mag die vielen schmutzigen Wörter nicht. Darum konnte sie das alles auch nicht selbst abtippen. Sie kommt nicht klar mit dem Versauten.«

Kurz verfiel ich in Panik – hatten sie mich nur hinzugezogen, weil Dolores es nicht machen wollte? Ich warf einen scharfen

Blick auf Dolores, machte mir ihre Fehler klar. Sie konnte nichts, was ich nicht auch gekonnt hätte.

Dolores zuckte die Achseln. Keine schroffe Erwiderung, sie ließ sich durch nichts erschüttern. Sie war der stabilste Mensch, den ich kannte.

»Sie hat da irgendwelche Vorstellungen von Gott«, erläuterte Anita.

»Das macht mich stark.« Dolores lächelte verkniffen.

»Vor allem macht es dich frömmlerisch.« Anita lächelte zurück. »Aber mich stört es nicht, dass du so eine Betschwester bist. Ich habe dich trotzdem lieb.« Ihr Blick fiel auf eine Seite, die ich getippt hatte. »Hier wird jedenfalls nicht viel gefrömmelt.«

Dolores ließ den Blick über Shelleys Manuskript wandern. Sie schüttelte sich. »Nein«, sagte sie dann.

»Du bist wirklich gut in Rechtschreibung, Mae«, sagte Anita. »Mein Gott, das ist ja schlimmer als Henry Miller.«

»Arbeitet der auch hier?«, fragte Shelley. Sie tat sich wirklich keinen Gefallen. Vielleicht hatte sie auch einfach Spaß daran, die Rolle des kulturlosen Landeis zu spielen. Sie hatte einen bizarren Humor, und allem Anschein nach machte es sie glücklich, andere auf ganz leichte, belanglose Art zu nerven. Bei mir versuchte sie das allerdings nie. Während sie auf eine Reaktion wartete, schob sie demonstrativ ein paar Sachen auf ihrem Schreibtisch herum. Griff nach einem Bleistift und fing an, ihn zu spitzen.

»Ich sollte vielleicht kündigen«, sagte Anita, »es wird vielleicht Zeit, mir Menschen zu suchen, die mehr mein Niveau haben.«

»Arme Anita.« Dolores zerteilte ihre Orange in zwei Hälften und betrachtete sie versonnen. »Arme Anita, immer gibt sie viel zu viel.«

Anita las weiter. Ich war nervös: Endlich wurde ich einmal an etwas gemessen, das mir wichtig war.

»Ist Edie da auch drauf?«, fragte Anita.

Ich sah, wie Shelley erstarrte. »Ja, aber ihren Teil habe ich noch nicht transkribiert, das ist etwas komplizierter.« Shelley betonte immer sehr, dass niemand außer uns das Projekt wirklich begriff. »Was interessiert dich das überhaupt? Du bist doch immer so abscheulich, wenn es um sie geht.«

Anita rutschte von meinem Schreibtisch. »Werd erwachsen, Shelley. Es gibt wahrhaftig Schlimmeres auf der Welt. Da brauchst du nur mal Zeitung zu lesen oder Radio zu hören.« Sie legte die Blätter weg, und ich sah ihr nach, während sie sich entfernte.

Dolores blieb wie in Trance sitzen. Sie schenkte mir einen unglaublich verständnisvollen Blick. »Ondine. Ich beneide dich nicht, Mae, dass du dir das den ganzen Tag anhören musst.«

In meinem Transkript hieß er nur O. O stand für Ondine, auch bekannt als The Pope, und er war es, der hauptsächlich redete, die Wörter purzelten nur so aus ihm heraus, ein endloser Monolog. Hätte ich ihn nicht schon mit einer Flasche Cola in der Hand in dem Film gesehen, ich hätte geglaubt, er wäre aus den Tonbändern geboren. Keine Familie, keine Biographie. Er lebte nur, um aufgenommen zu werden. Nach der zweiten Woche mit nichts als seiner Stimme im Ohr wusste ich schon genau, wie er seine Sätze beendete. Ich kannte seine Lieblingsschimpfwörter, merkte, wie sich seine manischen Phasen ankündigten, wann er angespannt war und wann fuchsteufelswild. Ich wusste, wann er besonders high war. Ich glaube, ich wusste auch, wann er log. Er kannte ein ganz anderes New York als ich; er ging durch eine andere Stadt, von der ich bloß gehört und in Zeitungsschlagzeilen gelesen hatte, eine Stadt so scharf wie eine Rasierklinge. Er schaffte es, nahtlos aus einem Backsteinbau mit Portier in die dunkelsten, dreckigsten Spelunken zu wechseln, wo er alle seine Fantasien auslebte. Die Mädchen, die ich aus der Schule kannte, hatten alle so viel Arbeit investiert, damit sich irgendein Junge in sie verliebte. Macht nur einen Jungen verliebt in euch, dann könnt ihr ein Leben lang über ihn herrschen, so hatte man es uns beigebracht. Das entpuppte sich jetzt als riesengroße Lüge, wie alles andere auch. Ondine schlief mit aller Welt, und ich liebte seine Art, zu reden. Immer wieder spulte ich seine Bänder zurück, um auch nicht eine Sekunde, nicht eine Pointe zu verpassen. Anfangs war es mir peinlich, wie sexuell unverblümt er erzählte. Ich hatte das Gefühl, alle müssten mir anmerken, was ich mir da den ganzen Tag anhörte: Mikey, Fremde auf der Straße. Dann packte es mich immer mehr. Ihm stand so viel zur Verfügung, weil er mutig, egoistisch und sprunghaft genug war, sich darauf einzulassen. Das Klimpern, mit dem ein paar Pillen in einer offenen Hand landeten. Die Schluckgeräusche. Er redete auf eine Art über Männer, wie ich es bisher nur von Männern kannte, wenn sie über Frauen redeten. Er reduzierte sie auf einzelne Körperteile – wie groß dieser Schwanz war, wie eng jener Arsch. Dabei war er nicht ohne eine ganz eigene Zärtlichkeit. Er konnte albern und verschmitzt sein, und er brachte mich zum Lachen. Oft tippte ich langsam, mit einer Hand, und verbarg mit der anderen mein Grinsen. Wer hätte gedacht, dass das so viel Spaß machen würde? Allein der Gedanke, dass ich bis zu diesem Zeitpunkt im tristen Liebesleben meiner Mutter nach Inspiration gesucht hatte. Ich stellte mir vor, wie mir Daniel von der Rolltreppe beim Tippen über die Schulter schaute, mit angewiderter Miene, aber auch erregt – selbstverständlich auch erregt. Ich stellte mir vor, wie stattdessen Ondine auf dem Geländer der Rolltreppe nach seiner Hand griff und was sie miteinander anstellen würden, während seine Mutter schlief. Die flapsige Art, wie O über Sex redete, verlieh ihm Macht.

Ich wusste, wie O einen Mann wie Daniel behandeln würde – einen Menschen, der benutzt, der ausgenommen werden konnte, zwanzig Dollar hier, fünfzig Dollar da, jedes Gratisgetränk, das zu haben war und auf einem Bierdeckel Platz fand. Und der ausgelacht werden konnte, verlacht für seine dämlichen Träume, geschnitten, geschlagen vom geistreichen Gerede, schon zur grausamen Anekdote gewandelt, während er noch mit am Tisch saß. O war unverwundbar. Nichts kam an ihn heran, nichts konnte ihm etwas anhaben. Das wünschte ich mir auch für mich. Wer würde sich das nicht wünschen? Anfangs dachte ich noch, seine Macht käme aus einer bestimmten Vorstellung von Coolness, von Künstlertum, die ich hegte, aus seiner Ironie, seinem Humor, aber nach ein paar Stunden mit den Tonbändern wurde mir klar, dass er seine Kraft aus der Bereitschaft zog, hässlich zu sein. Wie belebend Hässlichkeit doch sein konnte, sie wischte allen Schwachsinn umgehend beiseite. Er erzählte mir alles, und ich tippte es ab, als hätten wir eine ganz besondere Beziehung. Nach der ersten Woche fühlte es sich schon an wie Freundschaft.

Einmal, an einem späten Dienstagnachmittag, drehte ich mich um, und O stand am anderen Ende des Studios. Es war an dem Tag ungewöhnlich ruhig. Manchmal gab es solche Massenabwanderungen, weil irgendwo etwas stattfand, worüber Shelley und ich nicht informiert worden waren, und wir waren plötzlich alleine. Nichts, nur das gleichmäßige Klappern von Shelleys Schreibmaschine und das diesige Licht der Nachmittagssonne. Ich erkannte ihn sofort aus dem Film, aber wir waren uns ja noch viel vertrauter: Ich hatte alles gehört, was er getan hatte, alles nachempfunden. Niemand kannte ihn so gut wie ich. Er hatte dunkle Haare, wirkte verrucht in Jeans und T-Shirt, und ich war wie hypnotisiert. Seine Haut hob sich blass vor den

Wänden ab, die tagsüber eher grau als silbern aussahen. Wie rosa sein Mund war. Schwer zu glauben, dass es derselbe Mund sein sollte. Ich hatte gerade das Tonband abgeschaltet, auf dem er zu hören war, hatte meinen Kopfhörer abgesetzt, und da stand er auf einmal. Er verhielt sich, als wäre er mit den Gedanken woanders. Ich sah zu, wie er ein paar Papiere auf Anitas Schreibtisch durchblätterte, als würde er etwas suchen. Dann ging er weiter zu Dolores' Schreibtisch. Er sah nicht aus wie der Junkie, als den ihn alle Welt bezeichnete, aber ich wusste eigentlich auch nicht, wie Junkies aussahen. Er stellte den Plattenspieler an. Ich wollte es sowieso nicht glauben: Ich war mir sicher, dass kein Süchtiger sich mit so viel Selbstbewusstsein bewegen würde, war mir sicher, dass kein Süchtiger die Hände genau auf diese Weise in die Taschen schieben würde. Ich war mir über sehr vieles sehr sicher. Einen Moment lang unterbrach er seine Suche und starrte quer durch den Raum zu Shelley hinüber. Er murmelte etwas vor sich hin. Selbst wenn ihm niemand zuhörte, redete er noch. Ich konnte mir vorstellen, wie er zu seinem Spitznamen gekommen war, The Pope – sogar im berauschten Zustand hatte er noch etwas Gebieterisches, als könnte er uns von unserer Schuld lossprechen und als wäre das wirklich von Bedeutung, weil er jede schlimme Tat, die sich begehen ließ, selbst schon begangen hatte. Als könnte seine Vergebung uns mit Glück und Kraft erfüllen. Vielleicht war ich ja doch verliebt in ihn. Auf jeden Fall empfand ich etwas wie Liebe für ihn. Aber als er sich zu mir drehte, sah ich auch, dass er älter war als die Stimme, die ich täglich hörte, obwohl seit den ersten Aufnahmen 1965 bloß zwei Jahre vergangen waren. Er sah aus, als hätte man ihm einen lebenswichtigen Teil seiner Rüstung genommen. Er fuhr sich mit der Hand durchs Haar und ging wieder zurück zu Anitas Schreibtisch. Dann hob er zum Abschied die geschlossene Faust in meine Richtung, und ich antwortete mit einem erhobenen Finger. Als Anita später zurückkam, sah ich, wie sie ihre Schreibtischschublade aufzog und darin kramte.

»Herrgott«, sagte sie.

Auch Andys Stimme war auf den Tonbändern. Es war das erste Mal, dass ich ihn sprechen hörte. Auf den Bändern nannten sie ihn Drella – eine Mischung aus Cinderella und Dracula. Seine Stimme war so leise und bescheiden, dass ich oft lauter stellen musste. Alle anderen vergaßen das Aufnahmegerät irgendwann, redeten bereitwillig darüber, was bei ihnen körperlich alles schieflief, brüllten, stritten, zeterten darüber, wen sie alles am liebsten zusammenschlagen würden. Drella tat das nie. Er war es, der das Gerät wieder mit nach Hause nahm. Ich überlegte, ob er es wohl zwischen sich und O auf den Tisch gestellt hatte, plakativ und unverfroren. Wozu es auch verstecken? Nur deswegen waren sie ja alle dort. Oder ob er es vielleicht hinter dem Vorhang versteckt hatte? Sein Ton zeugte von einem Mangel an Beteiligung, den ich für aufgesetzt hielt. Hmm. Oh, prima. Unverbindlich. Seine Aufgabe bestand nur darin, alle am Reden zu halten. Wenn andere vorbeischauten oder das Geschrei lauter wurde, schien er sich nur noch weiter zurückzuziehen. So viel Gerede, und ich glaube, nicht ein Mensch hörte wirklich zu. Dafür waren wahrscheinlich wir da.

Nur auf den Bändern mit Ondine wirkte er wärmer, fast hingerissen. Da war echte Zuneigung zu spüren, gemeinsames Lachen, heiser und hässlich. Und Aufregung, die Aufregung von Menschen, die glaubten, fern von allem zu stehen, denen es irgendwie gelungen war, sich ihre eigene, private Welt zu schaffen, allem zum Trotz. Ihre Gespräche erinnerten mich an meine frühen Jahre mit Maud, als uns noch die Lachtränen übers Gesicht liefen, bevor dann alles den Bach runterging.

Ich war sehr eigen mit den Aufnahmen von O. Ich wollte mit

ihm alleine sein. Ich wollte ihm alles erzählen, ihm erklären, wie schrecklich ich sein konnte, aber es wies nie etwas darauf hin, dass er mich auch nur auf der anderen Seite vermutete. Nur einmal. Da dozierte er übers Geschäftliche, darüber, wie sie eine Sekretärin finden sollten: »Und wir müssen irgendein bedeppertes Girl auftreiben fürs Telefon. In Queens gibt's die doch in rauen Mengen, ich meine ... du brauchst dir doch nur eine zu greifen und sie hierherzuschleppen und ... sie sitzt hier am Telefon.« Ich empfand das nicht als respektlos. Ich strahlte nur übers ganze Gesicht, ein breites Bedeppertes-Girl-Strahlen. Für mich war das die Bestätigung, dass wir besser, wichtiger waren als Anita und Dolores. Ans Telefon gehen konnte jeder Schwachkopf. Aber was wir hier machten, das konnte nicht einfach irgendwer. Ich fragte mich, was Anita mit ihren Mary Janes und den Romanen, die sich auf ihrem Schreibtisch stapelten, wohl sagen würde, wenn sie wüsste, dass so über sie geredet wurde. Irgendwie traurig, diese Kluft zwischen ihrem eigentlichen Zweck und dem, wofür sie sich hielt. Sie tat mir leid. Wirklich. Aber Shelley und ich besaßen eine echte und seltene Autorität; wir hatten die Wörter, die wir zu Papier brachten, das Buch, an dem wir arbeiteten. Ohne uns würde – nein, konnte das gar nicht umgesetzt werden. Und wir konnten uns keiner Illusion hingeben, nicht einen Moment lang. Dafür sorgten die Tonbänder, jeden Tag.

Wenn mich jetzt Männer mit dünnen Jacken und wilden, hungrigen Augen in der U-Bahn anschauten, erwiderte ich ihren Blick. Meine Fantasie war nicht zu bremsen. Es geschah immer schnell und unerwartet. Morgens duschte ich ewig kalt, um nicht mit meiner Mutter oder Mikey reden zu müssen. Dann zog ich mir meine übliche Schuluniform über die Gänsehaut. Sie war zur Verkleidung geworden. Wem zuliebe ich sie anzog, weiß ich nicht – mir selbst vielleicht? Ich fühlte mich einer Fiktion verpflichtet. Einer Inszenierung, in der ich täglich meine Rolle spielte. Bevor ich hineinging und zu tippen anfing, zog ich mich immer um. Mit dem Tippen ging es mir inzwischen so wie vorher mit den Rolltreppen: Es war das Einzige, was sich lohnte. Es würde mich entrücken. Wenn ich mein Abspielgerät einschaltete, drehten sich die Spulen wie Filmrollen. Wann immer ich tagsüber den Kopfhörer abnahm, hörte ich nur, wie Shelley konzentriert mit der Zunge schnalzte. Darauf schoss ich mich ein. Dieses leichte Abstoßen vom Gaumen. Schnalz, schnalz, schnalz. Immer war sie im Profil zu sehen: ihr langer, geschwungener Hals, das vertraute vorstehende Kinn, die biederen Kringellöckchen. Ich stellte mir die Knochen unter ihrer Gesichtshaut vor. Ich konnte gar nichts dagegen tun. Seit ich mir die Bilder angeschaut hatte, dachte ich ständig an so etwas – dass alle Gesichter eigentlich Masken waren und etwas Grausiges, Unerträgliches verbargen.

Irgendwann, als ich morgens einmal spät dran war, fing ich an, mich in der U-Bahn umzuziehen. Bis auf einen Mann im Regenmantel konnte mich kaum jemand sehen. Ich zog meinen Pullover aus und war nur noch im Unterhemd. Peinlich war mir das nicht. Noch vor ein paar Monaten hätte ich so etwas als völlig verkommen empfunden, jetzt war es mir egal. Ich schob die Träger des Unterhemds herunter, bis mein BH zu sehen war. Der Mann rührte sich nicht, sah mich aber an, als könnte er mich kaum begreifen. Dabei wollte er es unbedingt. Womöglich hing sein ganzes Leben davon ab, dass er mich begriff. Ich sah ihn meinerseits an, lebhaft, energiegeladen. Wie viel weiter ich das wohl noch getrieben hätte, wenn die Bahn nicht zum Stehen gekommen wäre? Am Ende hätte ich mich noch ganz vor ihm ausgezogen. Es gab keinen Grund, es nicht zu tun. Nachdem ich ausgestiegen war, konnte ich nicht mehr aufhören zu lachen, und mein Lachen war ein Echo vom Lachen Ondines, wie in einer Oper, die wir uns im Verlauf der Aufführung erst ausdachten.

Unsere Arbeitstage, Shelleys und meine, waren gefüllt mit Aufgaben, die wir zu erledigen hatten, aber für viele andere dort galt das nicht. Das Studio zog immer mehr Aufmerksamkeit auf sich. Das hatte ich in ein paar liegen gelassenen Zeitungen gelesen. Es war nicht mehr bloßer Klatschlieferant – es war in den richtigen Kreisen zum Gesprächsthema geworden. Es war der Ort, an den man ging, wenn man sich schamlos fühlen wollte. Tagtäglich kamen Leute vorbei, um sich umzuschauen, sich anzusehen, was der ganze Wirbel eigentlich sollte. Ich hörte sie entschlossen hinter mir vorbeimarschieren, alles besichtigen, als wären sie im Zirkus. Sie taten das unter dem Deckmantel des Kunstinteresses, was ihnen aber kein Mensch abnahm, am allerwenigsten sie selbst. Dann kehrten sie zurück zu ihren Dinner-Partys und berichteten, dieses Studio da an der East 47th Street – also, so toll sei das nun auch wieder nicht. Nur Homosexuelle und Herumtreiber, nirgends Intellektuelle. Aber insgeheim brannten sie vor Verbitterung. Die schönen Frauen, die Freiheit, die Obszönität des Ganzen. Es machte sie richtig sauer. Aber das war ja ihr Problem.

Wenn Shelley und ich jetzt auf Partys gingen, tanzten wir, die Arme starr über den Kopf gereckt. Unsere bewusst langsamen Bewegungen, die winzigen Zuckungen von Füßen und Knien entsprachen unserer Arbeit an der Schreibmaschine. Verglichen mit allen anderen tanzten wir sehr durchdacht. Selbst das war unser eigenes kleines Zweierprojekt. Ich nahm sie mit in den Zoo im Central Park und zeigte ihr die Löwen und die Zebras. Beim Gehen hielt sie sich immer an mir fest, als wäre sie hinfällig und schwächlich. Diesen Eindruck vermittelte sie gerne, wenn wir draußen in der Welt unterwegs waren, aber sobald sie an ihrer Maschine saß, war sie wie ausgewechselt. Es war alles nur gespielt; ich fühlte mich daran erinnert, wie Maud immer vor ihrem Vater schluchzte, um durchzusetzen, was sie wollte. Mich hatte dieses wenig überzeugende Mädchengehabe immer eher abgestoßen, wahrscheinlich, weil ich keinen Vater hatte, bei dem ich es einsetzen konnte. Bei Shelley war das anders: Sie spielte ihre Rolle so überzogen und absurd, dass es nur noch albern wirkte, wie ein weiterer ihrer absurden Witze. Außerdem passte es überhaupt nicht zu der Art, wie sie von sich redete: vollkommen überzeugt von unserer gemeinsamen Zukunft, unserer kreativen Begabung. Sie glaubte fest, dass wir an einem Projekt von höchster Bedeutung mitwirkten. Wir waren auf dem Weg nach oben, ob ich das nicht auch spürte? Über die Schauspielerinnen, die immer wieder ins Studio spazierten, machte sie sich nur lustig. Was für eine Zeitverschwendung, dermaßen banale Wünsche zu haben! Sie machte sich auch über die Mädchen aus ihrer Kleinstadt lustig, die jung geheiratet hatten; ihnen gegenüber war sie sogar richtig feindselig. Die Geschichte ihres eigenen Aufbruchs, die sie jetzt oft erzählte, war absolut triumphal: Sie hatte es als Einzige geschafft. Auch ich wurde direkter, wenn ich mit ihr zusammen war. Ich wollte ihr das richtige Bild von mir vermitteln, einen Ehrgeiz, der genauso gewaltig und bodenlos war wie ihrer. Ich saß schon so lange in dieser entsetzlichen Wohnung fest, dass ich vergessen hatte, wie es war, etwas zu wollen. Shelley brachte mir bei, mich daran zu erinnern. Über das, was auf den Tonbändern war, sprachen wir nie, denn in unserem Kopf war die Arbeit zum jeweils ganz eigenen Mythos geworden. Die Menschen auf diesen Bändern waren so perfekt, so lebendig, dass ich mir das nicht durch Shelleys Beteuerungen verderben lassen wollte. Ich wollte diese hinreißende Spontaneität ganz für mich, um sie mir immer und immer wieder vorzuspielen.

An einem Freitagabend Ende März gingen wir zusammen etwas essen. Auf dem Hinweg plauderten wir belanglos, blieben immer wieder stehen, besprachen, was wir in den Schaufenstern sahen. Wir setzten uns an die Theke. Wir hatten längst unsere Gewohnheiten. Shelley schwang sich auf den grünen Kunstlederhocker und legte ihren Aktenkoffer neben sich. Sie bestellte einen Eisbecher mit einer Kirsche obendrauf, ich eine Cola. Ich gab vor, auf meine Linie zu achten. In Wirklichkeit war ich pleite. Von Bezahlung war nie die Rede gewesen, und ich hatte schon zu viele Scheine aus dem Portemonnaie meiner Mutter stibitzt. Das konnte ich auf die Dauer nicht durchhalten. Shelley hatte sich Anfang der Woche die Haare dunkelblond gefärbt. Jetzt fielen sie seltsam und wirkten wie elektrisch aufgeladen, aber ich sagte nichts dazu. Das Diner war voll besetzt – für ungeübte Ohren bloßes Stimmengewirr. Ich hingegen wusste, dass ich mit etwas Einsatz Gespräche, Laute aus dem Lärm ringsum isolieren konnte. Ich war stolz auf die intensive Konzentrationsfähigkeit, die ich mir in den letzten Wochen angeeignet hatte. Das Diner wirkte grau auf mich, vielleicht kam mir aber auch die ganze Außenwelt inzwischen einfach so vor. Die Alltagsorte normaler Menschen in Anzügen und schönen Kleidern erschienen mir blutleer, durchschnittlich. Vorgänge, die ich früher sehr erwachsen gefunden hatte, empfand ich jetzt als das Gegenteil. Das Leben, und zwar ein viel besseres, als alle anderen es führten, spielte sich nur auf den Tonbändern ab. Insgeheim fühlte ich mich jeder einzelnen Person in diesem Lokal überlegen. Vielleicht ging es Shelley genauso. Sie hatte ein süßes, verträumtes Lächeln aufgesetzt. Und wie sie sich im Diner umschaute: als würde sie nur darauf warten, dass irgendwer sie erkannte. Sie rutschte ununterbrochen auf ihrem Barhocker herum, ihre Haare flogen mir ins Gesicht. Ich wusste das, weil ich es auch spürte. Als hätte durchs bloße Zuhören etwas vom

Charisma dieser Menschen auf uns abgefärbt, und jetzt müssten sich alle nach uns umdrehen. Sich umdrehen und uns ansehen, sich umdrehen und uns ansehen. Dabei waren wir einfach nur zwei Mädchen, eines mit unergründlicher Miene, das andere in einem für die Jahreszeit viel zu schweren grünen Mantel. Shelley aß etwas von ihrem Eisbecher und schien ihn dann zu vergessen. Sie zerzupfte eine Serviette. Ihre Hände, die hellblauen Adern, die winzigen Sommersprossen. Manchmal dachte ich mir, dass ich Shelleys Hände besser kannte als mein eigenes Gesicht.

In Shelleys Gegenwart fühlte ich mich anders als bei den anderen, die mir im Studio begegneten. Ihr gegenüber hatte ich keinen Vorteil, kein Geheimwissen. Sie hörte die Tonbänder ja auch. Außerdem war ich viel zu sehr von ihr fasziniert. Mein Leben hatte eine neue Richtung genommen, und das hatte ich Shelley zu verdanken. Trotzdem wollte ich unbedingt wissen, was sie sich anhörte. Es war fast schon grotesk, wie sehr ich das wollte. Ich war noch nie gut darin gewesen, mich gleichgültig zu geben. Sie hatte mehrere Bänder Vorsprung, hatte schon mehr Hotelzimmer, mehr Gespräche, neue Sprechende kennengelernt. Ich hatte das Gefühl, als wäre sie dadurch im Vorteil, und fand es schrecklich, nicht einmal zu wissen, worin dieser Vorteil bestand und wofür sie ihn nutzen konnte. Shelley erzählte immer nur das, was sie mitteilen wollte; bei allem anderen wurde sie unleidlich. Jetzt saß sie da und leckte sich Eis vom Handrücken, wie eine Katze, gänzlich undurchschaubar.

»Stell dir nur mal vor, wir wären immer noch fürs Telefon zuständig«, sagte ich.

»Ich kann nicht verstehen, wie Dolores und Anita sich immer noch damit zufriedengeben können«, sagte sie. »Wollen wir was trinken gehen? Ich kenne einen Barmann, von dem wir was kriegen. Er hat mir schon Avancen gemacht.«

»Und?«, sagte ich. »Du bist ja weiter. Wer ist auf deinen Bändern?«

Sie blickte mich an, als sähe sie mich zum ersten Mal. »Die Duchess. Brigid.«

Die kannte ich aus dem Film, eine dralle Frau, die mit einer Spritze hantierte. Breiter, furchteinflößender Mund. Unermüdlich in ihrer Persönlichkeit. »Und was erzählt sie so?«

»Du siehst aus wie eine Irre«, sagte Shelley, »schaust wie ein tollwütiger Hund, und die Haare stehen dir zu Berge. Starr mich nie wieder so an, Mae. Es ist Freitagabend. Genieß es.«

»Das ist unfair.« Ich quengelte wie ein Kleinkind.

»Na gut. Wenn du's unbedingt wissen willst, es ist auch nicht anders als die anderen. Wenn man Brigid so zuhört, könnte man meinen, sie ist die erste hässliche Frau überhaupt. Eine Pionierin.« Shelley lachte hämisch. »Aber sie ist immer gut drauf. Sie ist krank, aber für sie ist das alles nur ein großer Witz, haha.«

»Ein Witz?«

»Sie liegt im Krankenhaus, aber ich glaube, sie hat es da richtig lustig. Es ist ja schwer zu sagen, was wirklich etwas bedeutet, wenn nie jemand etwas ernst nimmt. Ich glaube, die haben einfach überall ihren Spaß. Außerdem gibt es immer wieder Störungen auf dem Band.«

»Was schreibst du dann dafür?«

»Störungen.« Sie malte mit den Fingern Gänsefüßchen in die Luft.

»Bringt ja auch nichts, zu kreativ zu sein.«

»Hey, ich bin Profi.« Sie grinste und klopfte mit dem Löffel an den Eisbecher. Das Klirren, als er dagegen stieß: Selbst solche kleinen Geräusche nahm ich jetzt viel deutlicher wahr. Ein Anflug von Gereiztheit zog über ihre Miene, und sie war bemüht, ihn zu verstecken. Wir hielten uns beide zurück, aber zu wessen Gunsten? Ihr Blick war glasig. Sie saß immer schon vor mir am

Schreibtisch. Womöglich übernachtete sie sogar dort, was wusste ich schon? Den ganzen Tag die Bänder abhören und dann zurück nach Hause, wo sie nichts erwartete. Sie hatte mir erzählt, dass sie ihre Mitbewohnerinnen nicht mochte, sie seien unhöflich und schlampig. Die meiste Zeit hocke sie nur in eine Decke gewickelt auf dem Bett. Die Mitbewohnerinnen könnten sie auch nicht ausstehen. Für mich klang das alles unglaublich – ein heruntergekommenes Haus, Ratten, Mitbewohnerinnen mit genug Zeit und Energie, einen nicht leiden zu können. Für mich klang das nach Leben.

»Und wer ist bei dir drauf?«, fragte Shelley scherzhaft.

»Ondine«, sagte ich. »Ständig geht es um seinen Hintern, seine Ticks, seine Schwierigkeiten, die Drogen, die er nimmt. Wenn er nicht komplett abdriftet, kann er ganz unterhaltsam sein. Restaurants, Mädchen, Kinofilme.« Ich konnte selbst kaum fassen, wie abfällig ich mich anhörte, als wären diese Bänder nicht das Erstaunlichste, was mir je untergekommen war. »Einfach nur Gerede, jede Menge Gerede. Die hören alle für ihr Leben gerne die eigene Stimme.«

Die Kellnerin kam und fragte, ob sie uns noch etwas bringen könne. »Du redest nie mit der Bedienung«, bemerkte Shelley. »Zu Hause hatte ich eine Freundin, deren Mutter auch Kellnerin war. Die hat immer mit der Bedienung geredet, sie zum Lachen gebracht, versucht, sie ein bisschen kennenzulernen. Als wären Kellnerinnen auf der ganzen Welt eine große, glückliche Familie. Das machst du nie.«

Ich war mir dieser Angewohnheit bewusst. Wenn eine Kellnerin kam, zog ich den Kopf ein und wandte den Blick ab. Ich wollte sie nicht ansehen und diese schwerwiegende Verlorenheit in ihr entdecken, die ich von meiner Mutter kannte. Da wurde mir klar, dass Shelley mich, während ich sie beobachtete, genauso beobachtet hatte. Ich war faul geworden. Im Studio sah ich mir alles an, was mir Spaß machte, was mich interessierte, aber Shelley war immer Beobachterin. Sie besaß die natürliche Wachsamkeit des Eindringlings, des Neuzugangs in der Stadt. Sie war eine so fachkundige Voyeurin, wie ich es niemals sein konnte.

Ich trank einen Schluck von meiner Cola und stellte sie wieder auf die Theke. »Sie mögen das nicht. Solche Gespräche. Sie tun dann nur so als ob. Für sie ist das Zeitverschwendung.«

»Jeder Beruf hat seine Geheimnisse. Denk dir nichts, Mae, ich kann meine Mutter auch nicht leiden. Du brauchst mir nichts vorzulügen. Man sollte niemals lügen, das ist ganz wichtig. Man muss sich wohlfühlen mit seinem wahren Ich.«

»... Ich ...«

»Gefällt dir der Aktenkoffer? Der hat meinem Vater gehört. Schlimm genug, wenn man aufwacht und die Tochter ist weg. Aber die Tochter *und* der Aktenkoffer?«

»Warum bist du weggegangen, Shelley?« Das hatte ich sie schon so oft gefragt. Und jedes Mal antwortete sie etwas anderes. Es war eine Art Spiel zwischen uns geworden.

»Weil ...« Grimmig steckte sie den Löffel mitten ins Eis, wie um es zu markieren. »Weil ich in einer Zeitschrift ein Foto von Edie gesehen habe. Und mich danach auf nichts anderes mehr konzentrieren konnte. Sie ließ das Leben nach was aussehen, nach etwas ganz Wunderbarem. Außerdem wollte mein Vater mich nicht mehr dahaben. Das brauchte er gar nicht auszusprechen. Ein selbstsüchtiger Mann. Aber sind sie so nicht alle? Das wäre doch mal ein guter Witz, wie ihn deine Mutter mit ihren liebsten Stammgästen machen könnte.«

Ich fragte mich, was für Erfahrungen Shelley wohl mit Männern hatte. Wahrscheinlich nicht viele, ein paar schlüpfrige Fotos, Anitas Telefonsexprotokoll. Aber es fiel nicht schwer, mir vorzustellen, wie sie, ganz betört, alles machte, was von ihr verlangt wurde. Jemandem einen blies, einem Mann in die Hose fasste, solange er ihr nur versprach, sie anschließend trotzdem noch respektvoll zu behandeln, sich herumschubsen ließ, nicht mehr schlafen konnte, weil ihr jemand seine Liebe verweigerte. Die Tonbänder hatten diese Vorstellungen fest in meinem Kopf verankert, Vorstellungen von Erniedrigung und Grausamkeit. Sie ließen mich glauben, dass manche Leute so etwas einfach verdienten. Wenn ich die Augen zumachte, liefen auf der Leinwand meiner Lider Filme in Rot und Blau ab, runzliges, ramponiertes Fleisch, Münder, die sich öffneten und wieder schlossen, saugten und schluckten. »Kann gut sein«, sagte ich. »Kann gut sein.«

Inzwischen konnte mich nichts mehr von meiner Schreibmaschine trennen, keine Erkrankung, keine Erschöpfung. Mein Körper streckte sich, verschmolz mit dem Gerät. Ich kannte jede einzelne Feder unter jeder Taste; mein Leben bestand nur noch aus dem Alphabet. Sicher, ich war aus dem Nichts dorthin geholt worden, aber ebenso sicher war, dass ich und nur ich diese Aufgabe erfüllen konnte. Je mehr Zeit ich an meiner Schreibmaschine verbrachte, desto mehr verstand ich Shelley. Alles, was mein neues Leben irgendwie gefährdete, musste weg. Ich brachte mehr Abstand zwischen mich und Mikey. Dass wir uns einmal so nahegestanden hatten, spielte keine Rolle mehr. Shelley war weiter sehr geheimnistuerisch, selbst mir gegenüber, sie zog die fertigen Seiten aus ihrer Schreibmaschine und legte sie direkt in den Aktenkoffer. Ich konnte nie auch nur einen Blick darauf erhaschen. Sie erzählte mir nichts von ihrer Arbeit, und wenn ich fragte, wurde sie ärgerlich. Also fragte ich nicht mehr.

Von den Tonbändern bekam ich ohnehin alles, was ich brauchte. Das Abhören war, als täte sich eine Falltür auf. Die Zeit zerbröselte, verlor jeden Sinn. Was für eine merkwürdige Welt sie sich da erschaffen hatten, voller Spott und Wut und Konkurrenzdenken, durchsetzt mit leichtsinnigen Momenten. Ich machte mir lange Listen mit den Namen, die genannt wurden, und merkte sie mir, als könnte ich sie künftig noch brauchen. Ich versuchte mich an Satzzeichen, gab das aber schnell wieder auf. Und ich machte auch Fehler, natürlich: viele sogar. Ich schrieb den ganzen Morast auf, der ihnen spätnachts aus den drogenvernebelten Köpfen floss. Da blieb nicht viel Raum für Geduld. Nicht viel Raum für Schönheit. Ich musste schnell sein – das wurde mir immer wieder in Erinnerung gerufen. Es gab einen

Zeitrahmen für das Buch, und das war mir lästig: Andere Mädchen sah ich im Studio herumlungern, vollkommen unbehelligt von dem Gedanken an Arbeit, ohne jedes Interesse an irgendeinem Ziel. Voll obszönem Anspruchsdenken. Mein eigener Atem war mir sehr bewusst: hastig, keuchend, nervös. Falls Shelley jemals Zweifel an dem hatte, was wir da machten, schlug sich das nicht in ihrem Arbeitseifer nieder. Sie wurde nie langsamer. Anfangs hatte nie jemand mit uns gesprochen, weil wir sie einfach nicht interessierten. Jetzt waren wir zum Problem geworden. Wir waren viel zu weit weg, vollkommen gebannt vom Drama der Menschen auf den Tonbändern, das sich vor uns ausbreitete. Selbst wenn uns jemand gesucht hätte, wären wir nicht zu finden gewesen. Ich war ganz high von all dem, was ich wusste: Stündlich sprachen mir Menschen ihre Beichte direkt ins Ohr. Ich hielt diese Menschen wirklich für etwas Besonderes, und das Abhören der Bänder brachte mich von meiner Überzeugung nicht ab. Sie standen jenseits von Recht und Ordnung, jenseits aller Alltagshektik, jenseits jeder Verletzung. Es gab trübsinnige Tage, an denen ich das Gefühl hatte, dass nichts davon etwas bedeutete, dass ich genauso gut das Band aus den Kassetten ziehen, die Seiten in den Händen zerfallen lassen könnte. Und dann gab es wieder Tage, da fühlte ich mich wie Gott.

Eines Nachmittags im April sah ich, dass Shelley ihren Kopfhörer abgenommen hatte und wie erschlagen vor sich hin starrte. Ich hatte noch nie erlebt, dass sie so unvermittelt aufhörte. Ihre Miene war verzerrt und müde. Ich setzte meinen Kopfhörer ebenfalls ab. »Alles klar mit dir?«

Sie deutete auf das Fenster. »Kann man das eigentlich öffnen?«

»Versuch's mal.«

»Was soll ich's versuchen. Herrgott, ich kriege keine Luft hier drinnen.«

Überall blätterte die Farbe von den Wänden. Es war zwecklos, ergründen zu wollen, woran das lag. Die Mädchen beklagten sich, weil es ihnen die Kleider ruinierte, und Anita erwiderte, sie könnten sie mal kreuzweise, aber sie sagte es ganz sanft. So etwas konnte sie gut – andere anfeinden und sie trotzdem noch bei Laune halten. Zu mir war sie unfassbar nett, wie ein Kind zu dem Hamster, den es gerade erst bekommen hat. »Mae ist hier wirklich der einzige Mensch auf meinem Niveau«, verkündete sie. Trotzdem sah sie leichenblass aus, so wie meine Mutter, wenn sie sich wieder einmal durch eine ihrer Affären kämpfte. Um uns herum kamen Mädchen zu Probeaufnahmen, zogen sich Reizwäsche an, rückten ihre Brüste zurecht, warteten, bis die Kamera lief. Die Zeit stand still für sie, bis sich endlich die Kamera auf sie richtete. Dieser so heiß ersehnte Augenblick. Das Studio war zwar ein einziger offener Raum, aber trotzdem voller geheimer Nischen und Winkel, die ich nicht begriff. Meinem Stolz half es nicht gerade, dass er weder Shelley noch mich je zur Kenntnis nahm, zumindest nicht so wie die Mädchen, die für einen Auftritt in seinen Filmen Schlange standen. Shelley musterte diese Mädchen mit leicht verärgerter Miene, als wären sie bloß eine Ablenkung von ihrer eigentlichen Arbeit, mit der sie sich näher befassen würde, falls sie je die Zeit dafür fand. Diese großen Stars.

Meine Tonbänder wurden immer noch von Ondine beherrscht, aber irgendetwas hatte sich verändert. Es hing damit zusammen, wie er klang. Ich hatte mir mit seinen Äußerungen immer die größte Mühe gegeben. Von allen wollte ich besonders ihn richtig hinkriegen; ich spulte seine Äußerungen immer wieder zurück, achtete auf die Modulation, das Verborgene. Was soll ich sagen? Auf diese Weise bewies ich meine Liebe, meine Hingabe. Ich war viel mehr Schauspielerin, die ihn darstellte, als jemand, der seine Aussagen abtippte. Aber je mehr ich hörte, desto mehr kam es mir vor, als wäre es eine Menge Arbeit, Ondine zu sein. Neue Gefühle tauchten auf: Schmerz, Entsetzen, Peinlichkeit. Mir war unbegreiflich, dass ihm, einem Menschen, für den es praktisch keine Grenzen gab, der alles konsumieren konnte und das auch tat, überhaupt etwas peinlich war. Und doch gab es jetzt Momente, in denen ich das Tonband anhalten musste, haarsträubende Momente, die mich nachts hochschrecken ließen. Halt das Band an, sagte er dann, erst klang es noch wie ein Witz, weil eben alles ein Witz war. Aber dann, dringlicher: Halt das Band an. Er bettelte darum, und anscheinend überkam ihn eine gewaltige Müdigkeit. Ich hörte es an seiner Stimme: eine Müdigkeit, sich selbst zu spielen, Augenblicke lähmenden Zweifels am Sinn des Ganzen. Zu viel Chemie. Aber der Mann mit dem Aufnahmegerät reagierte nie, und das rote Lämpchen leuchtete weiter.

Bei manchen Partys ließen sich weder Anfang noch Ende genau benennen. Hätte es sie nicht gegeben, ich hätte sie mir erträumt. Ich kam um drei, vier, fünf Uhr nach Hause, kam auch oft gar nicht nach Hause, und meine Mutter brüllte vor Wut. Sie nannte mich Flittchen, und ich gab zurück, sie sei doch bloß sauer, weil ich ihr die eigene Altersschwäche vor Augen führte. Wo hast du bloß gelernt, so zu reden, fragte sie mich ehrlich erstaunt. Wenn ich den Mut dazu fand, trug ich enge Miniröcke, die meinen Hintern betonten. Ich bekam Komplimente. Eines Abends sagte Anita zu Shelley: »Es gibt hier sogar Männer, die sind hübscher als du.« Wenn sie sich nicht gerade mit Nichtachtung straften, bekriegten sich die beiden. Shelley zeigte Anita nur den Mittelfinger. Ich betrachtete mein Gesicht aus nächster Nähe und war im Schein der Lichter gar nicht mal enttäuscht. Womöglich konnte ja auch ich faszinierend sein? Von dem Zeug, das herumging, rührte ich nichts an. Ich hatte Angst – Angst vor der Aussicht, das bisschen Kontrolle wieder zu verlieren, das ich besaß. Die Person, als die ich mich bei diesen Anlässen präsentierte: verführerisch, unbeteiligt. Diese routinierte Gleichgültigkeit hatte ich von den Tonbändern. Inzwischen beherrschte ich sie spielend. Selbstverständlich hatte ich niemals Armut erlebt. Ich war längst ein ganz neues Mädchen. Shelley und ich tanzten pflichtschuldigst, stundenlang tanzten wir, als würde uns etwas verschlingen, wenn wir aufhörten. Gefragt waren wir nicht. Ein typischer Abend: Erst hockte jemand neben uns auf dem Sofa, schluckte irgendeine Pille, lästerte über jemanden, beklagte sich über die Unaufrichtigkeit der Welt und fragte nicht einmal nach unseren Namen. Und dann der Morgen danach: wie wir mit Nebel im Kopf in die Schachtel griffen, eine neue Kassette herausnahmen und uns die Kopfhörer auf die hämmernden Ohren setzten, mit brennenden Augen zusahen, wie die Spulen sich drehten. Auf dem Sofa waren meist noch ein, zwei Leute vom Abend zuvor übrig geblieben, die aussahen, als hätte ein riesiger Mund sie ausgespuckt.

Richtig lebendig fühlte ich mich bei diesen Anlässen nur, wenn ich neben den Leuten stand, die ich auf den Bändern hörte. Ich wusste, dass Shelley genauso empfand. All die intimen Dinge, die wir wussten, verliehen selbst dem kleinsten Moment eine Intensität. Die Duchess, die zu uns herüberschaute. Ondines Kopf in der Menge. Seine Fingernägel, die an ein Glas trommelten. Vertraute Stimmen, die den Partylärm übertönten, als ob wir gerade ein Band abhörten, als ob wir gar nicht anwesend wären. Manchmal fing ich Shelleys Blick auf, dann war die Innigkeit fast unerträglich, als wären wir die einzigen Menschen auf der ganzen Welt, die im Ansatz eine Ahnung hatten, und was für ein unerhörtes Glück, dass wir uns gefunden hatten.

An einem Abend feierten wir. Ich kannte unsere Erfolge nicht genau, aber ich wusste, dass sie inzwischen in schneller

Folge kamen. Manchmal stand jetzt eine Limousine draußen vor dem Studio, weiß und lächerlich. Wir glitten leichthin durch die Straßen, als gehörten sie uns allein, und kamen irgendwann an ein Stadthaus. Der Erfolg der anderen war auch unserer. Das glaubten wir wirklich. Hohe Bücherregale, Holzböden, ein Kronleuchter, ein langer, höhlenhafter Korridor, teurer Schnickschnack auf dem Kaminsims, Bilder, die ich kürzlich noch im Studio auf dem Boden hatte liegen sehen, nie leer werdende Weingläser. Ein Sammler. Vor der Haustür empfing uns Anita, die Zigarette zwischen ihren Fingern wirkte wie festgewachsen. »Einmal kurz Luft schnappen«, erklärte sie.

»Du würdest eine gute Türsteherin abgeben, Anita«, sagte Shelley, »aber ob du als Sekretärin mit so viel Verantwortung klarkämst?«

»Nö«, sagte Anita, »für eine Türsteherin bin ich viel zu neurotisch.« Sie grinste mich an.

Ich lachte, aber Shelley strich sich bloß das Kleid glatt und ging hinein. Weil dieser Abend ein besonderer Anlass war, hatte sie ein lavendelfarbenes Kleid angezogen, das mich auf tragische Weise an verhätschelte Mütter denken ließ, an als Großzügigkeit getarnten Geiz, etwas unentrinnbar Provinzielles. Shelley war vor solchen Veranstaltungen immer seltsam: aufgeregt, von einem heimlichen Beben erfüllt wie ein Vulkan kurz vor dem Ausbruch. Ihre kegelförmig hochgekämmten Haare kräuselten sich. Sie ließen sich einfach nicht glätten. Die Frisur erfüllte mich mit Zärtlichkeit. So rührend fehl am Platz. Als ich ihr durch die Haare fahren wollte, waren sie starr vor Haarspray. Shelley hatte ihre ganz eigenen geheimnisvollen Ausgehrituale. Anscheinend fiel ihr gar nicht auf, dass alle Frauen im Raum ganz anders aussahen als sie. Sie war exakt so, wie sonst niemand aussehen wollte. Und obwohl ich, nachdem ich das Ganze eingehend erwogen, unsere Augen, Lippen und Wangenknochen genauestens miteinander verglichen hatte, sie für weniger schön hielt als mich, hatte sie doch ihren eigenen Reiz. Es war inzwischen meine Hauptbeschäftigung, mich und andere zu beurteilen. Oft versuchte ich, Shelley einen Fingerzeig in die richtige Richtung zu geben – ob sie es nicht einmal mit einem Kleid versuchen wolle, das von der Schulter fiel, mit ein bisschen Schmuck? Nein, und warum auch? Ich glaube, ich hätte gern etwas mehr Konkurrenz zwischen uns gehabt. Um noch etwas anderes zu spüren als die Trance der Tonbänder, um diesen Abenden etwas mehr Nachdruck zu geben. Ich wollte gewinnen. Von den Tonbändern wusste ich, dass man im Leben nur gewinnen oder verlieren konnte, dass jemand anders fallen musste, damit man selbst aufsteigen konnte. Aber Shelley war eben nicht Maud: Sie gab sich nicht mit Belanglosigkeiten ab. Das interessierte sie einfach nicht. Sie nahm Freundschaft ernst, sie nahm mich ernst. Und ich war selbst in meinen spitzfindigsten Momenten nicht imstande, sie als Feindin zu sehen. Trotz ihrer sonderbaren Art war sie womöglich die anmutigste Person im Raum. Sie saß alleine da, auf ihre übertriebene Art kettenrauchend, und alle zog es irgendwie zu ihr hin. Randfiguren jeglicher Schattierung, angetrunken, high und selbstgerecht, die sie zutexteten oder sie mit glasigem, leerem Blick anstarrten. Leute, die etwas loswerden wollten. Sie war wie ein geschützter, liebevoller Hafen, weil sie so gar nichts Bedrohliches an sich hatte. Und sie hörte aufmerksam zu. Sie hörte zu, als hinge ihr Leben davon ab. Während ich mitunter geschockt von dem war, was ich da sah – Männer, die direkt vor unseren Augen vögelten, Mädchen, die ausstaffiert waren wie Ziergegenstände –, blieb Shelleys Miene immer ruhig und teilnahmslos. Dabei war es noch gar nicht so lange her, dass sie sich von Mama und Papa verabschiedet hatte, von den Mädchen ohne Träume, den grapschenden, pickligen Jungs aus ihrer Kleinstadt. Mitunter erschien sie mir wie der brillanteste Mensch, der mir je begegnet war, weil sie ihre Rolle einfach so viel besser begriff als ich. Diese Leute brauchten ein Publikum, und das waren wir. Sie brauchten ein Gegenüber, das zusah, wie sie nach allen Seiten aus dem Ruder liefen, und darauf wartete, dass sie wieder zurückkehrten. Dass wir außerdem fleißig, nachsichtig und unsichtbar waren, machte alles nur noch besser.

Ich hatte neuerdings noch eine ganz persönliche Mission. Sobald das Klappern der Schreibmaschinen verklang, dachte ich an Sex. Ich staunte ständig selbst über meinen Trieb. Anfangs schaute ich noch entrüstet, wenn mich jemand begrapschen wollte. Halt, sagte ich dann, aber meine Stimme log. Es war so leicht, mich aufreißen zu lassen, aber der Trick war natürlich, es ihnen schwer zu machen und ihnen damit das Gefühl zu geben, dass sich der Aufwand lohnte. Männer hielten nichts von nacktem Verlangen. Ich wollte sexuell erfahrener werden, so wie ich auch mit den Tonbändern besser geworden war. Das gehörte alles zu meinem Entwicklungsprozess, es war Weiterbildung. Der eigentliche Akt spielte dabei gar keine so große Rolle, so wenig wie die Tatsache, dass ich das eine wie das andere häufig vor den Augen lauter fremder Leute tat. Es lag etwas Unheimliches darin, wie genau Daniel meine Verletzlichkeit erkannt hatte – und wie schnell ihm das dann erlaubt hatte, mich zu verletzen. Das sollte mir nie wieder passieren. Ich wollte maschinell und unpersönlich Erfahrungen sammeln. Wie Ondine verschrieb ich mich ganz dem eigenen Genuss. »Es freut mich, dass du deinen Spaß hast«, sagte Shelley nachdrücklich, wie um sich selbst davon zu überzeugen. Sie unterstützte mich so rückhaltlos, als hätte sie in einer Zeitschrift gelesen, dass genau das von ihr erwartet wurde. Aber mein flatterhaftes Verhalten verbarg doch immer nur das gleiche jämmerliche Bedürfnis, das ich schon auf der Rolltreppe empfunden hatte: Ich wollte, dass mich einer dieser

Jungs, mit denen ich mich einließ, wahrnahm, dass er mich wirklich sah, dass er merkte, wie außergewöhnlich ich war, und mich in einem Wagen mit getönten Scheiben entführte, ich wollte die Ehefrau oder Freundin eines bedeutenden Menschen werden, vielleicht auch nur eine Frau in seinem Leben, deren genaue Position offenblieb. Wenn die Nacht dann vorbei und ich zurück auf meinem Zimmer war, fühlte ich mich gedemütigt und wieder wie ein Kind. Die Tonbänder hatten recht: Es war eine Qual, normal zu sein. Und woher kam überhaupt diese plötzliche Lust an erniedrigenden Erfahrungen? Den einen Grund dafür gab es nicht. Vielleicht hatte ich einfach zu lange Ondine zugehört. Vielleicht hatte ich meine Persönlichkeit durch seine ersetzt.

Die hellen Lichter des Kronleuchters offenbarten, was mit uns, den Stammgästen, nicht stimmte. Unsere verdreckte, kaputte Kleidung, unsere strähnigen Haare, die übergroßen Pupillen und Einstichlöcher der anderen. In dieser weiten, vermögenden Umgebung wirkten wir absonderlich, wie ein Kuriositätenkabinett, und das gefiel mir nicht. Es waren immer Ehrfurcht und Misstrauen mit im Spiel, wenn wir an solche Orte gebracht wurden. Die Jungs drückten sich unbehaglich herum, als wäre es nur eine Frage der Zeit, bis man sie vor die Tür setzte. Ein makellos gekleidetes Paar lächelte uns erwartungsvoll entgegen. Wir waren befangen, wie wir es an schäbigeren Orten nie waren. Es gab Unmengen Essen und Alkohol. Je weiter der Abend voranschritt, desto mehr malte sich auf alle Gesichter das gleiche Bedauern, obwohl wir gar nicht wussten, warum. Es war ein beklommener Austausch – waren wir auch wirklich amüsant genug, verrückt genug?

An dem Abend ließ ich Shelley zurück und streifte alleine umher. Ich wollte wissen, wer hier wohnte. Ich überraschte ein Mädchen, das über eine Badewanne gebeugt stand, das Höschen um die Knöchel. Ich sah die Pillen im Medizinfach durch. Ich entdeckte einen Schrank voller Kleider mit unterschiedlichsten Schnitten und Stoffen. Ich überlegte, etwas zu klauen, aber es war nichts dabei, was cool und modern genug gewesen wäre.

Im Korridor hing der Qualm, drängten sich die Körper, und da traf ich ihn. Er war ein Gast, das merkte ich daran, wie aufgekratzt er war: Er verströmte die freudige Erregung eines Menschen, der es hineingeschafft hatte. Er redete albernes Zeug. Wahrscheinlich betrachtete er mich in seiner Aufregung als weitere Türöffnerin, als Möglichkeit, an etwas teilzuhaben. Oder zumindest hinterher etwas erzählen zu können, weil er eins dieser Künstler-Mädchen aus der East 47th geküsst hatte, Material für lange Selbstbefriedigungsgespräche mit seinen Freunden. Mich störte das nicht. Ich griff nach seiner Hand, während er noch Witze auf mich abfeuerte. Mit seiner langen, schnellen, geschickten Zunge erschien er mir wie ein Lügner. Es war schon lange nicht mehr vorgekommen, dass mir jemand gesagt hatte, wer er wirklich war. Vermutlich wäre mir das aber auch gar nicht aufgefallen. Wir verzogen uns in ein Zimmer und legten uns auf ein seidig bezogenes Bett. Das Haus erschien mir vertraut und zugleich wie abgeschnitten von der Welt. Sein Mund lag an meinem Ohr, während er zwei Finger in mich schob. Scheinbar unwillkürlich fing er an, mir schmutzige Dinge zu sagen, und ich verlor mich ganz in seinen Worten. Ich wusste nicht, was ich antworten sollte. Stattdessen überlegte ich, wie ich seine keuchenden Atemzüge transkribieren würde. Wir reagierten gar nicht richtig aufeinander, spulten bloß eine Reihe von Stellungen ab, die wir beide schon mal irgendwo gesehen hatten. Als wir fertig waren, blieb ich auf dem Bett liegen und strich mit den Fingern über die Seidenbettwäsche.

Zurück im Getümmel fragte er mich, was genau ich eigentlich machte. Verschiedenes, erwiderte ich. Früher hätte ich das Telefon bedient, inzwischen sei ich fürs Tippen zuständig. Er hatte eine hohe, furchige Stirn, an die ich meine Worte richtete. Er wirkte enttäuscht, dass er niemanden von den Stars erwischt hatte oder auch nur eine von den Redseligen. So stand er da, die Hände verschränkt, als würde er trauern.

»Aber sie ist großartig im Tippen.« Shelley war aus dem Nichts aufgetaucht. »Eigentlich ist sie eher Autorin.«

Später am Abend sah ich, wie er Hand in Hand mit einer anderen Frau verschwand. Vielleicht hatte er sie ja nach mir aufgerissen, oder sie waren zusammen hergekommen, und sie war mit ihm verheiratet. Shelley sagte nichts dazu. Ich überlegte mir, was für Gemeinheiten ich über ihn sagen könnte, wenn wir zur U-Bahn liefen.

Wir blieben lange, auch noch, als das Gedränge sich längst ausgedünnt hatte. Gegen zwei Uhr morgens erfuhr ich dann, wer hier wohnte. Ich spürte seine Gegenwart schon, bevor ich ihn sah. Er stand in der Küche, der Doktor, in Anzug und Krawatte, als wäre er eben erst von der Arbeit nach Hause gekommen. Ich sah, wie er mit einem Mädchen redete – wie sie auf ihn reagierte, ihn am Arm fasste. Sie schaute ihn auf die gleiche Art an, wie ich die Leute oft Andy anschauen sah: die stumme Bitte um Erlaubnis, etwas Abscheuliches zu tun, und seine Antwort darauf, ja, aber klar doch, tu dir keinen Zwang an. Sein Anblick weckte die Erinnerung an unschuldiges Geplauder im Wartezimmer in mir, an die Nadel, die mir in die Haut drang, an seine Hände, die sich an meinen Rücken drängten. Sein Gesicht erschien mir jetzt hässlich. Ich konnte nicht sagen, ob er diese Hässlichkeit bei unserer ersten Begegnung verborgen hatte. Jetzt hörte ich, wie er meinen Namen rief. Er kam zu mir herüber und legte mir den Arm um die Schultern.

»Mae«, sagte er, »du rufst mich ja nie zurück. Lass es mich

wiedergutmachen, auch wenn mir nicht ganz klar ist, was ich wiedergutzumachen hätte.«

Ich schüttelte seinen Arm ab und entfernte mich mit irrem Lachen, als wäre ich high. Ich wusste, das waren Bedingungen, die er akzeptieren würde. Man muss jedem Menschen zu seinen eigenen Bedingungen begegnen. »Grad keine Zeit zum Plaudern, Doc«, rief ich ihm noch zu. Ich wollte unbedingt raus aus seinem Haus. Plötzlich fand ich es widerwärtig. Ich hatte das Gefühl, ausgelöscht zu werden, wenn ich auch nur eine Sekunde länger blieb. Alle anderen strahlten ihn an wie einen Teenie-Star.

Ich kroch unter den Küchentisch und zog die Knie an die Brust. Zu vernünftigen Gedanken war ich nicht mehr fähig. Ich handelte einfach, ohne es aktiv zu wollen. Nach etwa einer halben Stunde tauchte Shelleys breites Gesicht zwischen den Stuhlbeinen auf.

»Ich habe dich schon gesucht. Was machst du denn da?«

»Ich verstecke mich vor einem Perversling.«

»Ach so. Machst du das noch lange?«

Sie krabbelte neben mich, und ich flüsterte: »Sei ganz still.« Wir sahen Leute vorbeiziehen: elegante Absatzschuhe mit dreckigen Sohlen, hin und wieder ein nackter Fuß. Eine Stunde lang blieben wir dort sitzen und verständigten uns nur über Gesten. Es war ein großes Abenteuer. Wie wieder Kind sein. Irgendwann zwängten wir uns auf allen vieren zurück nach draußen.

»Warte noch kurz«, sagte ich zu Shelley.

Ich lief zum Kleiderschrank und zog einen Pelzmantel heraus. Zog ihn an. Ich rettete ihn, würde ihm ein besseres Zuhause bieten. Auf dem Bett knutschten zwei Jungs. Ich kannte sie nicht. Im Schein der Nachttischlampe sahen sie aus, als gehörten sie eigentlich in einen Film.

Shelley und ich stürmten kreischend vor Lachen hinaus auf die Straße. Es waren gar nicht mehr viele Leute da. Nach solchen

Veranstaltungen gingen immer alle noch anderswohin, aber für uns gab es kein Anderswo. Wir gingen nach Hause, wenn die Party zu Ende war.

In der U-Bahn überließ ich mich grauenvollen Erinnerungen an den Doktor, lauter Dingen, die nie passiert waren, wie um mein Verhalten zu rechtfertigen.

»Wer war das denn?«, wollte Shelley wissen.

»Nur einer von den üblichen Pennern.«

Unser Waggon war leer. Ich hatte keine Energie mehr, um mit Shelley Analysen aufzustellen oder Strategien zu entwerfen. Ihr ging es wohl ähnlich: Sie setzte sich mir gegenüber, lehnte den Kopf an die Metallverkleidung und machte die Augen zu. Ich wusste immer noch nicht genau, wo sie wohnte. Sie hielt vieles geheim, aber das hatte nichts Verschlagenes, es war nur ein weiterer Schritt in ihrem großen Projekt, sich selbst neu zu erfinden. Hätte ich herausgefunden, dass sie die Nacht in der U-Bahn verbrachte, wie so viele andere es taten, hätte mich das auch nicht weiter erstaunt. Morgens sah ich diese Leute, ihre zerknitterten Gesichter, wenn sie urplötzlich aus dem Schlaf schreckten und ihnen wieder klar wurde, wo sie waren. Genauso gut konnte ich sie mir irgendwo auf einem Fußboden vorstellen, das zusammengeknüllte Kleid als Kissen unter dem Kopf. Auf irgendwen, irgendwas musste auch sie sich verlassen. All die Tauschhandel, die aus nackter Angst überall in der Stadt geschlossen wurden, irgendwo unter der Oberfläche, unaussprechlich.

»Findest du meine Kleider blöd?«, fragte Shelley.

Ich war verblüfft. Sie zeigte sich so selten unsicher, selbst wenn ich ihr eine goldene Brücke baute. »Mir gefällt's, wie du aussiehst. Du wirkst so sortiert. Gar nicht chaotisch. Heute laufen doch alle viel zu schlampig rum.« Wenn ich nicht aufpasste, wurde ich plötzlich zu meiner Mutter.

»Aber trage ich nicht zu viel?«

»Nein, die anderen Mädchen tragen nur zu wenig.«

»Und von der Musik verstehe ich auch nichts.«

»Das geht allen so. Lass dich da mal nicht täuschen.«

»Ich glaube, das Haus hat irgendeinem hohen Tier gehört«, sagte sie. »Es ändert sich alles. Findest du nicht?«

Ich dachte an die Limousine, so weiß wie der Kittel des Doktors, an die Tür, die sich geräuschlos öffnete. Ich zuckte die Achseln.

»Mochtest du diesen Typen? Mit dem du verschwunden bist?«

»Nicht besonders«, sagte ich, »es ging nur so leicht.« Ich schob den Pelzärmel hoch, zog ihn wieder herunter. Allmählich gewöhnte ich mich daran, dieser Mensch zu sein. »Findest du mein Verhalten unerhört?«, fragte ich lächelnd.

»Ich finde schon lange nichts mehr schockierend.« Sie tippte mit dem Kopf leicht an die Metallverkleidung. »Mich unerhört nichts. Hast du geschluckt?«

»Nein. Diesmal habe ich mit ihm gevögelt.« Bis zu diesem Abend hatte ich mich auf Blowjobs beschränkt. Ich war noch unerfahren. So hatte ich zumindest das Gefühl, die Kontrolle zu behalten. Und ich brauchte mich nicht auszuziehen. Shelley fragte immer nach den besonders nervenaufreibenden, konkreten Details, als würde sie eine Feldstudie durchführen.

»Du hast keinen Plan, die meisten anderen Mädchen haben einen geheimen Plan mit den Männern, mit denen sie schlafen. Das folgt alles einer übergeordneten Logik, einem Schema. Aber sie wollen wohl auch alle Schauspielerinnen werden.«

»Ein Plan? Ist ja widerlich«, sagte ich. »Wie du weißt, will ich nicht Schauspielerin werden.« Ich hob die Arme zum Himmel. »Irgendwer muss schließlich tippen.«

Sie fing an zu lachen, und ich lachte mit. Wir lachten und lachten, dabei wusste ich gar nicht, was so witzig war. Sie erzählte mir nicht, was sie getrieben hatte, während ich weg war. Shelley machte häufig den Eindruck, als wäre sie auf einer ganz anderen Party gewesen als ich. Es waren einfach nicht die Anlässe, für die sie sie hielt. Sie stammte aus einer anderen Zeit, aber wenn ich versucht hätte, ihr das zu erklären, wäre es sehr kränkend für sie gewesen, und ich wollte sie nicht kränken. Alles, was sie über Sex wusste, schien sie irgendwo geklaut zu haben: aus Anitas Telefonat, aus dem Klatsch und Tratsch der Mädchen an ihrer Schule, den herausgerissenen Seiten irgendwelcher Schmonzetten. Ich glaube, für sie war jede Party, auf die sie ging, ein Versuch, sich etwas zu beweisen. Oft spürte ich, wie sie sich hinterher von mir zurückzog, so, als wäre sie enttäuscht von sich.

»Ich bin echt erledigt«, sagte sie.

»Ja, ich auch.«

Sie schmatzte wie eine alte Matrone, das machte sie immer. Wir wussten nie so recht, wie wir uns verhalten sollten, wenn die Reste der Party noch an uns klebten. Unser Gespräch kam hinterher nicht mehr richtig in Gang, als hätten wir vergessen, wer wir waren. Tatsächlich schwand ein Großteil unserer Gewissheit, sobald wir von unseren Schreibmaschinen aufstanden. Was immer wir auf diesen Partys trieben, wir schafften es doch nicht, den Menschen von den Tonbändern irgendwie näherzukommen. Für mehrere Stunden täglich besaßen wir alle Macht. Dann traten wir hinaus in die Welt und hatten keine mehr. Ich glaube, Shelley reagierte darauf empfindlicher als ich. Ich war ja hier aufgewachsen, ich wusste, wie es war, jeden Tag mehreren tausend fremden Leuten zu begegnen und mir zu nehmen, was ich wollte. Ich blieb nicht starr. Ich hatte meine Mutter beobachtet: Menschen ausnutzen, das konnte ich auch. Wenn man auf diesen Partys kein eigenes Ziel verfolgte, fühlte man sich schnell einsam und verlassen. Was war schon Besonderes an Shelley?

Nichts, verglichen mit den Leuten, denen wir täglich zuhörten, weder ihr Humor, dafür war sie nicht frech und anzüglich genug, noch ihre Intelligenz. Auch im Reden war sie nicht groß. Dabei war es doch das, was sie schätzte, was wir beide schätzten. Nur eins hatte sie allen anderen voraus – sie gab mir nie das Gefühl, einfach nur ein Anhängsel ihrer Geschichte zu sein, der Geschichte, die sie sich selbst erzählte. Sie behandelte mich wie einen echten Menschen. Das war eine unfassbar seltene, tugendhafte Eigenschaft. Die einzige, die sie nicht hatte ablegen können, als sie in den Bus gestiegen war, um sich neu zu erfinden. Ich wusste, dass sie glaubte, es würde sie bremsen. Auch damit hatte sie recht. Das tat es wohl.

»Erzähl mir davon«, sagte sie. »Erzähl mir von dem Mann.«

»Kümmer dich um deinen eigenen Kram.«

»Das ist wieder typisch. Du hörst gerne zu, du schaust gerne zu. Aber drüber reden willst du nie.«

Die Stationen, durch die wir fuhren, waren still, wie gerade von patrouillierenden Kinoplatzanweisern zum Schweigen gebracht. Es war früh am Morgen, die Leute stiegen ein, auf dem Weg zur Arbeit. Ich zog meinen Mantel enger um mich.

»Du glaubst nur, mich gut zu kennen, weil du jeden Tag neben mir sitzt«, sagte ich.

»Ich habe dich studiert.«

»Dann erzähl doch mal, Shelley, was hast du herausgefunden?«

»Weniger, als du glaubst«, sagte sie. »So einfach ist das nicht.«

»Ach komm, du kennst mich doch, du kennst alle meine schlimmen Seiten. Aber anscheinend störst du dich nicht daran. Ich glaube, das ist Freundschaft, man kennt sich gegenseitig in- und auswendig, selbst den verkommenen Mist, besonders den. Das ist es, was ich immer so unfassbar finde, wenn ich die Bänder abhöre, dass all diese Leute sich tatsächlich gefunden haben.

Dass er sie alle zusammengebracht hat.« Ich verdrängte das Zischelnde in Ondines Stimme, wenn er darum bettelte, das Tonband abzuschalten. »Weißt du, das ist viel besser als romantische Liebe. Es ist reiner, weil nichts verlangt wird, es ist eine echte Lebensgemeinschaft. Sie sind einfach nur zusammen und glücklich damit. Ich glaube, sehr viele Leute suchen ihr Leben lang nach solcher Liebe und finden sie einfach nicht. Und irgendwann geben sie auf.«

Shelley sah mich an, als hätte sie Mitleid mit mir. Der gleiche Blick, mit dem ich manchmal sie betrachtete, als wäre sie unsagbar schlicht und begriffsstutzig. Ihr Blick wanderte weiter zum Fenster, gleich neben meinem Gesicht. »In welchem Jahr bist du gerade?«

»Immer noch 65.«

Sie beugte sich vor, strich mir übers Handgelenk. »Wirst schon noch sehen«, sagte sie.

Die Bahn ruckelte, und Shelley stand auf. Eine Wand aus Lavendel. An der Innenseite ihres Arms sah ich einen verblassenden blauen Fleck. Sie stieg immer an unterschiedlichen Stationen aus. Sie meinte, sie gehe gern zu Fuß, da bekomme sie einen klaren Kopf. Ich wollte mich nicht so von ihr verabschieden. Ich wollte liebenswürdig sein, unkompliziert. In allen Dingen strebte ich nach Liebenswürdigkeit.

»Hast du diese Woche noch irgendwelche Verabredungen?«, fragte ich und gab mich einer ihrer Fantasien hin. »Triffst du irgendwelche Freunde?«

Sie zog sich den Mantelkragen fester um den Hals und drehte sich zu mir um. »Du bist meine einzige Freundin in ganz New York, Mae. Bis morgen.«

Dann schlossen sich die Türen.

Zu Hause lief ich meiner Mutter in die Arme, die gerade zur Arbeit ging. Sie kam mit tiefer Verachtung auf mich zu und sagte kein Wort. Als sie auf der Treppe an mir vorbeiging, schrie sie mich an: »So kriegst du dein Leben nie auf die Reihe, Mae.«

»Ehrlich, du bist so eine gottverdammte Heulsuse«, rief ich ihr nach.

Die Wohnung schien mir längst nicht mehr echt, sie war nur noch der Nachbau einer Wohnung, durch den mich ein Moderator führte, um mir zu zeigen, wie weit ich es im Leben gebracht hatte. Der Fernseher zeigte einen Meeresblick, Mikey saß davor. Er winkte mich zu sich, und ich setzte mich neben ihn. Zuletzt hatten wir im Kino so nebeneinandergesessen, seitdem hatte sich alles verändert. Auf dem Bildschirm schwappte makellos blaues Wasser im Sonnenuntergang.

»Die Frau macht mich kaputt«, sagte ich.

»Mich auch«, sagte Mikey. »Vielleicht sollte ich es mal mit dem Leben am Meer versuchen. Auf die Dauer ist es hier in der Stadt so deprimierend.«

Ich war zu erschöpft, um dem Gespräch noch großen Zauber zu geben, die ungezwungene Harmonie zwischen Mikey und mir war verschwunden. Unsere Unterhaltungen waren nicht mehr viel wert. Er sah älter aus, und ich konnte nur noch ein begrenztes Maß an Mitgefühl für ihn aufbringen. Die Probleme dieses hoffnungslosen Mannes gingen mich nichts mehr an; vielleicht hatten sie das nie getan.

»Netter Mantel«, sagte er.

»Hat mir ein Freund geschenkt.«

»Netter Freund.«

Ich schaute auf den Fernseher. »Fische haben so viel Würde«, sagte ich. »Und keine Probleme.« Gerade drängte sich ein Fisch mit breitem Gesicht dicht an die Kamera. Er erinnerte mich an Shelley.

»Was hast du denn für Probleme?«, fragte Mikey. »Ein intelligentes Mädchen wie du?«

»Großstadtprobleme, wie alle anderen auch.«

Er nickte wissend, fühlte sich offenbar wieder auf vertrautem Gelände. »Du musst mehr raus. Frische Luft. Dafür sind die ganzen Parks doch da, Grünflächen zum Nachdenken. Und du musst dafür sorgen, dass du mit den richtigen Leuten redest. Mit interessanten Leuten.«

»Ja«, sagte ich, »ich gehe ja auch spazieren.«

In der Dusche sprudelte das Wasser auf mich herab, es füllte mir die Ohren, ertränkte jedes Geräusch und jeden Gedanken. Ich sah zu, wie es von meinem Rücken und meinen Beinen tropfte. Es war friedlich. Erleichternd. Ich zog den Pelzmantel über und schlief ein.

In den Wochen danach veränderte sich etwas in meinem Umgang mit den Tonbändern. Außenstehenden wäre nichts aufgefallen. Ich traf jeden Morgen zur gleichen Zeit ein, nahm wie immer an der Schreibmaschine Platz, setzte meinen Kopfhörer auf und rührte mich die nächsten acht Stunden nicht mehr. Das gleiche Klappern, die Tasten genau da, wo sie immer gewesen waren. Die richtigen Buchstaben, die richtigen Wörter. Das Seitenende. Aber wegen Shelleys Bemerkung ging ich bewusst sehr viel langsamer vor. Unsere Unterhaltung in der U-Bahn hatte mir Angst gemacht, als würde in einer der Aufnahmen etwas auf mich warten, wovon ich nichts wissen wollte. Ich redete mir ein, dass ich einfach nur sorgfältig war. So lange wie möglich tat ich so, als würde ich arbeiten, aber irgendwann musste ich eine neue Kassette aus der Schachtel nehmen. Kalt fühlte sie sich an, nie abgehört. Es war mit Abstand die schlimmste. Ondine, der immer wieder wollte, dass die Aufnahme abgeschaltet wurde, die Abscheulichkeiten, die sie äußerten, diesmal ohne jeden Versuch, ihren respektlosen Ton zu verbergen, die Spitzen, die grenzenlose Brutalität, die fieberhaft hochgepeitschte Aufmerksamkeitsgier. Schlimmer noch – der zittrige, verängstigte Klang ihrer Stimmen. Manche waren verarmt und wurden immer ärmer. Manche waren depressiv, andere bereuten, jemals einen Fuß ins Studio gesetzt zu haben. Sie hatten einfach keinen Spaß mehr. Das Aufnahmegerät blieb immer an, es nahm und nahm und nahm. Und mein Job war es, zu dokumentieren, wie sie litten. Ich redete mir ein, es sei doch nur ein Job. Es sei doch nur das Beste, was mir je passiert war.

Shelley war mir weit voraus: Sie war schon bei der zweiten Hälfte der letzten Aufnahmerunde, die Anfang dieses Jahres stattgefunden hatte. So hatten wir es vereinbart. Sie hatte mir den leichteren Teil überlassen, aber das wussten wir damals noch nicht. Sie hatte nie aufbegehrt, sich nie von den Bändern abgewandt, begegnete ihnen aber mit einem neuen Widerwillen. Als ich einmal nachmittags zu ihr herüberschaute, lag ihr Kopfhörer neben ihr auf dem Schreibtisch. Sie aß gerade ein Sandwich, sortierte sorgfältig Salatblätter und Essiggurken aus.

»Mae«, sagte sie, »hattest du auch schon mal das Gefühl, als hättest du einen Riesenfehler gemacht?«

»Was denn für einen Fehler?«, fragte ich.

Sie sah mich ausdruckslos an. »Das falsche Sandwich bestellt.«

Jeden Tag kamen neue Leute, und sie waren ganz anders als die auf den Tonbändern von 1965. Neue Stars. Mir reichte ein Blick durch den Raum, um das zu erkennen. Sie waren so selbstbewusst, stolzierten mit ungewohnter Zielstrebigkeit umher. Ihre Wünsche waren sehr direkt, und jeder ihrer Besuche lief nach dem gleichen Muster ab. Sie wollten, dass er sie fotografierte. Und sie landeten jedes Mal vor der Kamera. Bedürftig waren sie nicht; viele von ihnen waren längst reich oder berühmt. Sie wollten weder Liebe noch Zuneigung, keine Heilung, nicht mal ein Gespräch. Sobald die Kamera aus war, verschwanden sie wieder. Gingen zurück in ihre Wohnungen, ihre Restaurants, ihre Clubs, ihr echtes Leben. Auf mich wirkten sie flach. Sie sahen unverschämt gesund aus, ihre durchtrainierten, perfekten Körper in unmittelbarer Konkurrenz zu den Leben, die ich mir tagtäglich anhörte. Viele der Leute von den Tonbändern waren hingegen krank. Neben ihren offensichtlichen Süchten litten sie an Hepatitis, entzündeten Gliedmaßen, eitrigen Wunden. Sie besprachen das alles offen und nicht ohne Humor. Sie verschwendeten kaum einen Gedanken an ihren Körper, genossen es ganz aktiv, ihn zu strafen.

Aus lauter Loyalität zu Menschen, die nicht einmal wussten, wer ich war, beschloss ich, dass die Neuen uninteressant sein mussten. Bei ihren Besuchen im Studio ging es nur darum, irgendwo anders hinzukommen. Sie waren gleichgültig uns gegenüber, und entsprechend gleichgültig begegnete ich ihnen. Das zeigte ich offen. Ich behielt meinen Kopfhörer auf und starrte die meiste Zeit weiter an die Wand, auch wenn ringsum helle Aufregung wegen irgendeines Besuchs herrschte. Meistens berichtete Shelley mir dann hinterher, welche berühmte Schauspielerin sich wieder als gar nicht so toll herausgestellt hatte. Auch Anita blickte starr geradeaus. Sie konnte es nicht leiden, losgeschickt zu werden, um irgendwelche Besorgungen für die Gäste zu machen, sie sei, sagte sie, schließlich keine gottverdammte Empfangsdame. Draußen vor dem Fenster war der Himmel regelrecht grell, bald würde es Sommer sein. Nein, diese neuen Leute waren nicht mein Geschmack. Sie waren viel zu beherrscht. Bei Menschen, die ihr Verlangen so nackt zeigten, machte das Deuten keinen Spaß mehr. Ich stellte mir vor, wie sie wohl auf Tonband wirken würden. Falsche, kriecherische Aufnahmen, mit denen mich nichts verbinden würde. Bänder über ihren Weg zum Ruhm, das großartige Schicksal ihres Lebens. So etwas würde ich nie hören wollen.

Umso mehr Zeit kostete es mich, herauszufinden, wonach die Leute auf den Tonbändern eigentlich verlangten. Das dauerte Monate. Ich musste die Oberfläche Schicht um Schicht abtragen. Ich musste durch ihren Dreck waten. Was wollten sie? Ganz normale Dinge, auch wenn sie versuchten, einen anderen Eindruck zu erwecken. Sicherheit, Würde. Mehr als alles andere wollten sie aber geliebt werden, vom Tonband und von dem Mann, der das Aufnahmegerät bediente. Viele der Altbekannten ließen sich tagsüber gar nicht mehr blicken, aber hin und wieder tauchte doch jemand auf, hielt nervös ein Bild oder ein Skript im Arm, mit fettigen Haaren und unerträglicher Miene. Aber was immer sie wollten, ging zwischen den Neuen unter, und von den Neuen kamen immer mehr.

Am ersten Freitag im Mai fuhr ich mit Ondine im Aufzug. Ich hatte schon von weitem gerufen, wer auch immer drin stand, solle den Aufzug für mich anhalten, was ganz untypisch für mich war. Im Studio war ich meistens schweigsam und redete fast nur mit Shelley. Kaum war ich drin, zog er das Gitter mit einer einzigen, kraftvollen Bewegung zu. Es war fast dunkel, und ich sah ihn nur im Profil. Ich fand es verblüffend, wie sich das ergeben hatte. Irgendwer musste den Aufzug präpariert haben, damit Ondine und ich nebeneinander darin stehen konnten. Irgendwer hatte die Zugseile entsprechend angeordnet. Das ganze Gerät nur für uns konstruiert. Er sah erschöpft aus. Wie er da so neben mir stand, fand ich ihn überhaupt nicht einschüchternd. Ich wollte ihn beschützen, ihn trösten. Er zählte ein paar abgegriffene Geldscheine, die er offensichtlich gerade aus Anitas Schreibtisch geklaut hatte. Als er sich mir zuwandte, konnte ich kaum fassen, wie zerbrechlich er aus der Nähe aussah.

Er wedelte mit den Scheinen und sagte: »Verrätst mich doch nicht, oder?«

Ich schüttelte den Kopf. Es war das Einzige, was er je zu mir gesagt hat. Dann stiegen wir beide aus dem Aufzug, und ich sah ihm nach, wie er, immer noch zählend, die Straße entlangging.

Beim Abendessen fiel Mikey auf, wie rot, rissig und mitgenommen meine Hände waren. Er griff nach meiner Linken, hielt sie einen Moment fest und ließ sie wieder schlaff herunterfallen. Dann griff er erneut danach, und ich zog sie weg. »Ich werd's überleben«, sagte ich. Meine Mutter war gut gelaunt und ungewohnt lebhaft. Ich weiß nicht, was diese Veränderung ausgelöst hatte. Ich konnte nur raten: ein kleines, billiges Geschenk von irgendeinem Mann, das eine oder andere Kompliment, der Vergleich mit einer jungen Schauspielerin. Was man aus solchen Zuwendungen alles an Bedeutung herauslesen konnte. Manchmal beobachtete ich das auch schon an mir. Ein unheilvolles Zeichen. Bei den Partys trank ich jetzt häufiger aus Shelleys Flachmann. Auch das war sicher ein Zeichen, aber egal. Ich dachte nicht oft über mein Verhalten nach, betrachtete es nicht einmal groß als Verhalten. Es waren eben Dinge, die ich tat.

»Dieser Mensch hat schon wieder für dich angerufen, Mae«, sagte meine Mutter. »Er behauptet, du hättest ihm einen Mantel gestohlen, und ich habe ihm erklärt, so was würde meine Tochter niemals tun. Wir hatten richtig Streit am Telefon. Stimmt das?«

Ich hatte den Mantel an. »Nein«, sagte ich.

»Na, na, na«, sagte sie, »es ist nicht richtig, jemanden zu bestehlen, es sei denn, es ist wirklich lustig oder derjenige hat es verdient.«

»Was, wenn beides zutrifft?«

Sie kitzelte mich unterm Kinn. So lange hatte sie mir schon keine Zuneigung mehr gezeigt, dass es mich jetzt verwirrte und erschütterte. Ich war ihr fast dankbar. »Dann ist es in Ordnung. Unter diesen Umständen ist es erlaubt.«

Es war Mai, und zum ersten Mal seit langer Zeit beneidete ich die Leute in der U-Bahn. Die ersten vereinzelten Sommerkleider, Frauen, die sich diskret präsentierten, Urlaube, über die lauthals gesprochen wurde, Strandhäuser. Durch das letzte Tonband hatte mein Geheimnis einiges von seinem Reiz verloren. Es wog auf einmal schwerer, als würde ich die Stadt mit einer Waffe durchqueren. Die Leute auf den Bändern erschienen mir jetzt nicht mehr gefährlich und gesetzlos, sondern labil, und ich musste den ganzen Sommer mit ihnen verbringen, an meinem Schreibtisch, mitten im Silberstaub. Es gab da dieses Lied, das ich ständig im Radio hörte, eine süßliche Allerweltsmelodie, die mich an Maud erinnerte. Der Text handelte von heimlichen Zärtlichkeiten, von einem Mann, der sich in ein reizendes, schlichtes Mädchen verliebt. Das wäre was für Maud, dachte ich jedes Mal, wenn ich es hörte. Und dann sah ich sie plötzlich durchs Fenster eines Restaurants, als hätte ich sie heraufbeschworen. Ich blieb abrupt stehen. Klopfte ans Fenster, und sie sah hoch. Eine geschlagene Minute lang saß sie da und grinste mich blöd an. Sie saß mit drei anderen reizenden, schlichten Mädchen zusammen. Hatten die jetzt meinen Platz eingenommen? Maud erklärte der Tischgesellschaft etwas, mit vielen Gesten, als hätte sie gerade eine entfernte, aber schwierige Verwandte gesichtet. In dem Moment sah sie aus, als hätte sie gewonnen, und vielleicht stimmte das ja auch. Ich stand schließlich draußen auf der Straße, müde, verkatert, tinte- und schweißverschmiert. Ich sah mir an, wie sie sehr sorgfältig ihre Serviette faltete und dann aufstand. Ob sie vor ihrer Tischgesellschaft wohl die Absicht äußerte, mich »zur Rede zu stellen«? Bei dem Gedanken, ihr eine Genugtuung dieser Größenordnung zu gönnen, wurde mir ganz schlecht. Mein Kopf pochte. Als sie schließlich draußen vor mir stand, fragte ich: »Brauchst du gleich drei verschiedene Mädchen, um mich zu ersetzen?«

Sie verdrehte die Augen, und ich folgte ihr nach drinnen. Ich wurde jedem der Mädchen vorgestellt. Dann setzte ich mich, stand aber gleich wieder auf.

»Tut mir leid, Maud«, sagte ich mit aller Entschiedenheit, die ich aufbringen konnte. »Es ist einfach viel zu hell in diesem Restaurant.« Und ging.

Als ich Shelley von dieser Begegnung erzählte, sagte sie nur: »Ich hasse hell erleuchtete Restaurants.« Abends gingen wir jetzt oft ins Kino. Wir standen in Schlangen, die bis zur nächsten Straßenecke reichten. Die Leute wollten unbedingt herausfinden, wer sie waren, und erwarteten, dass die Filme es ihnen verrieten. Wir saßen im Zuschauerraum und ließen uns den Kopf mit Lärm füllen. Schauten Komödien und lachten uns kaputt. Wir lachten auch, wenn jemand Pech hatte oder heiratete, was wir als Sonderform von Pech betrachteten, als Gefängnis. »Hätte ich einen Ehemann, ich würde ihn erschießen«, flüsterte Shelley mir einmal zu. Ihre Kommentare machten die Filme abwechslungsreicher, im Grunde waren sie nämlich alle gleich. Immer schwoll die Musik an, bevor der Mann die Frau küsste. Alle wollten, dass den richtig Schönen nur Gutes widerfuhr. Und alle wollten, dass den Bösen, die immer ganz leicht zu identifizieren waren, nur Schreckliches zustieß. Anschließend setzten wir uns in den Park und tranken aus Shelleys Flachmann. Obdachlose schnorrten uns um Geld an, und wir antworteten ihnen wahrheitsgemäß, wir hätten keins. Keinen Cent, sagten wir und stülpten unsere Taschen nach außen. Anita hatte uns nur zwei Mal bezahlt. »Wie schrecklich, so zu enden«, sagte Shelley, wenn wir Menschen begegneten, die das Glück verlassen hatte. Ihr Mitgefühl erstreckte sich nach allen Seiten. An diesen Abenden schwiegen wir oft über lange Strecken. Wir waren es leid, zu reden oder Gerede zuzuhören. Einmal erwähnte Shelley beiläufig, sie habe so einiges Interesse an dem Projekt verloren. Tatsächlich saß sie längst nicht mehr regelmäßig am Schreibtisch. Wenn sie dann doch auftauchte, sah ich sie mit dem Kopfhörer auf den Ohren dasitzen, die Augen schließen, ihre Fingernägel begutachten, an ihrem Rocksaum herumzupfen. So musste sie es auch in der Schule gemacht haben – sich von dort, wo sie sich befand, in Tagträume flüchten, durch Zeitschriften blättern und schließlich Fluchtpläne schmieden. Nachmittags fing sie dann langsam an zu tippen, hielt das Band aber sehr oft an, machte Pausen, in denen sie unentwegt im Kreis lief. Und dabei redete sie die ganze Zeit im Flüsterton mit sich selbst.

Zu den Partys ging ich inzwischen alleine. Shelley hatte immer Ausreden. Bei einer davon wurde ich achtzehn, die Uhr schlug Mitternacht, und ich war darauf gefasst, dass etwas passieren würde, dass sie es irgendwie wissen müssten. Ich rechnete damit, dass die Menge sich teilen und ich Ondine erblicken würde. Shelley hatte recht, die Partys änderten sich. Es herrschte nicht mehr die gleiche Erregung des Verbotenen. Die Schauplätze wurden luxuriöser. Teure Teppiche auf dem Boden, stapelweise Platten, seriöse Kleidung. Eine muntere, geschäftsmäßige Atmosphäre. Ich fühlte mich auf einmal bewertet wie nie zuvor. Ich hatte das Gefühl, immer mehr zur leicht lächerlichen Gestalt zu werden, die Kleine, die die Tipparbeiten erledigt. Einem Mann, der an mir vorbeiging, erzählte ich, ich hätte Geburtstag, und er klopfte mir mitfühlend auf die Schulter. Dann steckte er mir eine Pille zu, die das Geschnatter in meinem Kopf nur noch verstärkte. Auf dem Heimweg fühlte ich mich zittrig und krank. Mikey hatte mir ein Buch und eine Karte aufs Bett gelegt. Auch Shelley hatte ein sorgfältig verpacktes Geschenk auf meinem Schreibtisch deponiert. Es war ein Seidentuch, und als ich es umband, meinte Anita, es sehe sehr teuer aus. »Wow«, sagte sie, als sie mich damit auf der Straße sah. »Da muss dich aber jemand sehr lieben.« Ich band es mir jeden Morgen um. Shelley machte es offenbar überglücklich, mich damit zu sehen.

Schließlich, an einem Morgen Ende Mai, war Shelley plötzlich wieder ganz die Alte und arbeitete schneller und hingebungsvoller als je zuvor. Einen Grund für diese gewaltige Veränderung bekam ich nicht. Ihr Rücken war gerade, das Gesicht tiefernst. Mir fiel ihr völlig abgeschotteter Zustand wieder ein, die Fähigkeit, ganz in den Tonbändern zu verschwinden. Aller Zynismus war wie weggewischt. Ich wusste, wie sie in einem solchen Flow war: Wenn jemand auf dem Band Luft holte, schrieb sie es auf. Der Gedanke, wie gut ihre fertigen Seiten sein würden, wie präzise, echt und farbenfroh, schmerzte mich. Wie sie es wieder schaffen würde, einem das Gefühl zu geben, man wäre mit diesen Leuten im selben Raum. Während ich meinerseits immer unachtsamer wurde und nichts unternahm, um das zu verhindern. Sie interessierten mich immer noch, aber es hatte sich noch etwas anderes eingeschlichen: ein Interesse an mir selbst. Ich ließ mehr und mehr von mir in das Buch einfließen – Rechtschreibfehler, Pausen, wo keine waren, meine persönlichen Hervorhebungen, meine persönlichen Scherzchen. Ich musste ihm irgendeinen Stempel aufdrücken. Man konnte nicht so viel Zeit mit solchen großen Egos verbringen, ohne selbst eins zu entwickeln. Das war mein ganz eigener Auftritt.

Und es lenkte mich von dem ab, was mich beklommen machte. Ich war inzwischen bei 1966 angekommen, und das komplette Band spielte in einer Wohnung. Ich fühlte mich eingeengt, als müsste ich still an meinem Schreibtisch ersticken. Würdest du mal das Mikro wegtun, sagte Ondine, ich muss dir ein Geheimnis sagen. Und später dann, seine vertraute Stimme, die ich besser kannte als jede andere: Also das mit diesem Tonband hier ist SCHRECKlich. Als ich das hörte, riss ich mir den Kopfhörer von den Ohren und ging nach draußen, als hätte ich auf einmal ein Gewissen entwickelt. Ich spürte, wie Anita mir nachsah. Meinen entschlossenen Schritt registrierte, als würde ich nie wiederkommen. Aber wem machte ich hier eigentlich was vor? Was sollte diese kleine Redlichkeitsdemonstration? Als hätte ich nicht die ganze Zeit gewusst, was da passierte. Im Lauf der Woche erfand ich lauter Ausreden für mich selbst. Es war doch gar nichts Ausbeuterisches dabei, diese Leute waren schließlich alle exhibitionistisch veranlagt, wenn das Aufnahmegerät nicht vor ihnen stünde, würden sie sich andere Möglichkeiten suchen, um sich zu erniedrigen. Es war blöd von mir, plötzlich Zweifel zu haben. Kleingeistig im Grunde.

Anita fing an, mich zu beobachten. Ich fand es verstörend, ein Mensch zu sein, der beobachtet wurde. Ich war daran gewöhnt, dass Shelley und ich in unserer privaten Ecke hockten, wo niemand Zugriff auf uns hatte. Aber Anita war neuerdings unglücklich, und ihr Unglück machte sie zornig. Alle Welt wusste, dass sie mitten in der Nacht zur Wohnung ihres Freundes gegangen war und seine Frau geweckt hatte. Wie eine Wahnsinnige muss sie gewirkt haben, wie sie da in ihren hohen Wildlederstiefeln vor seinem Fenster stand und nach Liebe verlangte. Dolores musste kommen und sie in ein Taxi verfrachten. Anita litt, und deshalb sollten auch alle anderen leiden. Sie setzte uns unter Zeitdruck. Jeden Abend wollte sie sehen, was ich getippt hatte, und versah die Seiten mit ihren nervigen kleinen Markierungen. Das gab ihr wohl das Gefühl, wichtig zu sein. Wir mussten uns alle unsere eigenen Wege suchen, um uns wichtig zu fühlen. »Gute Arbeit«, sagte sie zu Shelley. Sie versuchte, uns gegeneinander auszuspielen, eine Masche, die ich schon von den Tonbändern kannte. Oft ertappte ich sie dabei, wie sie mich, die Füße auf dem Schreibtisch, musterte, als wäre ich ein Rätsel, das es zu lösen galt. Anscheinend glaubte sie, ich könnte irgendetwas Blödes, Leichtsinniges anstellen. Vielleicht wurde ihr aber auch nur allmählich klar, wie beschränkt ihre eigene Rolle war, und dafür wollte sie sich rächen.

Eines Morgens, als ich ins Studio kam, saß sie an meinem Schreibtisch und hörte ein Tonband an, glich es mit dem ab, was ich transkribiert hatte. Ein bizarrer Moment, als beobachtete ich etwas, was eigentlich gar nicht sein konnte. Es machte mir wieder klar, dass nichts davon mir gehörte: weder die Schreibmaschine noch die leeren Blätter, geschweige denn der Stuhl, auf dem ich saß. Das alles konnte mir jederzeit genommen werden. Und wie sie mir zuwinkte, als sie mich bemerkte – etwas Widerlicheres hatte ich nie gesehen. Sie nahm meinen Kopfhörer ab.

»Das ist nicht korrekt, Mae«, sagte sie. »Es stimmt nicht vollständig mit dem Band überein. Was habe ich dir anfangs gesagt? Tipp es ab, und zwar richtig.«

»Muss ja eine echte Schau gewesen sein«, sagte ich und sah, wie Shelley ihr Grinsen hinter der Hand verbarg.

»Was?«

»Die Szene, die du da auf der Straße hingelegt hast. Ich hätte ja nie gedacht, dass ausgerechnet du so angepasst bist und geheiratet werden willst, Anita.«

Danach hatte sie mich endgültig auf dem Kieker. Ich spürte, wie ihr Blick sich in meinen Rücken bohrte. Trotzdem bereute ich es nicht. Sie hatte meine ganze Arbeit in den Dreck gezogen. Ich hatte geglaubt, es ginge gerade auch um eine gewisse Freiheit, aber es durfte bloß Freiheit zu ihren Bedingungen sein. Mir war klar, dass Anita mich bestrafen würde. Den Ablauf kannte ich ja bereits von den Tonbändern. Alle Übrigen waren auf die eine oder andere Weise längst dran gewesen. Erstaunlich im Grunde, dass es bei mir so lange gedauert hatte.

Am nächsten Morgen rief Anita mich zu sich, als ich gerade auf dem Weg zum Schreibtisch war. »Heute nicht«, sagte sie. Aber wo sollte ich hin, wenn nicht an meinen Schreibtisch? Ich sah Shelleys Hinterkopf, wie am Ufer eines fernen Meeres, das ich nicht erreichen konnte.

»Kennst du Bloomingdale's?«, fragte Anita. »War deine Mutter schon mal mit dir dort einkaufen? Ich wette, ja, wo du doch eine bist, der es um die schönen Dinge im Leben geht.«

Ich nickte: Ja, ich kannte das Warenhaus, ja, ich war schon dort gewesen.

»Im Restaurant wartet eine alte Dame auf dich. Lass sie bloß nicht wieder weg, ohne dass sie etwas kauft.«

Shelley war stellvertretend für mich nervös. »Da war ich auch schon«, sagte sie, »und es war ein sehr besinnliches, ruhespendendes Erlebnis, das gefällt dir sicher.«

»Ich kenne das schon«, schwindelte ich.

»Und nimm dir nichts von dem zu Herzen, was sie so redet, Mae. Sie trinkt. Deine Mutter trinkt doch auch, oder? Dann weißt du ja, wie das ist, wie die so sind. Ihr versteht euch bestimmt bestens.« Sie griff nach ein paar Unterlagen auf ihrem Schreibtisch und wandte sich von mir ab.

Ich ging zu Fuß. Schließlich stand ich vor einem Schaufenster: elegante Schaufensterpuppen in typischen Posen für die Neue Frau, mit einer Zigarette in der Hand, am Telefon. Eine Puppe war auch an eine Schreibmaschine gesetzt worden, sie war allerdings besser gekleidet als ich. Während ich dort stand, blieben auch viele andere, echte Frauen stehen, und wir schauten uns das gemeinsam an, als wohnten wir einem religiösen Ritus bei. Es herrschte anerkennendes Schweigen, wir hatten alle exakt dieselben Sehnsüchte. Als ich das Kaufhaus betrat, schaute ich auf das erste Preisschild, das mir unterkam. Das also war Anitas Vorstellung von Strafe – mir meine eigene Armut bewusst zu machen, nicht zuzulassen, dass ich auf irgendwelche verstiegenen Ideen kam, nicht zuzulassen, dass ich Ehrgeiz entwickelte. Vielleicht war es aber auch viel simpler. Vielleicht sah ich ja, trotz allem, immer noch so aus, als könnte ich gut mit Müttern.

»Er schickt mir ein Kind«, sagte die Frau, als sie mich sah. »Er hat keine Zeit, selber zu kommen, und schickt mir stattdessen ein Kind.«

Sie hatte einen schweren Akzent und sah aus, als lebte sie ganz in ihrer eigenen Welt, selbst hier in diesem lebhaften Restaurant. Im Schoß hielt sie eine Tüte Bonbons, vor ihr stand ein halb ausgetrunkenes Wasserglas. Sie wirkte lächerlich und fehl am Platz in dieser Umgebung, dabei hatte sie sich sichtlich Mühe gegeben – die Haare zu dichten Löckchen aufgedreht, Lippenstift aufgelegt, die Bluse bis zum Hals zugeknöpft. Das Warenhaus schien ihr nicht nur unvertraut zu sein, es lag offenbar auch jenseits ihrer Vorstellungskraft. Sie hielt den Mantel fest um sich, und ich merkte, dass sie ihn trotz der Hitze nicht ausziehen wollte. Die Stadt wollte solche Frauen nicht, sie war fertig mit ihnen. Ich ging zu ihr, um ihr aufzuhelfen, aber sie wehrte ab. Lächelte mich unsicher an. Hätte ich nicht gewusst, wer sie war, ich wäre glatt an ihr vorbeigelaufen.

»Ich bin kein Kind«, sagte ich. »Ich bin seit zwei Wochen achtzehn. Meine Freundin Shelley hat mir das hier geschenkt.« Ich zupfte an meinem Seidentuch.

»Es ist schön, eine Freundin zu haben«, sagte sie und erhob sich.

Die Leute waren unverschämt, drängelten sich an ihr vorbei, sichtlich entnervt, weil sie so langsam ging, aber sie unternahm auch nichts, um die Sache richtigzustellen. Sie war seit langem der erste Mensch, mit dem ich zu tun hatte, der seine Macht weder begriff noch ausübte. Auf der Rolltreppe hakte sie sich bei mir ein. Rolltreppen blieben beständig, sie waren überall gleich. Sie übten nicht mehr denselben Reiz auf mich aus wie früher, bargen nicht mehr dieselbe Verheißung. Alles, was ich mir damals wünschte, war enttäuschend leicht zu erreichen gewesen. Wir segelten hinauf und hinab. Ich fühlte mich irgendwie schuldig, konnte aber nicht sagen, weshalb. Eine Straftat ohne Grundlage. Vielleicht ja, weil sie mir so zerbrechlich und klein vorkam, wie sie da neben mir stand, weil ich tagtäglich an Frauen wie ihr vorbeilief und keinen Gedanken an sie verschwendete. Ich dachte daran, dass womöglich auch meine Mutter eines Tages so schutzlos wäre. Aber meine Mutter wäre ganz sicher nie so nett zu mir, würde sich nie bei mir einhaken, egal, wie schwach sie war, sie würde niemals nachgeben.

In der Kosmetikabteilung erkannte ich die Cremes aus dem Badschränkchen von Daniels Mutter. Ich sah zu, wie die Frau den Lippenstift, den sie aufgetragen hatte, mit einem Taschentuch abwischte und durch ein grelles Rosa ersetzte. Sie absolvierte den ganzen Vorgang mit großem Ernst. Zog den Stift über ihre schmalen Lippen, während das Rosa in die Furchen rund um ihren Mund drang. Wenn sie kicherte, klang sie wie ein kleines Mädchen. Was sollte ich bloß sagen oder tun? Musste ich ihr Komplimente machen? Kurz erwog ich die Möglichkeit, dass sie hinterher berichten könnte, ich hätte ihr nicht genug Komplimente gemacht. Ich setzte ein breites Lächeln auf. Staunte, wie viel Zeit sie in der Abteilung verbrachte. Die Verkäuferinnen behandelten sie alle auf die gleiche Weise – schroff und wenig liebenswürdig, als nähme sie nur Platz weg. Sie sah ja nicht reich aus, trug keinerlei Spuren ihrer Stellung. Sie hielt sich krumm, atmete angestrengt, es war eine Qual, mitanzusehen, wie sie sich herumschleppte. In regelmäßigen Abständen griff sie in die Manteltasche, zog ein Bonbon heraus und steckte es sich in den Mund.

Sie probierte Schuhe an, ließ sich von den Verkäuferinnen die fetten lila Krampfadern massieren. Wenn sie ihr Münztäschchen öffnete, stellte das die Verkäuferinnen wenigstens kurzfristig zufrieden. Sie sagte wenig. War keine fordernde Gesellschaft. Was für ein Wechsel! Niemand zum Heranwanzen, niemand zum Freundschaftschließen, niemand zum Piesacken.

Sie probierte zwei Blusen an, und die zweite machte sie ganz kleinlaut. »Die ist hässlich«, sagte sie, den Tränen nahe. »Hässlich, so wie alles in diesem Land.«

»Aber nein, ist doch schön. Nicht das Land, sondern die Bluse«, versicherte ich ihr.

Sie zog sich vor mir aus, draußen vor der Umkleidekabine, und erkundigte sich schüchtern, ob ich mit ihrem Sohn befreundet sei. »Bestens befreundet«, sagte ich und schaute dabei auf ihren bloßen Bauch, das bleiche, schwabbelnde Fleisch.

Am Ende verließ sie das Warenhaus mit zwei Paar flachen Schuhen, der Bluse, die sie nicht hässlich gefunden hatte, und zwei Strickjacken. Die Tüte mit den Einkäufen hielt sie fest an sich gedrückt. Sie kam mir kein bisschen verschwenderisch vor, die Sachen waren alle wohldurchdacht. Ich war mir nicht sicher, wie gut ich darin war, über das Aussehen anderer zu schwindeln. Sie hätten besser Shelley geschickt, die immer an den richtigen Stellen mit Ohs und Ahs reagiert hätte. Das Warenhaus musste die Frau völlig überwältigt haben: groß, viel zu warm und voller potentieller Katastrophen. Bevor wir gingen, steckte sie mir drei Dollar zu. Ich umarmte sie spontan. Um sie herum sausten überall Menschen vorbei, mit flatternden Mänteln, ohne die leiseste Ahnung von ihrem Leben, ohne die leiseste Ahnung, mit wem sie jeden Tag verbrachte. Ich sah zu, wie sie die Straße entlang nach Hause ging. Sie hatte mir gesagt, ich müsse sie nicht begleiten. Klein, wie sie war, ging sie doch recht schnell. Und unter der Freude trug ihr Gesicht eine ständige Maske der Angst.

Bei der Rückkehr bekam ich von Anita nichts als ihr übliches herablassendes Lächeln. Eine ihrer Haarspangen hatte sich gelöst und hing ihr jetzt schief in den Haaren. Zerzaust sah sie besser aus. So sah auch ihr Freund sie am liebsten – verzweifelt, halb aufgelöst. Es war, wie mir allmählich klar wurde, ein großer Spaß, alle Dinge zerfallen zu sehen.

Nach dem Besuch bei Bloomingdale's warf Shelley mir den ganzen Nachmittag über Zettelchen auf den Schreibtisch, aber ich beachtete sie nicht. Ich hatte keine Lust, mich mit ihrer guten Laune zu befassen. Der intensive Vormittag saß mir noch in den Knochen. Ich wollte nicht alleine sein, ich wollte so sein wie die Frauen im Warenhaus, gediegen und distanziert. Wieder und wieder landeten die Zettelchen auf meinem Tisch. Sie waren voller Fragen: Wie war's? Habt ihr was Schönes gekauft? Ich beantwortete keine davon. »Shelley«, fuhr ich sie an, »lass mich zufrieden.« Auf dem vorletzten Zettelchen stand: »Kopf hoch!« Und das letzte fragte: »Hast du Lust, Bowlen zu gehen?« Darauf schaute ich einen Augenblick zu lange.

»Du hast Lust, Bowlen zu gehen!«, schloss Shelley triumphierend.

»Wo denn?«

»Auf einer Bowling-Bahn, Quatschkopf.«

Wir ließen unsere Blätter in den Maschinen stecken, ganz untypisch für Shelley. Er war noch da, als wir gingen, blieb länger, völlig für sich und unbeteiligt. Ich fragte mich, ob er mich wohl für intelligent halten würde, wenn wir unsere Arbeit beendet hatten, für brillant? Alles, was ich über mich dachte, mein ganzes Selbstwertgefühl hing von der Produktion dieses Buches ab. Ich sah noch seine Füße, als wir das Gitter vor dem Aufzug zuzogen.

Die Bowling-Bahn war ebenso gemütlich wie grell: ein Ort,

an dem andere Regeln herrschten, etwas Neues, worauf wir uns einlassen konnten. Obwohl die Stadt so viele Möglichkeiten bot, suchte Shelley immer wieder solche Orte auf. Ihre Haare bauschten sich, ließen ihr Gesicht winzig und schwermütig wirken. Sie trug ein altmodisches geblümtes Kleid, und vor lauter Aufregung traten ihr die Augen hinter den Brillengläsern fast aus den Höhlen. Sie bezahlte für meine Bowling-Schuhe, wedelte hektisch mit den Händen, als ich meine Geldbörse zückte. Auch sie besaß ein Münztäschchen; sie glich viel mehr einer alten Frau als all den Mädchen, denen sie nacheiferte. Sie hielt sich gerade, warf lange Blicke: gab sich leichtfertig, war aber im Grunde tiefernst. Sie bückte sich und band meine Schnürsenkel zu einem akkuraten Knoten.

»Große Clownsschuhe«, sagte sie.

»Kennst mich doch«, erwiderte ich. »Ich bin ein großes Clownsmädchen.« Ich deutete einen Knicks an.

»Sie stehen dir. Sieht süß aus.«

Alle Bahnen wimmelten von krakeelenden, wetteifernden Jungs, dazwischen hin und wieder eine gelangweilt dreinschauende Freundin, die an ihrer Bluse oder ihrem Pulli herumzupfte. So verbrachten andere Leute also ihren Freitagabend. Auf etwas derart Erbauliches war ich nicht gefasst gewesen. Es gab mir das Gefühl, als wäre nichts mehr gut in meinem Leben, als gäbe es keinen Weg zurück zu einem Dasein als schlichter Mensch mit schlichten Sehnsüchten. Vielleicht erinnerte es Shelley ja an zu Hause, auch wenn ich keine Vorstellung davon hatte, was das für sie bedeutete. Mir stand nur ein Gemisch aus Bildern vor Augen – Shelley in einem ganz in Rosa gehaltenen Zimmer, wie sie in einer Zeitschrift blättert, Nippesfigürchen auf dem Kaminsims, ein quadratisches Schulgebäude, sadistische Eltern, ein bisschen Grün, wie sie ihr auf dem Schulhof an den Haaren ziehen, wie sie mit irgendeinem Typen auf dem Rücksitz seines Wagens knutscht. Meine Vorstellungen waren genauso billig und fantasielos wie die, die sie vermutlich von New York hatte.

Wir suchten uns eine Bahn und beobachteten ein paar Minuten lang einen Jungen. Er trat vor uns hin, als stünde er auf der Bühne. Streichelte liebevoll die Bowling-Kugel. Nachdem er sie geworfen hatte, wanderte sein Blick überall gleichzeitig hin. Er hatte plötzlich tausend Augen. Zwei Pins blieben stehen.

»Schlechte Technik«, kommentierte Shelley. »Mein Vater hat früher gespielt, er war natürlich kein Profi, aber er war gut.« Sie nahm sich eine rote Kugel. »Manchmal hat er mich mitgenommen.« Unter dem Gewicht der Kugel stolperte sie vor bis zur Linie, der offene grüne Mantel flatterte hinter ihr. Ich wusste, hätte ich sie von weitem beobachtet, ich hätte gedacht, dass dieses Mädchen irgendwie uneinsichtig wirkte, unnachgiebig und gefährlich. Sie brachte alle Pins zu Fall und reckte triumphierend die Faust. Dann notierte sie ihre Punkte.

»Es wäre ja auch mal schön, abends auszugehen und keinen Punktestand aufzuschreiben«, sagte ich.

»Das würdest du nicht sagen, wenn du gut spielen würdest.«

Ich tapste in Richtung Bahn. Die Kugel war unnötig schwer. Sie landete mit einem ahnungsvollen Plumps, rang mit den Pins und legte zwei um. Ich war nicht bereit, mich dafür zu schämen. »So ein provinzielles Spiel«, sagte ich. »Bist du deshalb weggegangen? Weil man dich gezwungen hat, deinen Freitagabend immer damit zu verbringen?«

Sie stand auf und griff wieder nach derselben roten Kugel. »Nein, ich bin weggegangen, weil mir nichts davon mehr echt vorkam.« Noch ein perfekter Wurf. »Hast du dir heute was Schönes gekauft?«

»Da gibt es doch nur Müll.«

»Müll, den wir uns nicht leisten können«, bemerkte sie seufzend.

»Was manche Leute eben für Müll brauchen«, sagte ich, »dabei bringt das doch alles nichts, stimmt's?« Ich zog die Beine zu mir auf den Tisch und zündete mir eine Zigarette an. »Sie hat ein paar richtig scheußliche Sachen gekauft.« Ich schwieg kurz. »Aber ich mochte sie. Wenn ich ehrlich bin, hat sie mich an dich erinnert.«

»Weil sie so gut bowlen kann?«

»Nein, weil sie zugeknöpft war.« Ich stand auf und machte es vor, stellte mich stocksteif hin. »So ungefähr.«

»So siehst du mich?« Sie klang gekränkt.

»Nein, nein. Ich mache doch nur Spaß. Sie war ruhig und heiter, genau wie du, als würde sie von einer höheren Macht angetrieben.«

»Was ist denn meine höhere Macht, Mae?«

»Die Schreibmaschine, was sonst?« Ich wechselte das Thema. »Ich glaube, sie haben Katzen. Ihr Mantel war voller Katzenhaare. Bestimmt ist es richtig dreckig bei denen, vielleicht macht sie aber auch jeden Tag sauber, wer weiß das schon. Kocht ab, sterilisiert. Ehefrau und Mutter in einem. Das ist ja mein schlimmster Albtraum, den ganzen Tag sauber zu machen. Ich würde verrückt. Aber sie wirkte ganz gelassen.«

»Nicht unbedingt das, was deine Mutter tun würde.«

Ich schnaubte. »Meine Mutter putzt nur, wenn sie dafür bezahlt wird. Wenn das nicht wäre, würde sie nie irgendwas für andere Leute tun.«

»Miau«, sagte Shelley. »Glaubst du, es stört sie, dass ihr Sohn es mit Männern treibt?«

»Stell dir vor, Shelley, das habe ich sie nicht gefragt. Vielleicht hätte ich's ja tun sollen, als sie diesen Hüfthalter anprobiert hat, oder wie das heißt.«

Shelley lachte. »Bevor ich hergekommen bin, hatte ich noch nie zwei Männer zusammen gesehen. Und es ist gar nichts dabei. Was natürlich längst nicht alle so sehen. Ich muss immer lachen, wenn ich mir vorstelle, wie meine Eltern zu Hause über das verdorbene New York lesen und wissen, ich bin mittendrin in dem Sumpf.«

Ich deutete auf die Bowling-Bahn. »Im Augenblick wohl eher nicht.«

»Ich melde mich nie bei meinen Eltern. Inzwischen denke ich auch kaum mehr an sie«, sagte Shelley. »Zu Hause haben sie doch alle keine Ahnung.«

Sie sprach erstaunlich offen, und auch ich war in mitteilsamer Stimmung: Das kam wohl vom milden Licht der Bowling-Bahn, von der nachsichtigen Miene seiner Mutter. Ich sah Shelley an. »Weißt du noch, was du in der U-Bahn zu mir gesagt hast? Ich bin zwar immer noch nicht so weit wie du, aber ich weiß jetzt, was du gemeint hast. Diese Tonbänder …« Ich blickte die Bahn entlang auf das schwarze Loch, in dem die Pins verschwanden. »… sie sind schrecklich. Also, richtig schrecklich. Inzwischen wird mir fast übel davon, wenn ich höre, wie dieses kleine Gerät eingeschaltet wird.«

»So schlimm sind sie doch gar nicht.«

»Da klangst du aber schon mal anders.«

»Tja«, sagte sie, »mein Blatt wendet sich gerade. Sobald man aufhört, etwas zu wollen, bekommt man es. Mach den Wurf.«

Ich stand auf, zielte. Nur ein Pin blieb stehen.

»Dein Blatt wendet sich auch«, sagte sie, während sie meine Punkte notierte.

»Weißt du, was? Ich glaube, wenn wir hier fertig sind, ziehe ich vielleicht nach Kalifornien. Kleine Veränderung.« Das hatte ich noch nie laut gesagt.

»Warum?«

»Wegen der Sonne. Und weil die Leute dort so ausgeglichen sind.«

»Ach was?« Sie grinste wölfisch. »Und hier sind sie's nicht? Mein Vater hat manchmal sogar im Schlaf gebowlt, jede Bewegung nachgemacht.«

»Nein, hier sind sie nicht ausgeglichen, natürlich nicht. Sie sind doch alle nur hier, weil Mommy und Daddy sie nicht genug geliebt haben.«

»Das Problem hatte ich nicht. Meine Eltern haben mich zu sehr geliebt.«

Sie erzielte noch einen Strike. Bamm, bamm, bamm. Ich sah mir die Pins an, die alle so traurig auf der Seite lagen. »Können wir jetzt gehen?«, fragte ich. »Denn, ganz ehrlich, Shelley, es macht mir eine Heidenangst, wie gut du bowlen kannst.«

Am Abend kam ich nach Hause und kroch zu meiner Mutter ins Bett. Seit meiner Kindheit hatte ich das nicht mehr gemacht. Ich träumte von einer echten Versöhnung, davon, dass sie mir über die Wange strich, mich so liebevoll ansah wie seine Mutter bei Bloomingdale's. Sie würde mich endlich verstehen. Auch ich hatte inzwischen einen Sinn für maximale Dramatik entwickelt; ich glaube, es kam mir gar nicht in den Sinn, mir zu überlegen, was sie denn wollen könnte. Ich blieb auf der Schwelle ihres Schlafzimmers stehen und zwang mich, hineinzugehen. Meine Mutter war mir in so vieler Hinsicht unbegreiflich – manchmal spürte ich nicht die leiseste Zuneigung zu ihr, sie hätte jede x-beliebige Frau sein können, die Handschuhe anprobierte, jede verhärmte Frau auf einer Parkbank. Dann wieder hatte ich ein tiefes, unersättliches Verlangen nach ihr, wie ein Baby. Sie war bei brennender Nachttischlampe eingeschlafen. In ihrem Zimmer hing der vertraute Geruch nach Fett und nach dem Lavendel, den sie sich vorm Schlafengehen immer auf die Handgelenke tupfte. Sie gönnte sich ihren kleinen Luxus. Ihre Kellnerinnenkluft hing auf einem Bügel, wach, weiß und empfindsam, als könnte sie über ihr eigenes Schicksal entscheiden, auch ohne dass meine Mutter in ihr steckte. Während sie schlief und ihr Mund so schlaff offen stand, war es leicht, bei ihrem Anblick sentimental zu werden. Wenn man einen Menschen nicht einmal lieben kann, wenn er schläft, dann kann man ihn überhaupt nicht lieben. Ich legte mich neben sie und zog die Bettdecke über uns beide. Schmiegte mich an ihren klammen Rücken. »Mae«, sagte sie verwirrt, mit vom Schlaf belegter Stimme, »geh weg.« »Geh weg«, sagte sie noch einmal. »Raus aus meinem Zimmer, geh weg, geh weg«, brüllte sie. Hieb kraftlos mit den Fäusten auf mich ein. Ich stand auf und musterte sie ausdruckslos, als wäre meine Gelassenheit nur umso mehr Beweis dafür, wie durchgeknallt sie tatsächlich war. Ich brauchte sie nicht zu lieben. Ich brauchte nicht mehr in dieser Wohnung mit dem billigen Linoleumboden zu wohnen. Für mich gab es noch Hoffnung. »Gut«, sagte ich, »dann gehe ich weg.«

Ich brauchte nicht lange fürs Packen. Viel wollte ich sowieso nicht mitnehmen. Den Pelzmantel, ein paar Sommerkleider, die Bücher, die Mikey mir geschenkt hatte. Dann blieb ich eine Ewigkeit auf dem Sofa sitzen, als wartete ich darauf, dass jemand mich bat zu bleiben, aber Mikey war nicht da, und meine Mutter blieb eisern in ihrem Zimmer. Ich wollte mich an jede Einzelheit dieser Nacht erinnern – der Nacht, in der meine Entscheidung fiel. Von nun an würde ich genauso sein wie all die anderen Ausreißerinnen, genau wie Shelley, nur, dass ich mir schwor, immer stark zu bleiben, egal, was passieren würde. Selbst wenn an der Oberfläche Chaos herrschte, würde ich darunter doch intakt bleiben. Ich ließ Mikey keinen Brief da.

Wo ich schlafen würde, wusste ich. Ich hatte schon oft Leute dort schlafen sehen, irgendwo zusammengerollt oder hingestreckt auf dem Sofa. Einmal hatte ich sogar geduldig einen Mann auf der Toilette wach gerüttelt. »Sie muss pinkeln«, sagte Shelley zu ihm, während er schlaff da hing, »sie *arbeitet.*« Die Erinnerungen an mein Leben bis zu diesem Augenblick umhüllten mich allesamt warm und hell: So war mein Leben gewesen, als es noch eine gewisse Ordnung hatte, bevor ich erwachsen wurde. Die Bahn war voll angetrunkener Paare, es stank abscheulich. Ich sah mir ein Mädchen an, das ganz vergnügt auf dem Schoß ihres Freundes saß, und hätte ihr am liebsten etwas angetan, sie für ihr Glück bestraft, ihr die Augen ausgekratzt. Es war albern von mir, sie so zu beneiden, und doch tat ich es. Ich hatte nichts. Vielleicht hatten wir ja alle das verdient, was uns in diesem Leben widerfuhr. Das galt auch für mich.

Ich hatte damit gerechnet, dass alles dunkel und gar nichts los sein würde, es war schließlich nach Mitternacht, und ich wusste nichts von irgendwelchen Plänen. Aber als ich das Aufzuggitter wegschob, schlug mir grelles Licht entgegen. Sie drehten. Ich hatte nie viel von den Dreharbeiten mitbekommen, nur Geschichten gehört. Anita meinte, man merke immer, wenn wieder ein Film gedreht worden sei, weil das Studio am nächsten Tag so entsetzlich aussehe: liegen gebliebener Müll, alle Möbel verrückt, eine ganz bestimmte Atmosphäre. Ich stellte meine Reisetasche ab und ging näher heran. Vor einer Leinwand, auf einem Barhocker, saß Shelley. Das Licht verlieh ihr ein heiliges Strahlen. Sie löffelte Eis aus einer Glasschüssel, hin und wieder spiegelte sich der Schein darin. Und sie tat es auf merkwürdige Weise: Sie nahm einen Löffel Eis und blickte dann hoch, direkt in die Kamera, mit künstlich weit aufgerissenen Augen, dann hielt sie inne und wiederholte das Ganze. Es gehörte zu ihren gruseligen Verführungstechniken. Sie hatte nichts mehr mit dem Mädchen gemein, das ich noch vor ein paar Stunden erlebt hatte. Nie im Leben hatte ich etwas Schlimmeres gesehen, denn sie gehörte da einfach nicht hin. Sie gehörte zu mir, an die Schreibmaschine. Und dabei hatte sie die ganze Zeit den gleichen Träumen nachgehangen wie alle anderen auch, hatte nachts wach gelegen und sich mit aller Macht vor die Kamera gewünscht, der Rest ihres Lebens nur Warteschleife. Hatte sie das wirklich alles nur mir vorgespielt? Da war sie, diese Frau, die mich mit ihrer Intelligenz und Hingabe so beeindruckt hatte. Da war es, das Leben, dem ich die ganze Zeit zu entsprechen versuchte. Ich fühlte mich zugleich betrogen und beschämt. Sie auf diesem Hocker sitzen zu sehen war schlimmer als alles, was ich mir je ausgemalt hatte. Es war völlig falsch. Sie wirkte seltsam vor der Kamera, aber nicht auf die Art, von der ich wusste, dass sie ihnen gefallen würde. Dann brach sie auch noch den Bann, indem sie fragte, ob sie die Jacke ausziehen solle. Das einzige Geräusch im Raum war das Klirren ihres Löffels in der Schüssel: Ich atmete nicht einmal mehr. Es war Schokoladeneis. Als sie die Jacke auszog, sah ich, dass ihre Arme voller Kratzer waren.

Ich musste gar nicht fragen, warum sie es getan hatte. Damit hatten sie sie zum Bleiben gebracht, damit hatten sie sie überredet, die Tonbänder fertig abzutippen, eine Aufgabe, die sie besser beherrschte als sonst jemand. Sie wurde gebraucht, nur nicht so, wie sie es sich wünschte. Mit dieser Probeaufnahme wollte sie schließlich doch noch über alles triumphieren, ihre Vergangenheit, ihre Eltern, die ahnungslosen anderen Mädchen zu Hause. Doch um sie herum machten alle, die zusahen, ihre Sehnsucht zum Gespött. Ich sah eine Frau kichern, als wäre das alles völlig absurd. Ich reagierte darauf, indem ich mich unwillkürlich schämte, mit ihr befreundet zu sein, und allein wegen dieses Gedankens fühlte ich mich schon entsetzlich. Aber nein, wollte ich sagen, ihr kennt sie doch gar nicht. Sie konnte mich nicht sehen, weil das Licht sie blendete. Schau nicht zu ihr hin, dachte ich, schau nicht hin. Herrgott, schau bloß nicht hin. Dann begann eine Stimme, die ich nicht kannte, ihr Fragen zu stellen. Ich kannte doch alle Stimmen – wie konnte es sein, dass ich diese nicht kannte? Die Stimme war leise und ernst. War Shelley nicht ein braves Mädchen? Hatte sie nicht ihren Spaß dabei? Ich sah sie zaghaft nicken, als machte diese zusätzliche Aufmerksamkeit sie befangen. Sie war kein bisschen daran gewöhnt, zu bekommen, was sie wollte. Einen Moment lang blickte sie wie hilfesuchend aus dem Bildausschnitt heraus, ob da nicht jemand war, den sie rufen konnte? Die Stimme fragte weiter. Ob sie sich gerne ausziehen wolle? Oder lieber nicht? Ob sie stumm sei? Frigide? Ich wusste, sie fühlte sich in die Ecke gedrängt, wie aufgespießt von der Kamera. Hatten Mommy und Daddy sie immer liebevoll gestreichelt und ihr gesagt, wie schön sie war? Warum war sie denn dann von ihnen fortgegangen? Hielt sie sich vielleicht für etwas Besseres? Ein neuer, verletzter Ausdruck trat auf Shelleys Miene, als von ihren Eltern die Rede war. Das war der Deal; wenn sie ins Rampenlicht wollte, musste sie alles offenbaren. Die Kamera, das Aufnahmegerät: Beide forderten sie Beweise des Begehrens.

Ich war wie gelähmt. In einem anderen Leben hätte ich sie am Arm genommen, und wir wären einfach abgehauen. Aber ich konnte nicht einmal die Hände bewegen. Ich stand im Dunkeln und sah mir an, wie sie Frage um Frage beantwortete. Sie allein an einem Tisch beim Mittagessen in der Schulcafeteria, der Hass ihrer Klassenkameradinnen, sie auf einer Landstraße, dieses ganze Leben, das sie nicht wahrhaben wollte. Sie erzählte von ihrem Vater, seinen hochgekrempelten Hemdsärmeln, den liebevollen Küsschen, die er ihr auf die Stirn drückte. Davon, wie ihre unglückliche Mutter vor ihren Augen immer weniger geworden war. Sie habe sie geliebt, das wiederholte sie ein ums andere Mal. Sie hätte alles, wirklich alles für sie getan. Die Stille nach jeder Frage und vor ihrer Antwort war ein Abgrund, der mich ins Bodenlose stürzen ließ. Ich sah, wie sie ihr Kleid abstreifte. Ich sah sie alles annehmen, aushalten. Sie selbst stellte nur eine Frage: Was wollt ihr von mir? Ich hätte sie beschützen können. Ich hätte einen Schritt nach vorn machen und die Kamera ausschalten können. Was wäre dann mit mir passiert? Keine Tonbänder mehr, kein Leben, kein Sinn. Ein Feigling: Das war ich. Ich hatte mich das schon die ganze Zeit gefragt. Ich hätte ihrem Leid ein Ende setzen können, aber ich nahm einfach nur meine Tasche und ging. Draußen auf der Straße war ich wie benommen. Ich redete mir ein, dass nichts weiter Dramatisches passiert war. Das fiel mir gar nicht schwer. Ich hatte kein Problem damit, mir auf diese Weise in die Tasche zu lügen. Ich ging einfach weiter. Es war immer noch zu kalt. Für den Sommer.

Es war Juli, und die Menschen verhielten sich entsprechend. Ich hätte mir mein Leben als Ausreißerin weniger abstoßend und weniger verstörend gewünscht. Aber was hatte ich denn erwartet? Charmant marode Zimmer voll brennender Kerzen? Stattdessen hielt ich mich viel im Studio auf und hörte so lange, wie es ging, meine Tonbänder ab. Ich hatte mich weiter in ihre Welt hineinziehen lassen, damit ich mich nicht mit meiner eigenen befassen musste. Selbst die entwürdigendsten Momente auf den Bändern erschienen mir jetzt ganz natürlich, erwartbar. Und das Leben dieser Menschen erschien mir immer noch echter als das aller anderen, die mir begegneten. Das war mir zusehends zuwider. Ich fing an, auch in meinem Leben das Tempo zu erhöhen, als müsste ich mit ihnen konkurrieren. Die Nächte verbrachte ich mit Jungs, die ich auf Partys kennenlernte, vertraute auf Großzügigkeit, vorgeschützte Coolness, Gutmütigkeit, Glück. Ich glaube nicht, dass ich bei einem von ihnen groß Eindruck hinterließ, aber sie waren alle begeistert von meiner Arbeit, meiner Nähe zu einem Leben, an dem auch sie teilhaben wollten, dem Roman, an dem ich schrieb. Die Zimmer, in denen wir schliefen, hatten nur selten Vorhänge, und irgendwann ging auf irritierende Weise die Sonne auf, so dass alles nur noch lächerlich wirkte. Die Jungs gaben mir Pfirsichjoghurt zu essen, den sie im Supermarkt geklaut hatten, und ich brachte sie dazu, leidenschaftslos mein Äußeres zu kommentieren. Was sie sagten, spielte keine Rolle. Ich verzieh ihnen sowieso. Die Schuldgefühle aus der Nacht mit Shelley verschwanden nicht. Sie ließen nicht einmal nach. Ich hatte sie im Stich gelassen, und jetzt hatte ich Albträume, in denen sie sich in einer verdreckten Küche mit Rasierklingen ritzte, oder auch solche, in denen sie von einem einzelnen Scheinwerfer angestrahlt wurde. Seit dieser Nacht hatte ich mich weder rein noch gut gefühlt. Eines Morgens wachte ich auf und sah eine Frau auf dem Rand der Matratze hocken, neben dem Mann, mit dem ich erst ein paar Stunden vorher geschlafen hatte. »Ich bin seine Frau«, sagte sie. Sie ging auf so lässige Art damit um, dass es völlig aufgesetzt wirkte. Irgendwann schloss sie sich im Bad ein. Endlich gehörte ich richtig zu meiner Generation. Ich klopfte so lange an die Tür, bis sie wieder herauskam.

»Du solltest die Polizei rufen und mich festnehmen lassen«, sagte ich.

»Warum denn?«

»Weiß nicht?«, sagte ich. »Wegen allem?«

Im Aussehen und im Lebensstil dieser Jungs erkannte ich, wie groß der Einfluss des Studios auf die Stadt wirklich war – die Lederklamotten, das spöttische Grinsen, die stille Aggressivität, die amüsierte, zynische Einstellung. Das kam alles aus zweiter Hand. Es bot die Möglichkeit, Ondine zu sein, ohne wirklich Ondine zu sein. Man musste nicht richtig durchdrehen, es reichte schon, wenn man sich so anzog. Ich entkam dem Studio jetzt nicht mehr, selbst wenn ich es verließ. Einmal sah ich morgens zu, wie so ein Junge sich anzog, auf die Ellbogen gestützt, als stünde ich wieder mit Shelley im Zoo und beobachtete. Er schnürte gerade seine dreckigen Stiefel zu.

»Was schaust du mich so an?«, fragte er.

»Du erinnerst mich an jemanden.«

Es waren schmuddelige, aber unaufregende Tage. Ich ahnte dunkel, dass das so nicht aufrechtzuerhalten war. Bei allem, was ich tat, rechnete ich mit Ablehnung. In gewisser Weise wollte ich diese Ablehnung sogar. Ich wollte, dass jemand Erwachsenes mir mit dem Finger drohte, mir erklärte, ich sei doch noch ein Kind, seine Pflicht tat. Aber wo steckten die Erwachsenen bloß? Sie waren nicht zu finden. Sie waren nicht einmal mehr zu erkennen. Die Stadt wurde von Kindern beherrscht. Also machte ich immer weiter. Hin und wieder bemerkte ich einen besorgten Blick von Anita oder Dolores. Ich erzählte ihnen nichts von Shelleys Probeaufnahme. Ich erzählte ihnen überhaupt nichts. Mein Leben war zu einer nicht enden wollenden Schmierenkomödie geworden, was wohl an meinem Hass auf mich selbst lag. Wir bewegten uns auf den Spätsommer zu, und auf der Straße pfiffen und riefen die Männer einem ganz offen hinterher. Sie taten das sehr konzentriert. Nichts war mehr erniedrigend oder jämmerlich: Alles wurde offen zur Schau gestellt. Meine Gedanken, ganz unter der Fuchtel der Tonbänder, wanderten nie zu Mikey oder meiner Mutter. Ich verkaufte den Pelzmantel des Doktors. Egal, sagte ich mir, als ich das Geld einsteckte. Er hat mir ja ohnehin nicht gehört. Ich brauchte das Geld. Früher hatte ich mir Geld erschlichen, indem ich weinte, aber jetzt schienen alle auf meine Tränen gefasst. Sie hatten einfach nicht mehr dieselbe Wirkung. Nur Shelleys Seidentuch wollte ich nicht verkaufen, nicht einmal, wenn Interesse daran bekundet wurde. »Nein«, sagte ich dann, »das war ein Geschenk.«

Shelley blieb an meiner Seite, und nichts in ihrem Gesicht erinnerte auch nur entfernt an das Mädchen, das ich in jener Nacht im Dunkeln gesehen hatte. Am Morgen nach der Probeaufnahme kam ich herein, und sie saß schon an ihrem Schreibtisch, in einem türkisfarbenen T-Shirt, das ich noch nie an ihr gesehen hatte, klaubte Mandeln aus einer Tüte und aß sie gemächlich. Kerzengerade saß sie auf ihrem Stuhl und schrieb etwas in ein schwarzes Notizbuch. Nichts deutete darauf hin, dass die Demütigung auf ihr lastete. Als ich mich setzte, schien sie über die Maßen erfreut, mich zu sehen. »Mae«, sagte sie, als hätte sie nur auf mich gewartet, als könnte ich sie retten. Dass ich das nicht konnte, hatte ich ja schon unter Beweis gestellt. Ich sprach jetzt in einem anderen Ton mit ihr, sanfter, als könnte sie zerbrechen. Sie hatte mich nicht gesehen, dort im Schatten. Alles, was ich wusste, schien mir unfair und unverdient. Ich wartete auf ein Zeichen, dass sie mich einweihen wollte, aber das kam nie. Am Abend erzählte ich ihr, dass ich zu Hause ausgezogen war.

»Ausgerissen ist so ein lächerlicher Ausdruck«, sagte ich. »Ich bin einfach gegangen. Zur Tür hinaus. So schlimm war das alles gar nicht.«

»Nein, natürlich nicht«, sagte sie. »Nichts ist wirklich schlimm.«

In den Wochen danach entkam sie mir immer wieder. Sie mied jeden Kontakt. Wirkte verloren, fahrig. Sie witzelte darüber, dass sie nicht mehr schlafen konnte, sie witzelte über alles, mit selbstironischem Lächeln. »Ach, Mae, diese Arbeit bringt mich noch um«, sagte sie, wirkte aber weiterhin ganz emsig. Wahrscheinlich erfüllte sie ihren Teil der Abmachung, die Probeaufnahme, so grauenvoll sie auch gewesen sein mochte, als Gegenleistung für die Tonbänder. Und was bekam ich? Nichts. Im Gegenteil, ich hatte etwas zu beweisen. Inzwischen betrachtete ich mich wohl als Autorin. So gab ich mich zumindest in der Welt draußen. Oft waren wir die Einzigen im Studio. Es gab keine Klimaanlage, die Leute wanderten also auf die Feuertreppe ab oder blieben gleich ganz weg. Um uns herum wurden Bilder verkauft und ersetzt, während er selbst immer seltener auftauchte, weil andere Verpflichtungen ihn abhielten. Ständig klingelte das Telefon, eine neue Einladung und noch eine und noch eine. Ich bekam mit, wie Dolores Anita erzählte, Edie sei eingeliefert worden. Anita nickte dazu, bewegte aber nicht einmal die Lippen. Nervenzusammenbruch, Überdosis, Selbstmordversuch, Klinik, panische, verkrampfte Eltern, die plötzlich wieder auftauchten. Insgeheim waren solche Nachrichten immer ein Anlass zum Feiern, denn wenn es jemand anderem passiert war, hieß das, man selbst blieb an dem Tag verschont. Sie begegneten dem Tod mit Trotz. Der Tod widerfuhr immer den anderen. Die silbernen Flocken fielen herab wie Schnee. Immer wieder war zu hören, dass ein neues Gebäude bezogen werden sollte, wenn er wieder da war. Den ganzen Sommer über herrschte eine rückhaltlos schludrige Atmosphäre, als wären die Eltern weggefahren.

Wir wussten, dass wir nicht mitkommen würden. Wir näherten uns dem Ende. Jeden Tag war die Schachtel mit den Tonbändern leichter, wenn ich sie anhob. Band vierzehn, Band fünfzehn. Ich übernahm Band achtzehn. Shelley übernahm die letzte Session, aufgenommen im vergangenen Mai, für die Ondine noch einmal zurückgekehrt war. »Das nehme ich«, sagte sie, als ich danach greifen wollte, als wäre es ein Gnadenakt. Und danach, egal, wie langsam wir arbeiteten, würde es nichts mehr für uns zu tun geben. Kein Tonbandgerät, das angestellt, nichts, was abgehört werden konnte, keine Beichten mehr. Diese Menschen würden einfach weiterleben, ohne eine Ahnung davon, dass wir sie erschaffen hatten. Was für eine Arbeit sollten wir danach noch finden? Es musste auch Shelley durch den Kopf gegangen sein, dass mit dem Ende des letzten Tonbands auch unser Leben enden würde. Aber vielleicht hatte ihres das ja längst getan.

Aus einer Laune heraus ging ich ins Diner meiner Mutter. Mein Vorwand war die Klimaanlage, die es dort gab. Ich wollte ihr zeigen, wie gut es mir ging, dass ich mich auf eine Weise freigemacht hatte, zu der sie nicht imstande war. Je schlimmer es wurde, je mehr ich mich unter Druck fühlte, desto besser sollte alles aussehen. Ein paar Mal hatte ich versucht, zu Hause anzurufen, stand draußen auf der Straße, den Telefonhörer schon in der

Hand. Aber ich gefiel mir nicht in diesen Momenten: Irgendetwas stimmte nicht mit diesem Bild. Ich legte den Hörer jedes Mal wieder auf, noch bevor ich gewählt hatte. Ich umgab mich jetzt lieber mit Fremden als mit Menschen, die mich wirklich kannten. An diesem Morgen allerdings war ich aufgewacht und hatte beschlossen, dass es ein guter Tag war, um meiner Mutter etwas über sich mitzuteilen. Dass sie Angst vor dem Leben hatte, Angst vor ihrem eigenen Kopf. Sie würde immer alleine bleiben. Nie mehr als eine flüchtige Romanze im Leben all dieser Männer sein, die sie mit nach Hause nahm. Ich wollte ihr eine Predigt halten. Und außerdem wollte ich einen Milkshake.

Ich drapierte mich an der Theke, als würde ich für ein Foto posieren. Überall waren Frauen, die ich seit meiner Kindheit kannte, Frauen, die mit der Sprache von Arbeit und Entbehrung bestens vertraut waren. Ich wusste, wie sie die Zähne zusammenbissen, wenn sie ihre Kunden bedienten. Ich kannte ihren Ekel vor dem Essen, das sie servierten. Es waren auch neue Kellnerinnen dabei, die ich noch nie gesehen hatte, jung, vielleicht ein, zwei Jahre älter als ich, und modern, mit zerzausten Haaren, die diese Arbeit und die Kunden nur zugunsten ihres Nachtlebens ertrugen. Sie waren bereit, sich von der Stadt erschöpfen zu lassen. Ich stellte mir ihre Tagebücher vor, in denen sie jede kleine Einzelheit festhielten, denn das hier war es, hier begann ihr Leben. Meine Mutter, das wusste ich, gab die Glucke für diese Mädchen. Sie hielt sie für ihre besten Freundinnen, diese Mädchen, mit denen sie nur beim Schichtwechsel flüchtigen Kontakt hatte. Ob sie wohl Mitleid mit ihr hatten? Meine Mutter hatte nie etwas anderes gemacht. Es war durchaus denkbar, dass sie auch in ihrer Kellnerinnenkluft beerdigt werden wollte, den obersten Knopf geöffnet, damit es mehr Trinkgeld gab. Genau solche Witze mochte sie, und ich wollte ihn ihr erzählen, sie zum Lachen bringen. Ich drehte mich auf meinem

Barhocker, bedachte die Gäste ringsum mit einem unergründlichen Lächeln.

»Hallo, Mae.« Rita, die älteste Kellnerin, die mich schon als Baby gekannt hatte, schenkte mir einen Kaffee ein. Kniff mir in die Wange. »Deine Mutter ist nicht da. Geht es dir denn wieder besser? Sie hat erzählt, dass du nicht mehr zur Schule gehst und dich mit irgendwelchen Spinnern herumtreibst.«

Ich lächelte lieblich. »Ich gehe nie mehr zurück zu diesem Miststück.«

»Hey«, sagte sie lachend, »genau das hat meine Tochter auch immer gesagt.« Als sie wiederkam, stellte sie mir einen Milkshake hin, meine Lieblingssorte. Ich sah mir die beiden Getränke vor mir an. In der Sahne trudelte eine einzelne rote Kirsche wie ein Badegast, der sich in Rückenlage treiben lässt. Als ich zahlen wollte, winkte Rita ab. »Mit einem hat deine Mutter wirklich recht«, sagte sie, »du warst das niedlichste Baby, das ich je gesehen habe.« Ich leerte den Milkshake mit dem Strohhalm, so schnell es ging. Überlegte, einfach wieder zu verschwinden. Es war schon ein Fehler gewesen, überhaupt herzukommen. Als ich die Theke entlangschaute, entdeckte ich Mikey. Nach und nach, geradezu quälend langsam hob er seine Kaffeetasse in meine Richtung. Ich sah, dass er eine neue Jacke trug, sie war aus Leder und ihm eigentlich zu klein. Als er herüberkam und sich neben mich setzte, fühlte ich einen Schwall von Freude. Ich sah nicht auf. Ich wollte ihn neben mir spüren, ohne etwas sagen zu müssen. Wir blickten beide geradeaus wie bei einem heimlichen Stelldichein. An den Dinerwänden hingen Portraitfotos von Sängern und Schauspielerinnen, und ich sah sie mir an, bis mein Gehirn ganz in ihren perfekten, nichtssagenden Gesichtern zerfloss. Mikeys Kaffeetasse hinterließ einen schwachen Abdruck auf der Theke. Er steckte den Finger in meinen Milkshake, leckte ihn ab.

»Schöne Jacke«, sagte ich. »Aber sie ist dir zu klein.«

»O nein, dann muss ich mich wohl sehr vorsichtig darin bewegen.«

»Wo hast du sie her?«

Er lächelte. »Ach, aus irgendeinem Laden.«

Ich zuckte die Achseln. Mir war klar, dass meine Miene nicht zu deuten war. Er bestellte noch einen Kaffee mit Zucker und trank einen Schluck: das Schmatzen seiner Lippen, das Rauschen seines Atems. Am liebsten hätte ich diesen Moment mit ihm aufgenommen und ihn mir später am Schreibtisch angehört. Das Rascheln seiner Zigarettenpackung, die Kaffeetasse, die auf der Theke aufkam, das ferne Quietschen der Bremsen eines Taxis, die spitzen Erwiderungen der Kellnerinnen, die Großstadt-Slogans, die alle wiederholten, täglich, stündlich, alle wollten sich beweisen, und jeder private, verborgene Moment war nur für meine Ohren.

»Deine Mutter vermisst dich«, sagte er.

»Ja, klar.«

»Doch, wirklich. Sie hört die ganze Zeit nur noch Lieder, die sie an dich erinnern.«

»Und trinkt. Und tut sich leid. Das hat doch alles nichts mit mir zu tun.«

»Wo bist du gewesen?«

Ich wandte mich ihm zu. »Überall. Ich entdecke das Leben.«

»Und wie ist es so?«

»Ganz gut«, sagte ich.

»Da habe ich andere Erfahrungen. Was machst du denn den ganzen Tag? Gehst du ins Kino?«

Ich legte die Hände flach auf die Theke. »Ich tippe.«

»Wirst du auch dafür bezahlt?« Er hantierte mit seinem Feuerzeug herum. »Oder bezahlen sie dich in Erfahrungen?«

»Beides, irgendwie.«

Er nahm einen Zug. »Hoffentlich sind es gute Erfahrungen.«

»Warum muss sich für dich eigentlich immer alles lohnen?« Ich verzog das Gesicht. »Sei nicht so zynisch, Mikey.«

»Sei nicht so naiv, Mae.«

»Das ist jetzt aber nicht nett«, sagte ich. Er sah mich direkt an. Sein Gesicht war weich, runzlig und schlaff. Man würde immer erwarten, nach einer Prügelei Mikeys Gesicht am Boden zu sehen. »Ich hatte mich schon gefragt, wann ich dich wiedersehe. Ständig halte ich irgendwelche Männer auf der Straße für dich.« Ich lachte. »Längst nicht so intelligente Männer, versteht sich.«

»Versteht sich. Tja, und hier bin ich.« Er zündete eine weitere Zigarette an seiner an und reichte sie mir. »Und was tippst du so?«

»Du hast was dagegen.«

»Ich habe was gegen Arbeit in jeder Form.«

Ich setzte mich aufrechter hin. »Tippen ist nur ein Wort dafür. Eigentlich bin ich eher Autorin.« Ich schwieg kurz. »Es gibt Tonbänder, und ich nehme Diktate auf, aber ich kann auch sehr viel selbst bestimmen. Wir sind zu zweit, meine Freundin Shelley und ich. Freundschaft, Partys, offene Gespräche. Es ist eine gute Arbeit. Und irgendwann wird ein Buch draus.« Ich wandte den Blick ab. »Du solltest Shelley mal kennenlernen, sie würde dir gefallen.«

»Sprichst du irgendwann wieder mit deiner Mutter?« Er ließ den Rauch aus dem linken Mundwinkel entweichen.

»Wahrscheinlich nicht.«

»Mein Leben hat sie mehr ruiniert als deins.«

»Machen wir mal keinen Wettstreit draus.« Ich tätschelte ihm die Hand.

»Und wie läuft das genau?«, fragte er. »Du tippst diese Tonbänder ab, und dann? Nehmen sie dich mit auf Partys und solche Sachen, und du fühlst dich wichtig?«

»Es geht mir nicht ums Geld«, sagte ich, und die Stimme versagte mir ein wenig. »Ich würde es auch umsonst machen.« Ich wollte ihm alles erzählen. Wie schlecht mir beim Abhören inzwischen wurde, dass es mir vorkam, als wäre mein Leben nur noch diese Tonbänder, dass ich den Klang meiner eigenen Stimme nicht mehr erkannte. Ich wollte ihm von Shelleys Probeaufnahme erzählen, wie sie ausgelacht, wie ihr Leben zunichtegemacht worden war. Von Shelleys Händen an der Schreibmaschine, davon, dass sie jeden einzelnen Bowling-Pin zu Fall brachte, von ihrer leeren, gedankenlosen Miene beim Tippen. Von Ondines Stimme. Aber ich wusste nicht mal, wo ich anfangen sollte.

»Wer ist denn auf diesen Bändern?«, fragte er.

»Freunde, so Leute.«

»Die eigenen Freunde aufnehmen.« Er lehnte sich zurück. »Das klingt aber nicht nach Schreiben, Mae. Das ist Belauschen. Überwachen.«

»Wow, das bringt dich ja richtig auf«, sagte ich. »Sieh dich nur an, der Familienmensch ohne Familie.«

Mikey zuckte leicht. »Ich hätte nur nicht gedacht, dass du dich für solche Sachen interessierst.«

»Was für Sachen denn? Leute kennenlernen? Spaß haben? Dazulernen? Aus diesem Drecksloch von Wohnung rauskommen? Ein spannendes Leben führen?« Ich war lauter geworden. Andere Gäste schauten herüber, taten aber unbeteiligt. Ich war dabei, eine Szene zu machen. Alles, was ich noch an Wärme für Mikey empfand, verpuffte. »Ich gehe besser.«

»Warte.« Er zog die Jacke aus, legte seinen runden Bauch frei. »Die ist für dich.«

»Woher hast du denn gewusst, dass ich hier sein würde?«

Er lachte. »Du vergisst, wie gut ich dich kenne.«

Ich drückte meine Zigarette aus. »Du solltest sie auch verlassen, Mikey. Da kann man nichts mehr tun. Glaubst du vielleicht, du kannst sie retten? Das ist doch Schwachsinn. Sie wird dich niemals lieben. Sie wird's nicht mal versuchen.«

Er hielt mir die Jacke hin. »Wenn's wieder kalt wird.«

Ich nahm sie.

»Du tust, als wäre sie die Einzige, für die ich geblieben bin«, sagte er.

Im Aufstehen fasste ich ihn an der Schulter. »Was soll ich deiner Meinung nach tun?«, fragte ich.

»Was immer du willst, Mae.«

Ich wandte mich als Erste ab. Ließ ihn dort an der Theke sitzen. Von draußen, durchs Fenster, sah er nach überhaupt niemandem mehr aus, nicht einmal nach Mikey. Mit so viel Abstand konnte ich mir leicht einreden, dass ich ihn eigentlich gar nicht kannte. Ich winkte ihm flüchtig zum Abschied. Er war nur ein x-beliebiger Mann, der allein seinen Kaffee trank.

Shelley mied mich. Sie war immer noch da, ich sah sie aus dem Augenwinkel. Wenn ich sie ansprach, erwiderte sie meinen Blick. Aber irgendetwas war aus ihr verschwunden, etwas Kostbares fehlte. Der Sommer ging zu Ende. Die Musik war verstummt: keine Platten mehr. Ich legte meine fertigen Seiten zusammen, und das erforderte ein Geschick, das bei der bisherigen Arbeit nie nötig gewesen war. Das Material selbst schockierte mich längst nicht mehr. Jetzt war da nur noch meine Wirbelsäule an der Rückenlehne meines Schreibtischstuhls, die sechzig Wörter pro Minute, das letzte bisschen Sommersonne auf meinem Gesicht. Ich war längst über den Punkt hinaus, an dem ich noch mitbekam, was ich tippte. Aber es hatte jetzt eine Form. Das war mein Geschenk an sie – sie hatten mir das Leben geschenkt, und ich gab dem Buch eine Form. Spät am Abend ließ ich eins von Ondines frühen Bändern in Endlosschleife laufen.

Ich mochte den Geschmack, es war wie eine vertraute, tröstliche Süßigkeit. Einen Satz spielte ich immer und immer wieder ab, wie ein Heiligtum, als brächte er sich selbst darin dar: Meine letzten Worte sind Andy Warhol.

Manchmal betrachtete ich Shelley und hasste sie. Wenn ich sie hasste, wurde alles leichter. Wie konnte ich nach dieser Zurschaustellung überhaupt noch hierbleiben? Aber ein normales Leben war längst nicht mehr vorstellbar. Sie hatte mir auch meinen Traum geraubt, mein Verlangen, an etwas teilzuhaben, was größer war als ich, und das alles nur wegen ihrer Eitelkeit. Ihre Probeaufnahme war das eigentlich Groteske, nicht die Menschen, die uns umgaben. Ich war regelrecht zornig auf sie. Aber dann lächelte sie mich traurig und kläglich an, und ich spürte wieder die schmerzliche Sehnsucht nach unserer Freundschaft, nach der Person, die sie davor gewesen war. Nach der Person, die sie hatte werden wollen. Einmal ging ich abends mit ihr in den Tea-Room, in dem wir beim ersten Mal gewesen waren. Ich dachte mir, das würde vielleicht ein paar schöne Erinnerungen in ihr wachrufen. Sie saß mir gegenüber. Zum ersten Mal sah sie ungeordnet aus, nachlässig, als hätte sie sich in aller Eile angezogen. Trostlos sah sie aus.

»Wie läuft dein Leben als Ausreißerin?«, wollte sie wissen.

»Ganz gut«, sagte ich, »ein bisschen einsam, wenn ich ehrlich bin.« Ich konnte ihr immer noch alles sagen, auch wenn sie nicht mehr dasselbe empfand. »Geht es dir gut?«

»Ich bin mit den Nerven am Ende. Das hat meine Mutter immer gesagt.«

»Lange dauert's ja nicht mehr.«

Sie nickte. »Überlegst du immer noch, nach Kalifornien zu gehen und irgendwas ganz Anderes, Wichtiges zu machen?«, fragte sie.

»Machen wir nicht schon etwas ganz Anderes, Wichtiges?«

Daran glaubte ich immer noch. Hätte ich das nicht getan, ich hätte nicht weitermachen können. Ich hätte es nicht geschafft, das Gerät einzuschalten, hätte nicht mehr jedes Wort aufschreiben können, das sie sagten. All die Mühe, all die Zeit. Niemand konnte mir einreden, dass das nicht zumindest etwas wert war. Ich glaubte, Shelley empfände das genauso. Ich glaubte, es wäre die stillschweigende Abmachung zwischen uns.

»Sicher«, antwortete sie steif. Dann hellte sich ihre Miene auf. »Hey«, sagte sie, »rufst du mich mal an, wenn du weg bist?«

»Da musst du mir aber erst mal deine Nummer geben.«

»Tjaaa …« Sie ahmte seine Stimme nach. »Meine Nummer, oje.« In dem Moment war sie wieder ganz sie selbst. Sie wandte den Blick ab, sah auf die Uhr an der Wand. »Weißt du was? Ich habe eine Probeaufnahme mit ihnen gemacht.«

Schweigen. »Warst du gut?«

»Ich war großartig.«

»Das kann ich mir vorstellen.«

»Aber ich habe wohl nicht den richtigen Look für diese Filme.«

»Das ist aber auch ein sehr spezifischer Look.« Ich wollte dieses Gespräch nicht führen, ich konnte nicht. Ich lachte. Die Leichtigkeit musste erhalten bleiben. »Reicht dir das Tippen nicht mehr? Ich dachte, du bist an meiner Seite. Die beiden größten Künstlerinnen, die New York je erlebt hat.«

Sie schaute zum Fenster hinaus. Schaute lange, als könnte sie gar nichts sehen, als wäre die ganze Stadt menschenleer. »Mae, glaubst du wirklich, dass dein Name auf diesem Buch stehen wird? Es wird erscheinen, aber nicht mit deinem Namen auf dem Umschlag und auch nicht mit meinem. Weißt du, was auf dem Umschlag stehen wird? Ich glaube, du weißt es.«

Ich sagte nichts.

»Ich möchte, dass du dir ein bestimmtes Band anhörst«, sagte sie. »Ich bin müde. In letzter Zeit bin ich immer so müde.« Sie stand auf, warf ein paar Scheine auf den Tisch. »Es liegt auf deinem Schreibtisch.«

Als ich aus dem Aufzug trat, war nur er da, am anderen Ende des Raums, bei lauter Rockmusik. Eine offensichtliche Kluft lag zwischen uns, aber da waren wir, beide, zum allerersten Mal ganz allein miteinander, zwei Arbeitssüchtige. Shelleys Worte spulten sich wieder in meinem Kopf ab. Ich brauchte nicht lange, um das Band zu finden, das sie mir hingelegt hatte. Es ruhte auf einem Stapel Papier. Ich legte es ein. Drehte die Schalter und spürte tiefe Entspannung bei dieser vertrauten Tätigkeit. Den Kopfhörer aufzusetzen war zum Reflex geworden, seit einem halben Jahr machte ich das täglich, nahm es schon gar nicht mehr zur Kenntnis. Trotz dem, was auf den Bändern war, hörte ich sie inzwischen praktisch im Schlaf. Vielleicht war ich schon immun dagegen, wenn Menschen zusammenbrachen. Vielleicht gefror mir allmählich das Herz. Das Band zischelte. Dann fing es an. Es rauschte mehr als viele der anderen Bänder, es musste also älter sein, von 1965. Ich zog die Hülle von meiner Schreibmaschine, ließ die Tasten aber unberührt. Es begann mit einem Kichern. Ich wusste, das war Edie. Edie und Ondine, aber dieses eine Mal redete er weniger. Sie sei unzufrieden. Sie vergeude ihr Leben. Ich trommelte mit einem Kuli auf den Tisch. Nichts Neues: die übliche Verzweiflung. Sie wolle arbeiten, sie arbeite gerne, sie arbeite wirklich gerne. Sie lebe sowieso im Jetzt, im Gegensatz zu so vielen anderen. Sie redete freimütig, viel zu freimütig, wie eine dieser Wahnsinnigen, von denen man sich in der U-Bahn wegsetzt. Sie lebe nicht in einer Fantasiewelt, sie lebe im Hier und Jetzt, sie habe noch so vieles vor sich. Ich stellte sie mir vor, hier und jetzt, in dieser Klinik; es hieß, sie habe alle ihre Pelzmäntel abgeben müssen. Das war zu einer Art Witz geworden.

Ich drückte mir den Kuli an die Stirn, bis er mir in die Haut stach. Man hört uns zu, Schatz, rief ihr Ondine das Aufnahmegerät in Erinnerung, das immer lief, immer bei ihnen war. Sie erklärte Ondine, Drella habe wahrscheinlich recht, er habe recht mit dem Leben, das er führe, recht damit, Leute einfach zurückzulassen, links liegen zu lassen. Aber was, wenn man das nicht könne? Wenn man sie nicht vergessen könne? Es könne doch nicht die einzige Art zu leben sein: Sie selbst könne die Leute nicht vergessen, die sie zurückgelassen habe. Ich kratzte an meinem Oberschenkel herum, wo mir der Rock hochgerutscht war. Das war ihre Stimme, und es mochte vielleicht Quatsch sein, dass sie so traurig war, aber es war trotzdem echt. Diese Stimme gehörte zu einer Person, die wusste, dass sie am Ende war; dass niemand mehr Verwendung für sie hatte. Sie konnte so nicht weiterreden, jemand musste sie bremsen. Ich wusste nicht, wie Shelley das abgetippt hatte, und dann wieder – wusste ich es doch. Dieses Gefühl der Demütigung erinnerte mich an die Probeaufnahme. Ich empfand es als beschämend, dass ich dieses Gespräch überhaupt mithören konnte. Ondine sagte, es gebe keinen Weg, jemanden zu retten, dem es gefällt, andere Leute erniedrigt zu sehen. Damit zeigte er eine Seite, die ich so nicht von ihm kannte. Er wollte sie trösten. Er war zugewandt, geduldig, ein Freund. Es war kein Auftritt für ihn. Urplötzlich war das Band zu Ende, und ich legte die andere Seite ein. Mondlicht schien durch das Fenster. Wieder starkes Rauschen. Und dann Ondine, der Drella erklärte, Edie müsse mit den starken Schlafmitteln aufhören, sie müsse weg von all den Drogen, sich Hilfe holen, sich ausschlafen. Man müsse sich um sie kümmern. Keine Spur mehr von freundlichem Geplauder. Und Andy sagte nichts, rein gar nichts, nur bestätigende Laute, weil da jemand mit ihm redete, und Atemzüge. Ich ließ das Band noch eine Minute weiterlaufen, aber mehr kam nicht. Ich spulte zurück, griff aber nicht zu den Kopfhörern. Er war immer noch hinter mir, hier im Studio. Als ich schließlich doch den Kopfhörer aufsetzte, hatte ich wieder Edies Stimme im Ohr, die sagte: Es gibt mehr als nur dich, aber du bist was Besonderes, egal wie viele es sonst noch gibt.

Wie ich wohl wäre, wenn ich am Ende war? Mein Zorn würde sich wie von Zauberhand verflüchtigen, die schrecklichen Erinnerungen würden weggeschoben, unter die Oberfläche. Es würde neue, spannende Menschen geben, die ich kennenlernen konnte, und wenn die Brücke einmal erklommen war, würde sich ein neuer, atemberaubender Blick vor mir auftun. Die Tonbänder hatten mich ausgehöhlt, und wenn sie zu Ende waren, würde nichts mehr von mir übrig sein. Ich musste mich ihnen ganz überlassen; wenn ich nicht über sie nachdachte, tat es nicht ganz so weh. Ich arbeitete den ganzen Tag durch. Ich aß kaum etwas, ernährte mich nur von ihren Stimmen, kritzelte in mein Notizbuch, meine Finger machten nicht den kleinsten Fehler. Dann, spät am Abend, ging ich, gebückt in trockener, würgender Hitze, zu irgendeiner Wohnung, wo ich zu allem bereit war, solange dabei nicht geredet wurde. Die Straßen waren außer Rand und Band, es wimmelte von Kindern, die Kinderentscheidungen trafen. Alle Vernunft war flöten gegangen. Mach mit mir, was du willst, halt mir Vorträge, aber bitte, bitte zwing mich nicht zum Reden. Es trieben sich auch noch andere streunende Menschen herum, in der eigenen Verwirrtheit verloren, wie auf der Suche nach jemandem, der ihnen sagte, was sie tun sollten, auf der Suche nach ihrem rechtmäßigen Eigentümer.

Ich hatte Shelley nicht erzählt, dass ich mir das Edie-Band angehört hatte. Das konnte ich nicht zugeben. Aber ich konnte so tun, als hätte es das Tonband und die Probeaufnahme nie gegeben. Ich konnte immerzu so tun. Warum auch nicht? Das machten schließlich alle. Ich wollte der Wahrheit so fern wie möglich bleiben, darum spulte ich das Band einfach nur zurück und legte es ihr wieder auf den Schreibtisch.

Ich hatte nicht herumgeschnüffelt, als ich darauf stieß. Ich hatte bloß auf Shelleys Schreibtisch nach Notizen zu einem der früheren Bänder gesucht. Aber die Grenze zwischen dem, was mir, und dem, was anderen gehörte, war längst unwiderruflich verwischt. Sie hätte ihre Schublade ja auch abschließen können. Der Brief schaute aus ihrem schwarzen Notizbuch heraus, und auf dem Umschlag stand eine Adresse, die vermutlich die ihrer Eltern war. Ein paar Sekunden lang hielt ich ihn in der Hand, dann öffnete ich ihn. Das brennende Schamgefühl blieb aus. Ich war der Ansicht, dass ein Teil von Shelley mir gehörte, so, wie ich auch der Ansicht war, einen Teil von Ondine zu besitzen. Warum sollte ich sie da nicht ganz haben? Ich wollte wissen, wie sie mit ihren Eltern redete. Es war nur eine Weiterführung der Tonbänder. Wie sie diesen Ort beschrieb, an dem wir unsere Tage verbrachten, wie es klingen würde, das in der Küche ihrer Mutter laut vorzulesen. Hatte ich etwa kein Recht, alles zu wissen? Hatte ich mir das nicht verdient? Kurz sah ich ihr Gesicht vor mir, auf dem Barhocker, vor der Kamera: zerstört, ausgelöscht. Der Brief war ordentlich längs gefaltet. Ich klappte ihn so beiläufig auf, als gehörte er mir. Ich überlegte, ob sie ihn wohl selbst geglaubt hatte, als sie ihn ins Reine tippte. Ob der Akt des Tippens sie daran glauben ließ und ob es nicht ganz genau darum ging.

Es tut mir leid, dass zwischen meinen Briefen immer so viel Zeit vergeht. Ich habe es zu lange vor mir hergeschoben, aber Du darfst Dir bitte keine Sorgen machen, wenn ich so säumig bin. Es war eine hektische Zeit hier bei Bloomingdale's. Du solltest die Frauen sehen, die hier einkaufen: so reich und hilflos. Ich weiß, Du würdest zu gerne wissen, was sie anhaben. Mich lassen sie alles für sich machen: Sie selbst lächeln einfach nur. Sogar die Handschuhe muss ich ihnen überziehen. Mein Abteilungsleiter sagt, ich sei sehr geduldig (da habe ich eben eine gute Veranlagung mitbe-

kommen). Ich kriege Mitarbeiterinnenrabatt, der viel besser sein soll als anderswo. Jeden Monat kaufe ich mir einen Rock oder eine Bluse. Gerade habe ich ein Seidentuch im Auge, aber ich zögere noch. Ich gebe mir Mühe, immer ordentlich auszusehen, das ist aber gar nicht leicht, weil die Stadt so dreckig ist. Wenn Du mich von weitem sehen würdest, wie ich vor Beginn meiner Schicht von der Rolltreppe komme, könntest Du mich für jede x-beliebige junge Frau halten, sogar für eine von hier. Alles sieht hier aus wie im Film, dann muss ich immer an unsere Samstagnachmittage denken, wenn wir zusammen im Kino saßen. Hinter den Kulissen eines Warenhauses passiert so viel, ich weiß gar nicht, wo ich da anfangen sollte. Ich versuche, immer frohe Gedanken zu haben. Froh und munter. Die Hitze ist kaum auszuhalten. Und die ganze Zeit wünsche ich mir, Du wärst hier bei mir. Es tut mir leid, dass ich Dich so im Stich gelassen habe, und ich weiß, Du hast es bestimmt nicht leicht. Bitte nimm es mir nicht übel. Ich dachte, ich würde hier viele Freunde finden, aber es gibt nur wenige Leute, mit denen ich reden kann. Anbei findest Du 20 Dollar. Glaub nicht, das wäre eine große Belastung für mich. Ich verdiene gut hier im Warenhaus. Ich denke jeden Tag an Dich und vermisse Dich. Deine Dich liebende Tochter Shelley.

Dann belog sie also ihre Mutter? Das störte mich nicht weiter. Aber an dem Ton stieß ich mich. Als wäre sie gar nicht hier, als triebe sie längst davon: strampelte beim Schreiben verzweifelt unter Wasser mit den Beinen. Leugnete alles. Dann belog sie also ihre Mutter, dann war sie also anders, als sie sich hier im Studio gab. Na und? Als ob auch nur irgendjemand hier der Mensch wäre, für den er sich ausgab. Und doch glaube ich, ich fühlte mich in dem Moment wie sie, als sie das Edie-Tonband abhörte: Die Person, die ich so bewunderte, hatte es nie gegeben. Das Merkwürdigste an dem Brief war die Sehnsucht, die daraus sprach. Nicht nach dem Warenhaus oder nach ihrer

Mutter. Da war eine Sehnsucht, zurückzukehren, zurück zu dem Menschen, der sie früher gewesen war. Ich legte das Notizbuch zurück in die Schublade und schloss sie wieder. Ich legte alles genauso hin, wie ich es vorgefunden hatte.

Ende August waren meine Möglichkeiten praktisch auf ein Nichts zusammengeschrumpft. Viel zu lange hatte ich geglaubt, ich hätte in dieser Welt, in dieser Stadt nichts als Möglichkeiten – aber das stimmte nicht. Diese Erkenntnis kam mir sehr viel später, als sie Shelley gekommen sein dürfte. Ich wusste nicht, vor welchen Möglichkeiten sie so stand, vielleicht ja vor den gleichen wie ich. Wo konnte man schlafen, wo einen Drink bekommen, wo sich die Zähne putzen, wo jemanden finden, den man einen Abend lang ertrug. Auch die Möglichkeiten der Leute auf den Tonbändern schrumpften. Wo ließ sich noch was reißen, welche Party war die richtige, wo fand sich jemand, der sie einen Abend lang ertrug, wie konnten sie weitermachen, wie nicht allein dastehen, wenn der Abend zu Ende ging. Irgendwann wurde jede Umgebung klein und erdrückend. Ich war blöd gewesen, das wusste ich. Seit Shelley mir klargemacht hatte, wessen Name auf dem Buch stehen würde, war die Arbeit für mich entstellt. Ich kam mir lächerlich vor. Alles war schon wie ausgewechselt gewesen, bevor sie den Satz zu Ende gesprochen hatte. Ich hatte mich in eine Lage gebracht, in der ich sonst nichts mehr hatte: keine Freunde, keine Familie, keine Menschen, die ich anrufen konnte. Meine frühere Vorstellung, der Gedanke, dass ich etwas beitrug – wenn das Buch erschien, würde es nichts von Shelley oder mir enthalten. Es würde ganz blank geschrubbt sein. In diesem Wissen, dem Wissen um alles, was ich dafür geopfert hatte, hätte ich mich am liebsten erschöpft auf den silbernen Boden gelegt. Die Aussicht auf Erfolg, die Chance für mich, durch diese abgetippten Seiten bekannt zu werden: Das erschien mir auf einmal wie ein unanständiger, perverser Traum, den ich niemals laut äußern konnte. Am meisten Angst machte mir der Gedanke, dass auch von ihnen nichts mehr in dem Buch zu finden sein würde, bloß ein Aufblitzen, bloß Eindrücke. Das sagte ich niemandem – wem hätte ich es auch sagen sollen? Ich hörte weiter zu. Meine Loyalität galt jetzt nur noch den Bändern. Ich war hier, bereit, darauf gefasst, dass sie sich eigenhändig kreuzigten. Es gab nichts mehr zu tun, als es zu Ende zu bringen. Ich musste es zu Ende bringen.

Ich sagte Anita, wir bräuchten mehr Geld.

Sie schaute mürrisch. »Du wolltest das doch unbedingt, oder nicht?«

»Ja, und jetzt will ich mehr Geld.«

Sie griff in ihre Schublade und zog einen Umschlag hervor. »Es ist noch nicht zu spät, um wieder nach Hause zu gehen, Mae.«

»Du hast leicht reden.« Ich nahm das Geld.

Auf meinem vorletzten Band wandte Drella sich direkt an uns. Es war das erste Mal, dass überhaupt jemand auf Shelley und mich Bezug nahm. Es war, als käme seine Stimme aus dem Nichts, es war, als käme sie vom Himmel herab. Gott höchstpersönlich, der große Gestalter. Das war trotz allem immer noch aufregend. Er wusste, dass wir jedes einzelne Wort abhörten. Er baute darauf. Ich sah Shelley an, aber sie hörte ja nicht, was ich hörte. Ich stellte mir vor, wie er sich nahe ans Mikrofon beugte: »Ich spreche zu den Mädchen. Diese Stimme ist die Stimme eures Bürgermeisters.« Dann wandte sich das Gespräch wieder etwas anderem zu. Unser Bürgermeister. Es war ein Bruch in der Realität, ein Flugzeug, das zu Boden stürzte. Es änderte nicht das Geringste.

Ich wollte Shelley davon erzählen, aber von dem Tag an sah ich sie nicht mehr, fast eine Woche lang. Ich konnte nicht fassen, dass sie mich in einem so entscheidenden Moment alleine ließ. Außerdem stand ich vor einem rein praktischen Problem: Shelley trug mehr als das halbe Buch in ihrem Aktenkoffer mit sich herum. So viel ich auch arbeitete, das konnte ich nicht ersetzen. Und sie streifte unbekümmert durch die Stadt, mit all diesen Beichten im Gepäck. Womöglich ließ sie den Aktenkoffer in einem Taxi zurück, ließ die Seiten in einem Teich treiben und sah zu. Womöglich kam sie einfach nicht mehr wieder. Ich redete mir ein, dass sie vielleicht in der Lage wäre, ihnen so etwas anzutun, aber doch sicher nicht mir.

Eines Abends, als ich noch spät arbeitete und mein Seitenchaos Korrektur las, winkte Anita mich zu sich. Sie hielt mir den Telefonhörer hin: ein Anruf für mich. Noch nie hatte mich jemand dort angerufen. Bevor ich den Hörer ans Ohr hielt, überlegte ich, wen ich mir denn ans andere Ende der Leitung wünschte? Mikey, der in die Muschel brummelte, mir sagte, ich solle nach Hause kommen. Jemanden, der mich gefunden hatte, ein Beleg dafür, dass jemand nach mir suchte.

Ich atmete in den Hörer. Mit einer Sekunde Verzögerung sagte ich: »Hallo.«

Es war Shelley.

»Komm zu mir«, sagte sie. Gab mir eine Adresse durch und legte auf.

Es war September, und es hatte geregnet. Als ich bei ihr ankam, waren meine Füße in den leichten Schuhen ganz durchgeweicht. Täglich riefen mir irgendwelche Kleinigkeiten in Erinnerung, dass mein aktuelles Leben nicht aufrechtzuerhalten war, dass es so nicht weitergehen konnte. Das Licht der Straßenlaternen schimmerte und schaukelte in den Pfützen. Ich klingelte. Das war keine Gegend für junge Frauen und ihre Mitbewohnerinnen. Das Haus wirkte altehrwürdig und verklemmt. Die Straßen waren voller Leute, die ruhigen, angenehmen Beschäftigungen nachgingen. Ich konnte mir nicht vorstellen, dass Shelley jeden Abend hierher zurückgekehrt war. Wahrscheinlich war ihr klar, dass ich »die arme Kleine« dachte, wenn ich sie ansah, mich mit der Tatsache tröstete, dass sie es noch schlechter hatte als ich. Sie war ja nicht dumm. Vielleicht fand sie es auch lustig. Sie hatte einen verwirrenden Humor. Gerade als ich ein zweites Mal klingeln wollte, machte sie auf. Sie trug eins ihrer altmodischen Kleider, ein blaues mit Falten. Sie war blass.

»Komm herein«, sagte sie.

Sie führte mich drei Stockwerke hinauf, bis in eine Wohnung, die drei Mal so groß war wie die meiner Mutter. Ein leiser Pfiff entfuhr mir, aber Shelley hörte es nicht. Der Plattenspieler lief. Ein langes Sofa, eine gut ausgestattete Küche, makellose Buchrücken, Samtüberwürfe, runde Spiegel, hochwertige Möbel. Alles cremefarben und blitzsauber. Die Wohnung war aufgeräumt, gepflegt und sah kein bisschen danach aus, als würden hier drei Frauen gemeinsam hausen. Ich hatte schon so viele bekannte, atemberaubende Gesichter gesehen, so viele wunderschöne Zimmer. Aber nichts verblüffte mich mehr als dieser Anblick. So viel zum Ausreißerinnenleben. Ich wusste, sie brauchte es mir nicht extra zu sagen, dass sie jeden Abend hierher zurückgekehrt war: in diesen Luxus, diese Sicherheit. Und nun stand da ich, mit Löchern in den Schuhen, durch die das Wasser eindrang. Ich strich über einen Kerzenleuchter auf dem Kaminsims. Am liebsten hätte ich ihn ihr an den Kopf geworfen.

»Mach's dir bequem«, sagte sie.

»Wie sollte ich nicht?« Ich streifte die Jacke ab. »Sind deine Mitbewohnerinnen auch da?«

»Zieh die Schuhe aus.«

»Nein, vielen Dank. Sonst kriege ich sie nachher nicht mehr an. Ich habe Schuhprobleme.«

»Schuhprobleme?«

»Die Kirsche auf dem Kuchen all der anderen Probleme.«

Shelley lachte. »Willst du was trinken?«

»Nur einen Kaffee. Ich habe nachher noch viel Arbeit vor mir.«

»Wie du meinst«, sagte sie. Wir standen in der Küche. Sie drehte mir den Rücken zu, und ich sah, wie sie nach einer Flasche Gin griff, hörte Eiswürfel klimpern.

»Schön zu sehen, dass du dich beschäftigt hältst. Während du hier Elizabeth Taylor gespielt hast, habe ich bei Anita mehr Geld für uns verlangt, und wir haben es auch bekommen.« Das sagte ich triumphierend.

Sie erwiderte nichts, setzte sich nur mir gegenüber an den Tisch. Shelley war keine große Schönheit, zumindest nicht nach den Maßstäben, die sie etabliert hatten, aber früher hatte ihr Blick etwas Elektrisierendes gehabt. Das war jetzt verblasst, sie war nur noch der Abklatsch eines Mädchens, das ich einmal gekannt hatte. Der Raum wirkte still und leer, als wären wir gar nicht da. Als ich mich zurücklehnte, schrammte mein Stuhl über den Boden.

»Hier ist auch irgendwo eine Katze«, sagte Shelley, »manchmal.«

»Wie schön.«

»Hast du mich vermisst?«

»Shelley, du hast mindestens das halbe Buch.«

»Ich wollte wissen, ob du *mich* vermisst hast.«

»Sei nicht so bedürftig«, sagte ich. »Natürlich habe ich dich vermisst. Wer täte das nicht?«

»Sehr viele«, sagte sie. »Bist du glücklich?«

»Was ist denn das für eine bescheuerte Frage?« Ich war verärgert. »Wie meinst du das? Ich bin faktisch obdachlos, meine Schuhe fallen auseinander, und ich muss dieses Buch fertig kriegen. Luftsprünge mache ich also nicht gerade.«

»Aber du hast auch glückliche Momente?«

»Klar.«

Sie lächelte boshaft. »Und sie finden alle an der Schreibmaschine statt.«

»Manche mit dir. Und ja, manche an der Schreibmaschine.«

Sie trank einen großen Schluck. »Hast du auch manchmal das Gefühl, dass dir kein Mensch zuhört? Im Studio, in diesen vielen Zimmern. Ich hatte immer das Gefühl, kein Mensch hört auch nur ein Wort von dem, was ich sage, als wäre da eine richtige Blockade zwischen uns. Als wäre alles nur Gebrabbel. Am Ende waren die einzigen klar verständlichen Stimmen die auf den Tonbändern.«

»So sind Partys«, sagte ich eisig. »So sind Partys überall.« Ich hielt den Kaffeebecher mit beiden Händen umklammert. »Ich habe den Brief an deine Mutter gelesen.«

»Der war vertraulich, Mae.«

»Übertreib mal nicht, es war ein Brief. Als hättest du selbst nicht schon Schlimmeres getan. Jedenfalls fand ich ihn süß. Geht deine Mutter gerne ins Kino?«

Eine schwarze Katze kam herein, mit hochgerecktem Schwanz, und sprang Shelley auf den Schoß. Shelley kraulte sie hinter den Ohren, während das Tier träge mit den Pfoten ihre Oberschenkel bearbeitete. »Ja«, sagte sie, »früher sind wir immer zusammen gegangen.«

»Pass bloß auf, nachher kratzt dich das Viech noch«, sagte ich, »und ich kann kein Blut sehen.«

»Hat er noch nie gemacht.«

»Egal«, sagte ich, »du hättest deiner Mutter sagen sollen, was wir tun.«

»Warum?«

»Weil, also, weil es …« Ich suchte nach dem richtigen Wort. »… aufregender ist.«

Hinter uns waberte die Musik. Sie war voller Energie und sprach von belebenden Erfahrungen. Ich konnte mir gut vorstellen, wie Shelley so etwas in ihrem Vorstadtzimmer gehört hatte, die Haare zu Zöpfen geflochten, die Zunge im Mundwinkel, während sie Bilder aus Zeitschriften riss, ihr echtes Leben in diesen Seiten fand, wo es darauf wartete, dass sie es entdeckte und lebte. Ich beugte mich vor, um den Kater zu kraulen. Bevor ich ihn erreichte, packte Shelley mein Handgelenk und hielt es fest. »Du weißt schon, dass unsere Arbeit nichts wert ist, oder? Ein dickes, fettes Nichts. Ich weiß, dass du es auch weißt. Ich schäme mich dafür.«

Ich befreite mein Handgelenk. »Wo ist das Klo?«, fragte ich.

Sie deutete in die Richtung eines Bads, das vom Schlafzimmer abging. Ich betrat das Zimmer und schloss die Tür. Auf dem Bett lag eine weiche, rosafarbene Tagesdecke. Der Anblick dieses Doppelbetts war weltverändernd. Ich klopfte an das Kopfteil. Setzte mich kurz hin, zog die Knie an die Brust. Ich sah Männerpantoffeln, ein paar Hemden, die aus dem halb offenen Kleiderschrank schauten, Fusseln, die vom Teppich aufstoben. Er war deutlich älter, das sah ich an der Art seiner Kleidung, an Schnitt und Farben. Fotos von ihm gab es nicht, aber ich konnte schnell erraten, wer er war: ein Vaterersatz, nur reicher, der sich von ihrer Prinzessinnennummer einwickeln ließ. Sein kleines Püppchen. Er kannte sie kaum. Ich war nicht weiter daran interessiert, zu wissen, wie er aussah. Ich schnupperte an einem Wollpullover, der über einer Stuhllehne hing, dann fing ich an zu lachen, als wäre der Betrug einfach zu gewaltig und in seiner Gewaltigkeit schon wieder lustig. Ich lachte wie eine Wahnsinnige. Shelleys ganzes Gerede von Freiheit, dabei hatte sie jeden

Abend hier in diesem rosa Bett gelegen und zu dieser Decke hinaufgestarrt: Es war ein Unding. Ich brüllte in ein Kissen. Das Bad war weniger sauber als das Schlafzimmer, als wäre der Mensch, der da putzte, seine Aufgabe leid gewesen. Ein Duschvorhang aus Plastik, die eine oder andere schimmlige Fliese, nichtssagend, nur hier und da ein Hinweis auf Shelley – ein Tiegel mit Coldcream, ein großes Stück rosa Seife. Ich sah einen Flakon mit Aftershave, zwei Zahnbürsten. Die blaue steckte ich mir in den Mund, schob sie ein bisschen darin herum. Ich schaute mich im Spiegel an, spuckte aus. Mein Spiegelbild wirkte zapplig und verängstigt.

Ich ging wieder nach draußen. »Wer putzt denn hier?«

Shelley sah auf, erstaunt über die Frage. »Ich.«

»Hätte ich mir denken können. Du bist eben nicht gut darin, etwas zu Ende zu bringen. Wohnst du schon lange hier? Also, gehört diese Wohnung jemandem, der dich hier wohnen lässt?«

»Und wenn schon?«

»Ist eigentlich alles, was du sagst und tust, eine beschissene Lüge, Shelley?«

Sie zuckte die Achseln, beugte sich über den Kater und flüsterte ihm ins Ohr. Ich konnte selbst nicht erklären, wovon ich mich so verraten fühlte. Von dieser faden Häuslichkeit, den hässlich gerahmten Landschaftsfotos, den edlen Möbeln, der Hausbar, der abscheulichen Tagesdecke. Ich fand Shelleys Leben seltsam, aber betörend, ein sehr viel befreienderes Experiment als meines. Sie war es doch, die es schaffte, alles möglich erscheinen zu lassen. So groß war die Kraft ihres Glaubens. Ich suchte nach den richtigen Worten, die ebenso grausam wie wirkungsvoll sein würden.

»Die Kunst hier an den Wänden ist stinklangweilig.«

Sie schenkte mir ein schwaches Lächeln. »Ja, nicht?«

»Er hat wohl viel Geld. Konntest du dir mein Seidentuch

deswegen leisten? Zumindest hatte ich so auch was davon. Ich verurteile dich nicht, du kannst leben, wie es dir passt. Hast du ihn auf einer dieser Partys kennengelernt?«

Sie schüttelte den Kopf.

»Ist er nett? Habt ihr Spaß zusammen?«

Sie hob den Kater von ihrem Schoß. »Ich glaube, ich weiß gar nicht, wie das geht.«

»Wie was geht?«

»Spaß haben.«

Ich griff nach meiner Jacke. »Sei nicht so streng mit dir.«

Sie lachte wieder und trank einen Schluck, fast ohne mit dem Mund das Glas zu berühren. »Vor allem du musst doch finden, dass ich Strafe verdient habe. Dann bist nämlich du die beste Tippse. Du gewinnst.«

»Das interessiert mich gar nicht mehr.«

»Natürlich nicht.« Sie hatte ein scheußliches Grinsen aufgesetzt. »Aber ich bin schon bestraft worden. Hast du doch gesehen.«

»… Shelley.«

»Mir wäre es vor weniger Publikum ja wirklich lieber gewesen.« Sie schlang die Arme um den Körper. »Ich dachte mir, wenn ich eine Rolle in einem dieser Filme kriege, wird alles wieder gut, werde ich wieder gut. Sie haben mich ausgelacht, Mae.«

Ich drückte die Jacke enger an mich, um mich daran zu wärmen. Sie wusste, dass ich dort gewesen war. Im Licht der Küchenlampe sah ihr Gesicht wächsern aus.

»Na, ist auch egal«, sagte sie. »Mir hat man schon so oft wehgetan, dass es mir nicht einmal mehr was ausmacht.«

»Das ist Drella«, sagte ich leise. »Das sagt er bei einer der späteren Aufnahmesessions.«

»So eine kluge kleine Tippse. Ich glaube, diese Welt macht einen echt zum Ungeheuer. Also, man muss zum Ungeheuer werden, um zu kriegen, was man will. Hast du dir das Band angehört, das ich dir hingelegt habe?«

Ich nickte.

»Ich hatte nie eine Freundin, bevor ich hergekommen bin. Aber ich weiß ja, du hattest diese Minnie.«

»Maud«, verbesserte ich sie. »Ist auch egal.«

»Und in den ersten paar Wochen, beim Hören, am Anfang, da dachte ich mir, das ist Freundschaft, das ist, worum es wirklich geht. Daran wollte ich teilhaben. Aber gegen Ende, diese Stimmen … Sie kamen mir nicht mal mehr menschlich vor. Die ganze Zeit dachte ich, wenn wirklich mal etwas Schlimmes passiert, sie werden trotzdem nicht aufhören, sie werden es nicht mal versuchen, sie werden einfach weiterreden.«

»Das ist doch nicht …«

»… Doch, ist es. Es ist wahr. Warum kannst du das bloß nicht zugeben? Ich konnte ihnen einfach nicht mehr zuhören. Ich habe versucht, gleichgültig zu bleiben, aber ich konnte nicht mal mehr hören, was ich selber denke.« Sie stützte die Stirn in die Hände. »Ich konnte gar nicht mehr denken, zumindest nichts Eigenes mehr. Nur noch diesen Müll, den ich Tag für Tag von ihnen eingetrichtert bekam. Du weißt doch, wie das ist.«

»Du nimmst dir das zu sehr zu Herzen«, sagte ich, als würde mich das anwidern, was vielleicht sogar stimmte. »Die Probeaufnahme war eben ein Reinfall. Was soll's. Ist das alles wegen Edie?«

Unvermittelt sprang sie auf und verschwand im Schlafzimmer. Als sie wiederkam, hielt sie etwas in der Hand. Ohne mich anzusehen, legte sie es auf den Küchentisch und trat einen Schritt zurück. Ich zog es zu mir heran. Eine kaputte Tonbandkassette, sie hatte sie aufgerissen, mit den Nägeln das Plastikgehäuse geöffnet und das lange, schwarze Band herausgeribbelt. Ich stützte die Hände auf den Tisch und beugte mich vor. Mir war plötzlich übel. Im Kopf war ich bereits mit allen möglichen stummen Abwägungen beschäftigt.

Ich heuchelte Gelassenheit. »Was war da drauf?«

»Nichts. Kaum was. Straßenlärm.«

»Warum hast du das gemacht?«

Mit selbstgefälliger Miene erwiderte sie meinen Blick. »Vielleicht, weil ich es wollte.«

»Aha.«

»Weil ich etwas kaputt machen wollte.«

Ich schwieg.

»Besser so, als ihm ins Gesicht zu spucken«, sagte sie.

»Nicht unbedingt.«

Ich tippte das Ding mit dem Finger an. Es war nur eine kaputte Tonbandkassette, kaum anders als der Müll, den ich überall auf dem Gehweg liegen sah, und doch verschwamm sie mir vor den Augen, verlor jeden Sinn. Das Vorsätzliche daran: Shelley hatte sich genau überlegt, wie sie ihm wehtun konnte, und dann hatte sie es getan, fein säuberlich und ohne Reue. Sie hatte seine Arbeit attackiert. Aber sie hatte auch mir wehgetan, ob sie das nun gewollt hatte oder nicht. Sie hatte sich wieder hingesetzt, das Licht aus dem Schlafzimmer erhellte sie von hinten. Ich dachte an das Krachen, mit dem sie alle Bowling-Pins zu Fall gebracht hatte. An ihre gewissenhaften Finger auf den Tasten der Schreibmaschine. Ihre biederen Kleider, ihre Eitelkeit, wie sie kicherte und sich wand wie ein kleines Mädchen. Und die ganze Zeit war das in ihr gewesen. Ich glaube, sogar sie fürchtete sich vor der Gewalt, zu der sie fähig war.

»Du bist aufgebracht«, sagte sie mit säuselnder Stimme.

»Nein, nicht richtig.« Ich drehte das, was von dem Tonband übrig war, in den Händen. Ich hatte es nie gehört, das empfand ich als Verlust. Ich rieb das schwarze Band zwischen den Fingern. »Was war da drauf, Shelley?«

»Keine Ahnung, jemand ruft ein Taxi, jemand anders findet das urkomisch, hahaha. Alles versaut und unverblümt, das Übliche eben, alle haben es lustig, nichts, was wir nicht schon hundert Mal gehört hätten.«

»Was war drauf?« Ich ließ nicht locker.

»Hab ich doch schon gesagt – Straßenlärm.« Sie griff nach dem Gin und schenkte sich einen weiteren ordentlichen Schluck ein. Setzte sich aufrechter hin.

»Ich habe Anlass, dir nicht zu glauben«, sagte ich.

»Er wird sich nicht an dich erinnern, Mae, falls es dir darum geht. Und an mich wird er sich auch nicht erinnern, wenn du's genau wissen willst. Keine von uns hinterlässt etwas. Wir werden erwachsen, und irgendwann weiß kein Mensch mehr, dass wir überhaupt dort waren.« Ihr Ton war jetzt richtig bösartig. »Schlepp irgendein x-beliebiges Mädchen aus Queens hierher und schau dir an, wie eine Tippse aus ihr wird. Wie konntest du nur so naiv sein?«

Die Platte war längst zu Ende, ohne dass es einer von uns aufgefallen wäre. Jetzt hörte ich sogar Shelleys Atemzüge, das Scharren ihrer Füße auf dem Linoleum. Sie drehte das Glas ein paar Mal in der Hand, wie um es zu begutachten. »Du findest mich wohl jämmerlich«, sagte sie. »Da komme ich hierher, will unbedingt auf die Leinwand und kriege nichts von dem, was ich will. Und jetzt kann ich nicht mal mehr zurück nach Hause. Ich gehe nicht mehr nach Hause, Mae. Selbst hier in der Wohnung ist es besser als dort. Ich gehe nie wieder zurück.«

Ich hielt immer noch meine Jacke umklammert. »Die Wenigsten kriegen auch nur irgendwas von dem, was sie wollen«, sagte ich.

»Was glaubst du, was passiert jetzt mit mir?«, fragte Shelley. »Fliege ich raus? Setzen sie mich vor die Kamera und werfen mir Beleidigungen an den Kopf? Werde ich so eine verrückte

Pennerin, die im Park auf die Leute losgeht? Glaubst du, er wird mein Leben zerstören?« Sie lächelte, aber darunter spürte ich echte Angst.

Jetzt zog ich meine Jacke doch an und wischte mir die klammen Hände an der Bluse ab. »Ich kann dir nicht sagen, was aus irgendwem werden wird. Du weißt, dass ich auch einiges aufgegeben habe, um dort zu sein. Du bist nicht die Einzige. Wir haben alle Opfer gebracht.«

»Natürlich«, sagte sie, »darum geht es ja gerade.«

»Es regnet.« Ich deutete auf das Fenster. Mehr gab es nicht mehr zu sagen.

»In Kalifornien regnet es nie. Wann brichst du auf?«

Ich starrte auf die Überreste des Tonbands, dem die Eingeweide heraushingen.

»Nimm es mit«, sagte Shelley, »ich weiß doch, dass du es willst.«

Ohne sie anzusehen, schob ich es in meine Handtasche.

»Es ist nur so, wenn das nicht vollständig ist, werde ich nicht dafür bezahlt. Und ich weiß ja nicht, wie es dir geht …« Mein Ton war vielsagend. »… Aber ich brauche das Geld.«

»Du glaubst, es ginge ums Geld«, bemerkte sie traurig. Mir schien, sie würde gleich anfangen zu weinen, aber ich würde sie nicht trösten. Ich würde nicht einmal quer durch die Küche kommen. Die Kluft zwischen uns nicht überbrücken. »Und vielleicht stimmt das ja sogar, aber der Mann, mit dem ich hier wohne, sieht mich an, als wäre ich nicht echt, als wäre ich eine Erscheinung. Das hat vor ihm noch keiner gemacht. Darum geht es.«

»Du hättest versuchen können, ein eigenständiges Leben zu führen.«

»Habe ich ja«, sagte sie.

Ich schloss die Augen. »Mach's gut, Shelley.«

Ich rannte die drei Stockwerke hinunter. Draußen regnete es in Strömen. Sie hatte genau gewusst, wie ich reagieren würde. Hatte mich genauso getestet wie ihn. Ich rannte immer weiter, trat in Pfützen, das Wasser lief mir übers Gesicht. Sie hatte gewusst, dass ich gehen und versuchen würde, alles wiedergutzumachen, ins Studio zurückkehren, auf allen vieren kriechen, mich auf alle erdenklichen Arten verrenken und stundenlang bleiben würde, wenn nötig, auch tagelang, dass ich mich erniedrigen würde aus Gründen, die ich selbst nicht verstand, vor Menschen, die sich nicht einmal meinen Namen merken würden, um dann im Morgengrauen wieder hervorzukommen, besiegt, aus jedem Kontext gerissen durch meine eigene Besessenheit.

Dann stand ich wieder vor der vertrauten Tür. Ich zog meine Schuhe aus. Die Tür war offen; damals war sie immer offen. Mir taten die Füße weh, aus meinen Haaren tropfte Wasser über den ganzen Schreibtisch. Ich leerte meine Tasche aus. Das Band war tot, reglos. Es gab keine Möglichkeit, es wiederzubeleben. Ich überlegte, ob ich es durch irgendein Wunder doch wieder zum Laufen bringen könnte, wenn ich es einlegte und mir den Kopfhörer auf die Ohren setzte, was würde ich dann wohl hören? Ein Teil von mir beneidete Shelley um diesen Moment der Zerstörung. Was für eine ungeheure Genugtuung das gewesen sein musste. Die Stille, endlich, musste umwerfend gewesen sein. Stundenlang blieb ich dort sitzen. Leute kamen und gingen. Irgendwann rief Dolores quer durch den Raum zu mir herüber, wollte wissen, ob es mir gut gehe, was mich denn so spät noch hier halte.

»Nichts«, sagte ich. »Nur das Wetter.«

Ich rechnete nicht damit, sie wiederzusehen. In meinem Kopf war sie dauerhaft in diese Küche gebannt, und was dort geschehen war, würde unser Ende sein. Ich redete mir ein, es sei mir völlig egal, trotzdem lief unsere Freundschaft wie ein Film vor meinem inneren Auge ab. Ich fing an, mir ihre Bänder anzuhören, sie abzutippen, als könnte das Buch noch gerettet werden. Dann, an einem Montag, war sie wieder da, korrigierte ihre Seiten, brachte sie in die richtige Reihenfolge. Sie ging gemächlich vor, ohne sonderliche Eile. Das Klicken, mit dem sie ihren Aktenkoffer aufschnappen ließ, klang unheilvoll. Ich hatte längst damit begonnen, sie zu betrauern, und ihr Anblick war wie die Auferstehung einer Toten. Eine Tote, die hereinkam und sich an die Schreibmaschine setzte. Eine Tote mit einer albernen Schleife im Haar. Eine Tote, die sich für ein Leben im Unglück entschieden hatte, um einem anderen Leben im Unglück zu entkommen: was eigentlich gar keine Entscheidung war. Verachten konnte ich sie nicht; sie tat mir einfach nur leid. Wir nickten einander zu wie zwei Fremde, zwei Leute, die einfach auf der Straße aneinander vorbeiglitten. Zu einem tiefer gehenden Gespräch war ich längst nicht mehr in der Lage. Das Abtippen war beendet. Mein Leben hatte keine konkrete Richtung mehr. Die ganze Stadt wirkte verkommen, wie aufgesprengt, als wäre der Sommer ein Erdbeben gewesen und hätte nichts als Zerstörung hinterlassen. Das funzelige Licht in den Zimmern der Jungs sorgte dafür, dass ich mich sehr weit weg von mir selber fühlte. Die Leute in den Cafés trugen böse Mienen zur Schau, als wüssten sie etwas, wovon ich nichts ahnte. In der U-Bahn ragten Männer drohend vor mir auf. Ohne das Buch war ich ganz allein und zunehmend paranoid. Ohne die Tonbänder als Puffer zwischen mir und der Welt verabscheute ich mich. In Wahrheit wollte ich wissen, was auf dem einen Band gewesen war, aber ich hatte mich längst damit abgefunden, dass ich es nie erfahren würde. Was meine Rettung hätte sein sollen, hatte mich kein bisschen gerettet. Aber so etwas passierte ja tagtäglich. Es war nicht weiter rätselhaft.

Shelley kam jeden Morgen und setzte sich für volle acht Stunden an ihren Schreibtisch. Ihr alter Ehrgeiz war zurück; ich spürte ihre eiserne Entschlossenheit. Sie war eine Mauer, undurchdringlich. Und sie gab sich größte Mühe mit ihrem Äußeren, als könnte das den Schmerz abwehren. Zähne und Augen strahlten, ihr Haar hatte wieder seinen natürlichen Braunton, der Lippenstift war sehr sorgfältig aufgetragen. Alles wirkte ausgeklügelt. Sie bereitete ihre Demaskierung vor. Ich fragte mich, ob sie wohl weinen oder gestehen würde, wenn sie mit dem fehlenden Tonband konfrontiert wurde. Ich wollte ihre Demütigung nicht miterleben. Dieser Trieb hatte sich verflüchtigt. Falls überhaupt, wollte ich nur noch herausfinden, wer sie war.

Ich gab die Schachtel mit den Tonbändern zurück. Shelley und ich stellten das Buch zusammen, aus meiner und ihrer Hälfte, so liebenswürdig, als hätten wir nie etwas anderes getan. Wir waren einfach zwei Kolleginnen: sie ohne Reue und ich nicht erreichbar, nur meine Hülle war hier im Studio, der Rest blieb verborgen und gut verstaut. Als wir es abgaben, beglückwünschte uns Anita und äußerte ihr Erstaunen, dass wir es tatsächlich geschafft hatten. Falls Anita etwas von Shelleys Probeaufnahme wusste, von dem, was Shelley durchgemacht hatte, zeigte sie es nicht. Ich fragte mich, woher sie die Kraft für diese allumfassende Falschheit nahm, die ständigen Machtspielchen. Ich setzte eine erfreute Miene auf, als bekäme ich eine Auszeichnung in der Schule.

»Ich wusste immer, dass wir es schaffen würden«, sagte ich.

»Irgendwann.« Shelley stand so dicht neben mir, dass ich ihren Wollpullover am Arm spürte.

Wahrscheinlich wären wir sogar damit durchgekommen, wenn Shelley nicht der Mensch gewesen wäre, der sie war.

»Hey«, sagte Anita eines Abends zu uns, als wir gerade zum Aufzug wollten. »Könnt ihr mir kurz mit etwas helfen?« Es war schon spät, das Studio praktisch leer, bis auf uns drei und ihn. Die Umzugsvorbereitungen hatten begonnen, aber niemand wusste so genau, wohin es ging. Sie waren nicht sicher; es gab diese Option, es gab jene Option. Uptown jedenfalls, um dem neuen Kundenkreis zu entsprechen. Auf Anitas Schreibtisch lagen ein paar Zigarettenkippen, ein aufgeschlagener Roman mit Unterstreichungen, Notizbücher mit handgeschriebenen Namen und Zahlen: Es erinnerte mich alles an meinen ersten Tag. Ich glaube nicht, dass für Anita etwas besser geworden war, ihre Privatkatastrophe hatte sich stumm neben unserer abgespielt. Sie kippte die Schachtel aus.

»Eins fehlt«, sagte sie.

Neben mir übte Shelley staunende Miene, eine nachdenklich in Falten gelegte Stirn. Auffälliger ging es kaum. Es war ihre einzige Möglichkeit zur Rache, und sie zitterte. Während sie sich noch davor fürchtete, in Ungnade zu fallen, interessierte mich das alles längst nicht mehr. Was würde mir das jetzt noch nützen? Ich hatte meine eigenen Grenzen erreicht und die meines Verlangens. Das Buch würde erscheinen, nur das zählte. Mehr wollte ich nicht. Und ich wollte, dass Shelley mit einer gewissen Würde ging. Jedes Mal, wenn mir Zweifel an meiner Entscheidung kamen, dachte ich an sie, in Unterwäsche dort auf dem Barhocker, die Kamera auf ihr fassungsloses Gesicht gerichtet, während sie von ihrer Mutter erzählte, von ihrem Vater, von diesem Leben, das sie unmöglich weiterleben konnte. Damals hatte ich sie nicht gerettet, also versuchte ich es jetzt: Ich wusste, dass nur diese eine Lüge funktionieren konnte, dass es die einzige war, die er vielleicht gelten lassen würde.

»Meine Mutter«, sagte ich zu Anita. »Bevor ich ausgezogen bin, und das war letztlich der Hauptgrund, dass ich überhaupt ausgezogen bin, hat sie eins von den Tonbändern entdeckt, also, sie spinnt total. Jedenfalls hat sie es sich angehört, und dann hat sie es zerstört.«

»Zerstört?«

»Ja, weil sie die ganze Schamlosigkeit nicht ertragen hat.« Ich biss die Zähne zusammen. Laut ausgesprochen war die Lüge viel schmerzhafter. »Wegen der Sprache, sie hat ein Problem damit, wenn Leute so freimütig reden. Aber wenn sie getrunken hat, dann stellt sie einfach alles Mögliche an, allen möglichen Irrsinn, ohne dass sie wüsste, warum sie es tut.«

Shelley drehte sich zu mir und sah mich an.

»Ich habe längst aufgehört, noch auf Mutterliebe zu hoffen«, sagte ich. »Hat ja keinen Sinn. Man kann sich sein Leben nicht aussuchen.« Ich schob die Hände in die Taschen meiner Jeans. »Es tut mir wirklich leid, aber es war sowieso kein sonderlich gutes Band, die wirklich guten Sachen stehen auf den Seiten, die du von uns bekommen hast.«

Anita sah mich sehr lange an. »Okay.«

»Bitte nimm's ihr nicht übel.« Das meinte ich ganz ernst.

Ich sah dabei zu, wie Anita es ihm sagte. Er stand auf der anderen Seite des Studios, in schwarzer Hose und einem knittrigen T-Shirt. Während sie redeten, machte er einen Schritt zurück, die Hände erhoben, als würde er bedroht. Ich versuchte, die Verachtung aufzubringen, die Shelley für ihn empfand, stellte aber fest, dass das nicht ging. Anita trat näher zu ihm, wie um ihn abzuschirmen, ihn zu schützen, sich zwischen mich und ihn zu stellen. Ich konnte nicht hören, was sie sagte. Seine Kiefermuskeln hatten seine Gefühle übernommen. Er sah so normal aus. So viel verschwendete Energie, um ihn zu durchschauen, so viele Gespräche im Taxi, so viel Gerede, das zerstörte Tonband – und wofür? Ich sah, wie er zuhörte. Ich sah, wie er sich wegdrehte.

Es verstand sich von selbst, dass ich nicht wiederkommen würde. Eine Abfindung bekamen wir nicht. Als ich meine Sachen zusammenpackte, packte auch Shelley, als hätte sie nur auf meine Entlassung gewartet. Ich zog die Hülle über meine Schreibmaschine. Ein letztes Mal schaute ich mir alles genau an, obwohl ich wusste, wie sinnlos das war: Meine Erinnerung würde ohnehin alles umarrangieren. Die Tonbänder blieben in ihrer Schachtel liegen, die Stimmen zurückgespult und unbehelligt, immer in der Erwartung, wieder abgespielt, wieder abgespult zu werden. Im Aufzug sagte Shelley: »Danke, Mae.« Es war so dunkel, dass ich ihr Gesicht nicht sehen konnte. Und das war's. Keine Geschichte mehr, in der wir leben konnten, kein Leben mehr, dessen Teil zu sein wir uns einreden konnten.

Auf der Straße gingen wir ein Stück nebeneinander her. Vor einem Laden blieb Shelley stehen und sagte: »Soll ich dir was verraten? Ich kann gar nicht so gut tippen. Ich bin ziemlich langsam. Und ich mache viele Fehler.«

Ich lachte. »Sag bloß.«

Sie zog meine Jacke an den Schultern zurecht. Es war die Jacke, die Mikey mir geschenkt hatte. »Ich glaube, du bist richtig stark, Mae. Nicht so wie ich.« Sie legte eine Hand an mein Gesicht. »Du tust immer so, als wolltest du es allen recht machen, aber ich glaube, eigentlich willst du das gar nicht. Es macht mich sehr stolz, dass ich jemanden wie dich kennenlernen durfte, wenn auch nur für kurze Zeit.«

Einen Moment lang standen wir so voreinander und warteten. So konnte es nicht enden. Das würde ich nicht zulassen. Ich blickte vom Grau ihrer Augen ins Weiße, blickte richtig tief hinein, bis sie sich abwandte und zu einer Gestalt mit hochgezogenen Schultern im grünen Mantel wurde, die sich durch den Verkehr schlängelte, zum Teil der Menge wurde.

Ich suchte mir eine andere Stelle. Ich versuchte es als Sekretärin, aber ich konnte diese Kombination aus Rock und Bluse einfach nicht tragen. Die Musik in den Warenhäusern, in die ich ging, um so eine schlichte Kluft zu kaufen, war mir unerträglich. Ich konnte auch nicht so tun, als würde mich interessieren, was die anderen Mädchen von sich gaben. Ich konnte keinen banalen Kram abtippen. Ich hatte Angst in dieser Zeit – Angst vor meinem neuen Schreibtisch, Angst vor der Schreibmaschine. Angst vor dem, was aus meinem Leben werden sollte. Die gleiche Angst sah ich zunehmend auch in den Mienen wildfremder Leute.

Eine Woche hielt ich durch, dann suchte ich mir stattdessen Arbeit an einer Kinokasse, nahm Geld entgegen, händigte Tickets aus. Als der Besitzer mir erklärte, sie würden spätabends gewisse Filme zeigen, erkundigte ich mich, was in diesen Filmen passierte. Er sagte, wenn es mir unangenehm sei, müsse ich die Stelle auch nicht nehmen, wenn ich das zu anrüchig fände, das gehe vielen Mädchen so.

»Nein«, sagte ich. »Was passiert in den Filmen? Sagen Sie es mir ganz genau.«

Ich fing an einem Samstagabend an. Meine Kundschaft war fast ausschließlich männlich. Sie lächelten mich erwartungsvoll an, und wenn sie dann ein paar Stunden später wieder aus dem Saal kamen, schüttelten sie demonstrativ den Kopf und blickten mich an, als könnte ich sie läutern. Ich kann nicht behaupten, dass ich mich irgendwie daran störte. Ich durfte mir alle Vorstellungen umsonst anschauen, tagsüber und abends, die Lichter verloschen, es ging ein kühles Lüftchen, als säße ich am Meeresufer. Ich ließ die Bilder über mich hinwegspülen. Ich zog in ein Haus, in dem noch andere Mädchen wohnten. Endlich hatte ich Mitbewohnerinnen. Ich ging nur selten aus. Am liebsten sah ich mir an, wie das Licht über den Wohnzimmerboden wanderte. Es wurde Winter, Frühling, dann wieder Sommer. Ständig rechnete ich damit, dass Shelley auftauchen, ihr Gesicht an die Scheibe des Kassenhäuschens drücken würde. Im Dunkeln glaubte ich, Mikeys Ellbogen an meinem zu spüren. Es war Sommer 1968, und ich war so einsam wie nie zuvor. Die Stunden im Dunkel des Kinosaals waren meine einzige Freude.

Auch sie kamen in den Filmen vor. Körperlich anwesend waren sie zwar nicht, trotzdem sah ich sie in jeder Sex-Szene, in jeder Sekunde heimlicher Erregung, jedem düsteren, zwielichtigen Hinterzimmer. In den eindringlichsten Momenten waren sie da. Alle Welt kopierte sie und hoffte, dass sie es nicht merkten. Es fiel mir schwer zu glauben, dass ihr Leben nicht einfach geendet hatte, als ich ihnen nicht mehr zuhörte. Das fiel mir ganz besonders schwer zu glauben. Ich hatte so einiges gehört. Die Maschine nahm Fahrt auf, immer mehr Ausstellungen in Europa, unendlich viel Arbeit und immer noch: Partys, Herumziehen im Pulk, ewiges Diagnostizieren ihrer Krankheiten und Neurosen, Warten darauf, dass er sie heilte. Sie prägten immer noch die Stadt. Ich fragte mich, wann das Netz, das mich an sie band, wohl zerfallen würde. Ob es das überhaupt jemals tun würde.

Als ich es hörte, hatte ich gerade eine Abendschicht alleine begonnen und war deswegen leicht nervös. Es war Sommer, bei uns herrschte Hochbetrieb. Ich trug neuerdings kurze T-Shirts, fransige Hosen, Kleidung, für die ich bezahlt hatte. Ein Stammgast – ein Mann, der meistens ganz vernünftig wirkte, hin und wieder aber eine seltsame, misslaunige Energie verströmte – erzählte es mir. Damals verströmten große Teile der Stadt so eine misslaunige Energie. Das Jahrzehnt neigte sich dem Ende zu, und nichts hatte sich so entwickelt, wie wir es uns gedacht hätten. Er lehnte sich an die Scheibe und teilte es mir mit. Ich zählte gerade Scheine. Es sei überall in den Nachrichten, ob ich es nicht mitbekommen hätte? Er könne sterben, werde wohl sicher sterben, Andy Warhol, zwei Schüsse, sagte der Stammgast, und dann verlangte er eine Karte für das, was gerade lief.

»Wie können Sie in einem solchen Moment bloß ins Kino gehen?«, fragte ich.

Schweigen. »Um mich zu beschäftigen.«

Ich verfolgte alles genauestens. Am nächsten Tag kaufte ich sämtliche Zeitungen. Meine instinktive Reaktion machte mir klar, wie tief meine Hingabe wirklich war – ich musste unbedingt wissen, ob das Aufnahmegerät es festgehalten hatte. Den Schuss, den Knall, die Kugel, die seine Haut zerriss. Und dann er, ganz zerstört, an einen Ort gebracht, wo ihn kein Mensch verstand, der aseptische Geruch, die Krankenhauslampen, die nachts gelöscht wurden, der lange Weg zurück ins Studio. Ich fühlte mich ihm näher als in all den anderen Räumen, in denen wir zusammen gewesen waren. Der Lärm unseres Entsetzens muss ohrenbetäubend gewesen sein. Ich stelle mir vor, dass er in der ganzen Stadt zu hören war, in jeder dahinhastenden Menschenmenge, an jeder Straßenecke. Am Tag danach war ich rührselig. Ich weinte bei jeder traurigen Filmszene. Ich wollte jede Mutter auf der Straße anhalten, meine eigene Mutter anrufen. Endlich hatte ich Gefühle für ihn, und er hatte kaum etwas dafür tun müssen, er brauchte nur auf sich schießen zu lassen. Das fand ich unfassbar komisch und lachte, alleine mit mir in meinem Kassenhäuschen. Ich lachte so sehr, dass ich zitterte.

Als ich ein Foto von der Frau sah, die es getan hatte, war ich darauf gefasst, sie wiederzuerkennen, ein Gesicht von irgendeiner Party, aber ich erkannte sie nicht. Ich weiß, sie hätte mich auch nicht erkannt. Vielleicht habe ich sie irgendwann einmal gesehen, aber sie war mir in all diesen Zimmern nicht aufgefallen. Man musste schon etwas Besonderes sein, um in all diesen Zimmern aufzufallen. Ich durchsuchte die Zeitungen nach Ondines Namen, fand ihn aber nicht. Alle standen sie Schlange, um sie zu verurteilen, sich von ihr zu distanzieren. Eins aber sagten sie nicht: dass sie es auch verstehen konnten. Denn sie konnten es ja verstehen, wenn sie sagte: »Er hatte einfach zu viel Gewalt über mein Leben.« Was sie alles über sie äußerten! Aber das mussten sie ja. Sie mussten sie aussondern, denn es hätte auch jeder und jede von ihnen sein können. Shelley hätte es tun können, nur hätte sie ihn nicht verfehlt, mit ihren flinken, sicheren Tippfingern. So war es zwar unangenehm, aber letztlich doch besser. So musste es sein, was wäre denn sonst noch geblieben? Zehn Jahre danach hätten sie sich zufällig auf der Straße getroffen, all das Gerede und am Ende nichts, wie geht's dir so, gut, und dir, schönes Wetter heute, schlechtes Wetter heute, nichts weiter zu sagen. Nach all dem Gerede nichts weiter zu sagen. Sie müssen ihr dankbar gewesen sein, dankbar, dass sie diese Epoche ihres Lebens mit einem riesengroßen Knall beendet hat. War sie nicht hässlich? War sie nicht gefährlich? Wie unglücklich muss man bloß sein, um so etwas zu tun? Das hörte man den ganzen Sommer über, wohin man ging. Das hörte man, wenn man nicht genau hinhörte.

Nachdem es passiert war, ging es mit mir noch weiter bergab. Ich dachte Dinge wie: Vielleicht sollte ich einfach von der Brooklyn Bridge springen. Meine Miene war unwirsch, und die Stammgäste scheuten vor mir zurück. Die Filme wurden zu Wahnvorstellungen. Ich überlegte, den Projektor mit einem Hammer zu zerschlagen. Ich wollte nicht, dass sich diese Ideen bei anderen Leuten festsetzten. Es waren verstörende Ideen, die Menschen wie Shelley Hoffnung einflößten. Ich stellte mir vor, wie meine Mutter mich mit erhobenem Hammer sah und sich dachte, ja, genau, damit hatte ich schon gerechnet, dass es so für sie laufen würde.

Dann fand mich Anita. Mitten an einem wolkenlosen Augusttag wartete sie draußen vor dem Kassenhäuschen. Das diente nicht gerade dazu, meine Paranoia zu dämpfen. Sie hatten mich die ganze Zeit beobachtet. Sie zerstörten mein Leben von innen heraus. Wenn ich meine Fantasie mit mir durchgehen ließ, war es immer Ondine, der mich aufsuchte. Er würde mich auf eine Abenteuerreise durch die Stadt mitnehmen, an Orte, die ich alleine niemals finden könnte, mich dafür belohnen, dass ich ihn als Einzige je gesehen hatte, ihn bis ins Innerste kannte. Unfassbar, was ich mir alles ausdachte. Und ausgesprochen peinlich. Anita war vermutlich der Mensch, den ich am wenigsten sehen wollte, und sie benahm sich, als wäre ihr das klar. Sie trug ein kurzes rotes Kleid und wirkte verhärmt. Von der professionellen Fassade war nichts mehr übrig. Ich wusste, dass sie sich genau überlegt hatte, was sie anziehen sollte, wenn sie zu mir kam, und ich musste daran denken, wie ich seinerzeit unter Qualen das Gleiche für sie getan hatte.

»Willkommen in meinem bescheidenen Heim«, sagte ich und breitete die Arme vor dem Kassenhäuschen aus. »Es ist winzig klein und unmöbliert.«

Sie fragte, ob ich etwas mit ihr trinken gehen wolle, wenn meine Schicht zu Ende war, und ich fand keinen Grund, abzulehnen. Ich hatte an dem Tag früher Schluss.

Wir gingen in eine Kneipe mit abgedunkelten, schmutzigen Fenstern, voller Männer, denen die langen Schnurrbärte ins Glas hingen. Es war still dort. Wir setzten uns an einen Tisch ganz hinten.

Ich war nicht aufgeregt, nur ein bisschen belustigt. Eine mechanische Version meines alten Ichs. Nichts in meinem Verhalten deutete daraufhin, dass ich ständig kurz vorm Weinen stand, dass mir alles Gute im Leben fern und unerreichbar schien. Anita schob mir einen Ordner hin. Ich sah nicht hinein. Trank einen Schluck von meinem Bier.

»Das schmeckt wie Putzwasser«, sagte ich und zeigte ihr das Etikett. »Bestell das bloß nie.«

»Es gäbe noch ein paar Korrekturen«, sagte sie, wieder in ihrem gewohnten, belehrenden Ton. »Du weißt da bestimmt viel mehr als ich. An manchen Stellen ist nicht ganz klar, wer spricht. Und man sollte vielleicht auch ein paar Namen ändern.« Sie pulte an dem Etikett auf ihrer Flasche herum. »Natürlich zahlen wir dir das Doppelte. Er arbeitet vom Krankenhaus aus daran. Wir haben jetzt einen Verlag, was großartig ist. Und wenn du's genau wissen willst, wir brauchen jemanden, der das Material gut kennt.«

»Hör schon auf, meinem Ego zu schmeicheln«, sagte ich. »Das ist doch öde.«

Sie wandte den Blick ab, musterte einen der Gäste, als würde sie ihn vielleicht kennen.

»Ist dein Freund zu seiner Frau zurückgegangen?«, fragte ich.

»Du bist diejenige, die hier Popcorn verkauft, Herzchen.«

»Die Maschine streikt ständig, meistens verkaufe ich gar keins«, sagte ich. »Dann ist er also zurückgegangen, tut mir leid, das zu hören.«

»Man kann nicht zu einer Frau zurückgehen, die man gar nicht verlassen hat«, sagte sie. »Du siehst so anders aus. Ich weiß noch, wie ich dich das erste Mal gesehen habe. Zumindest habe ich dich vor diesem Scheusal bewahrt.« Ihre Miene hellte sich auf. »Jetzt siehst du viel reifer aus, Mae, richtig erwachsen.«

Ich nickte knapp. Ich hatte keine Lust, mich in ungelenken

Erinnerungen zu verlieren. Mit einem Finger strich ich über den Ordner, dann zog ich ihn zu mir heran. »Wie geht es ihm?«, fragte ich.

»Gut.« Sie schaute leicht betreten. »Er kann wieder lesen. Und er freut sich auf dieses und auf ein paar andere Projekte.«

»Projekte.« Ich verdrehte die Augen. »Projekte? Was ist das denn für eine Antwort? Du weißt schon, dass ich nicht für eine Zeitung arbeite.«

»Ich weiß gar nicht mehr, wie man weiter ins Detail geht«, sagte sie. »Außerdem habe ich kaum Erfahrung mit solchen Dingen. Und ich habe kaum Erfahrung damit, dass Leute angeschossen werden. Das haben wir im College nie durchgenommen.«

»Warum machst du das immer noch?«, fragte ich.

»Aus dem gleichen Grund, aus dem du für Shelley gelogen hast«, antwortete sie. »Weil es meine Freunde sind.«

Ich sagte nichts mehr. Mein Bier war leer, ich griff nach dem Ordner. Im Gehen fragte ich sie noch, ob sie Shelley auch ihren Teil gegeben habe. »Nein«, sagte sie. »Ich konnte sie nicht finden.«

Auf der Heimfahrt spürte ich ein frohes Flirren. Ich konnte nicht bestreiten, dass ich seit langer Zeit nicht mehr so aufgeregt gewesen war. Ich breitete die Seiten auf dem Küchentisch aus. Eine Schreibmaschine hatte ich nicht, also machte ich die Notizen mit der Hand. Es fühlte sich vollkommen richtig an, in diesen Wörtern zu leben. Das war eine Gleichung, die nur ich lösen konnte. Ich staunte selbst, an wie viel ich mich erinnerte, wie flüssig ich arbeiten konnte. Auftragsgemäß änderte ich alle Namen. Das war so einfach. Alles andere war so kompliziert. Ich wusste, hätte ich mit der Arbeit an dem Buch wieder von vorn anfangen müssen, ich hätte es getan. Ich hätte alles aufgegeben. Alles erneut durchlitten. Vielleicht empfanden sie das ja auch, vielleicht hatten sie es immer so empfunden. All ihr Unglück, enthüllt im Dienst der Kunst. Heraus aus dem Müll, hinein in ein Buch.

Als Anita kam, um das Manuskript abzuholen, sah ich mir gerade einen Film an. Der Junge, der die Wochenendschichten hatte, sagte mir, dass sie draußen stand. Er hatte ein vertrauenswürdiges, freundliches Gesicht, stark genug, um den Ansturm von Anitas Feindseligkeit zu ertragen. Er erinnerte mich so sehr an Mikey, dass ich mich bei ihm sicher fühlte. Ich gab ihm den Ordner, damit er ihn Anita aushändigte. Und flüsterte ihm zu: »Sag ihr: ›Mit besten Grüßen an den Bürgermeister.‹« Als er wiederkam, überreichte er mir einen länglichen Umschlag mit Geld, viel mehr, als mir zugesagt worden war. Auf der Leinwand putzte sich ein berühmter Mann im langen, weißen Nachthemd energisch die Zähne, einmal hin, einmal her, immer rundherum.

Anfangs verkniff ich es mir, ein Exemplar zu kaufen. Wegen des Schnees, der sich als nasser Matsch auf den Straßen sammelte, legte ich meine Wege äußerst langsam zurück. Ich wollte nicht hinfallen. Ich wollte mir keinen Schaden mehr zufügen. Weihnachten feierte ich mit meinen Mitbewohnerinnen. Wir hatten einen kleinen Weihnachtsbaum, der mehr symbolische als schmückende Funktion hatte. Eine Woche später knickte ich ein und kaufte mir doch eins. Ich machte mich dem Anlass entsprechend schick, sah die Verkäuferin dann aber nicht an, als ich ihr das Geld über den Ladentisch reichte. Als mich der Wochenend-Junge im Kino darin lesen sah, erkundigte er sich schüchtern – natürlich, er erkundigte sich nach allem schüchtern –, ob es mir gefalle.

»Ja«, sagte ich, »ich habe es ja auch geschrieben.«

Das war mein letztes Geheimnis. Ich hatte damit gerechnet,

beim Lesen die volle Breitseite eines Gefühlsansturms abzubekommen. Aber vieles kam gar nicht an, all diese Stimmen, manisch, gierig und hungrig, die sich gegenseitig übertönten wie ein wahnsinniger Chor. Es wurde auch ganz falsch vermarktet – schockierend, anstößig, seht es euch an, das unanständige Leben dieser Leute. Auf der Rückseite war eine schöne Frau abgebildet. Wahrscheinlich war Ondine einfach nicht hübsch genug. Wenn man nicht wusste, dass ein Tonband fehlte, es wäre einem niemals aufgefallen. Eines überraschte mich: Shelleys Teil war besser als meiner. Ich hatte diese Leute transkribiert, aber sie hatte sie verstanden. Sie hatte Gefühl, Energie, Feuer hinzugefügt. Einen Weg hineingefunden. Wie hatte sie das bloß selbst nicht merken können? Sie hatte alles, was ihr bei der Probeaufnahme gefehlt hatte, in das Buch gelegt. Als ich diese Seiten las, war es, als wäre ich wieder mit ihr alleine, ganz im Bann ihrer Persönlichkeit. Ich wusste, sie las es auch, vermutlich dort in ihrer Küche, während er arbeiten war: ganz gewissenhaft, einen Stift zwischen den Zähnen, auf der Suche nach Spuren von mir. Dem unwiderlegbaren Beweis, dass wir dort gewesen waren. Als eine meiner Mitbewohnerinnen sich das Buch borgte, flippte ich aus. Ich wurde fuchsteufelswild, und anschließend tat es mir leid. Sie konnte ja nicht wissen, was es mir bedeutete. Wie sollte sie? Mein Name stand ja nicht auf dem Umschlag.

Ich glaube, gut verkauft hat es sich nicht, trotz all der Publicity rund um das Attentat. Ich hätte gedacht, die ganze Stadt wolle die Leute belauschen, die sie so faszinierten. Aber da lag ich falsch. Die Stadt wollte die Filme, die Partys, die Bilder. Die Stadt wollte die Traumwelt. In den Zeitungen und den Zeitschriften waren die Menschen auf den Fotos jetzt ungeheuer attraktiv, und er stand neben ihnen wie ein Fan. Ich hatte gehört, dass inzwischen alles umgezogen war, wahrscheinlich an einen Ort mit möglichst vielen Schlössern an den Türen. Ich konnte förmlich hören, wie die Doppelverriegelung zuschnappte, so, wie sich Anitas Gesicht verschlossen hatte, als ich wissen wollte, wie es ihm ging.

Kurz nach dem Jahreswechsel kündigte ich beim Kino. Ich wollte ein Jahr lang woanders sein. Das Erscheinen des Buchs hatte mich in dem Entschluss bestärkt. Wäre ich geblieben, ich hätte mich nie wieder auf neue, engere Beziehungen einlassen können. Nach meiner letzten Schicht lud mich der Junge, mit dem ich arbeitete, zum Schlittschuhlaufen ein. Zum ersten Mal seit mehr als einem Jahr hatte ich richtig Spaß. Ich war selbst ganz verblüfft, wie viel Spaß ich hatte: So eine Freiheit und Erleichterung hatte ich seit den ersten Tagen an der Schreibmaschine nicht mehr erlebt.

»Du bist viel anmutiger, als ich gedacht hätte«, sagte der Junge.

»Ich kann auch gut tanzen«, erwiderte ich. »Da hatte ich viel Übung.«

Ich wartete nicht mehr darauf, dass etwas passieren, dass sich irgendeine Vorstellung, die ich von mir hatte, bestätigen würde. Ich packte nur wenig ein. Bevor ich aufbrach, suchte ich mir eine Telefonzelle. Meine Stimme klang hell und angespannt, wie bei einem Vorstellungsgespräch, als spräche ich mit jemandem, den ich gar nicht kannte. Ich machte meine eigene Aufnahme. Was gab es zu sagen? Ich drückte den Mund fest an den Hörer. »Mikey«, sagte ich, »warst du jemals Schlittschuhlaufen? Ich glaube, das würde dir wirklich gut gefallen. Wir sehen uns bald wieder. Wahrscheinlich schon nächste Woche.«

Und dann war ich weg.

DIE KÖNIGIN DER FREIHEIT. 1985

In meinem neuen Leben sah ich mich als nüchterne Pragmatikerin. Zwei Mal die Woche fuhr ich den kleinen steilen Hang hinunter zum Supermarkt. Wenn ich nicht gerade arbeitete, lag ich vor Mitternacht im Bett. Ich hatte kein Verlangen mehr, das ich nicht klar benennen oder verorten konnte. Ich hatte verschiedene Stellen gehabt, seit ein paar Jahren aber arbeitete ich durchgängig in einer Kneipe. Es gab an dieser Kleinstadt nichts, was mich speziell angezogen hätte. Im Gegenteil, gerade das Fehlen alles Speziellen zog mich an. Meine Abende verbrachte ich damit, mir den Ortstratsch anzuhören und gleichzeitig zu versuchen, für mich zu bleiben, abseits. Mein Chef ließ in der Kneipe so oft dieselben Songs in genau derselben Reihenfolge laufen, dass es mir vorkam, als hinge meine Serviertechnik ganz von ihnen ab. Fast jeden Abend lief T. Rex auf voller Lautstärke, und das Hemd meines Chefs blähte sich und legte seinen Bauch frei, wenn er die Lippen zum Text bewegte und sich in eine bessere Kneipe, eine bessere Zeit sehnte, in der es Glitter von der Decke regnete. Ich war älter als die Mädchen, die dort arbeiteten: Mädchen, deren größtes Ziel es war, hier rauszukommen. Ich weiß, dass ihnen etwas an mir Angst machte. Das merkte ich an der Art, wie sie mich anlächelten, an ihrem besorgten Blick. Ich sah ganz normal aus, und trotzdem war ich hier, schuftete in denselben Schichten wie sie, mied dieselben Kunden, wischte dieselben Tische. Wenn ich gescheitert war, würden sie dann auch scheitern? Sie ahnten nicht, dass ich mir genau dieses Leben geschaffen hatte und stolz darauf war, ein Leben, in dem mich niemand anzusehen und zu bewundern brauchte. Wann immer ich einen Hass auf diese Mädchen spürte, die mich verurteilten, und zwar auf eine mir unangenehm vertraute Weise, stellte ich mir ihre Zimmer vor: die kleinen Funken von Individualität, die Postkarten aus den Ausstellungen, die sie besucht hatten, leere Parfumfläschchen, modische, aber doch billige Kleider, all die Maßnahmen, mit denen sie versuchten, sich unbesiegbar zu machen. Dann konnte ich sie nicht mehr hassen. In mancher Hinsicht zog es mich immer noch zu ihren absurden Kleindramen. Einmal machten wir einen gemeinsamen Karaoke-Abend, und ich sang »Bennie and the Jets«. Keine Ahnung, ob ich gut war. Wahrscheinlich war ich steifer, als ich hätte sein wollen. Einen großherzigen und elektrisierenden Auftritt hinzulegen ist schwieriger, als es aussieht. Trotzdem waren die Mädchen, vielleicht lag es an meinem Schwung oder an der Songauswahl, hinterher ganz hingerissen und fragten mich, ob ich meine New Yorker Freunde vermisste.

»Ein, zwei schon«, sagte ich.

Ich hatte eine Trinkphase hinter mir. Und wie alle verzweifelten Menschen machte ich auch eine Lesephase durch – den Stift gezückt, um Stellen anzustreichen, die auf mich zutrafen, mir ein kurzes Aufglimmen von Verständnis boten. Die zwei Phasen waren einander nicht unähnlich. Ich trieb mich in der Ratgeberabteilung des großen Barnes & Nobles herum. Die Selbstverherrlichung der Sechziger und Siebziger war vorbei, jetzt traf man in der Buchhandlung nur noch Leute, die auf ihr Leben zurückblickten und sich fragten: Warum ist mir das passiert? Welche pathologische Störung hat mich befallen, die das möglich gemacht hat? Wir hatten uns durch diese zwei Jahrzehnte gestürzt wie aus dem Fenster eines Hochhauses. Die zermürbende

Zeit war vorbei, das bekamen wir überall zu hören, und jetzt bewegten wir uns in eine familienorientierte Zeit, eine Zeit der Sicherheit und Zuversicht. Die Leute im Fernsehen sahen für meine Begriffe alle völlig albern aus. Das erwähnte ich auch in der Bibelrunde, zu der ich manchmal ging. Ich sagte: Ich finde, ein großer Teil der Gesellschaft sieht inzwischen richtig albern aus, und zwar nicht so, dass es mir noch Spaß machen würde. Die anderen Anwesenden nickten zustimmend. Der Leiter meinte, das sei eine höchst originelle Beobachtung. Es waren Menschen, die sich leicht arrangierten. Wir teilten uns in zwei klar unterscheidbare Gruppen auf: diejenigen, die an ihrer Unschuld festhielten, und diejenigen, die sie verloren hatten und sie wiedergewinnen wollten. Die Art, wie wir uns in Abschnitte der Heiligen Schrift vertieften und versuchten, einen Sinn darin zu finden, schien mir vertraut und natürlich. Ich saß oft ganz hinten, und jedes Mal, wenn jemand von Jesus sprach, kniff ich die Augen zusammen, als würde ich versuchen, ihn im Raum auszumachen. Mein kleiner Privatwitz. Die Treffen brachten wenig, außer dass mich jetzt im Supermarkt Leute grüßten, mit denen ich eigentlich nichts zu tun haben wollte. Im Grunde schämte ich mich für diese einstündigen Treffen mehr als für die wirklich beschämenden Vorfälle in meinem Leben. Im Kopf ging ich alle möglichen Ausreden durch, die ich vorbringen konnte, falls mich jemand erwischte: Es handele sich um Treffen der Anonymen Alkoholiker, um Trauerberatung. Bei einem Treffen kam der Vorschlag, wir sollten uns, als kleine auflockernde Übung, der Person neben uns zuwenden und sie alles fragen, was wir wollten. Meine Lust auf die Geheimnisse anderer hatte ich nie verloren. Was diese Übung sollte, war mir nicht klar. Vielleicht versuchten wir ja, den Teufel zu enttarnen. Vielleicht würde er sich uns zeigen, wenn wir einfach fragten. Das war die ganze Zeit sein Trick gewesen. Mir fiel beim besten Willen keine Frage ein und dann plötzlich doch. Ich drehte mich zu der nicht mehr jungen Frau neben mir um und fragte – Sind Sie zu gutgläubig?

Der Anruf kam, als ich gerade im Hinterhof stand und Pause machte. Ich rauchte immer noch, obwohl wir neuerdings wussten, dass Nikotin uns schaden konnte. Neuerdings wussten wir von vielen Dingen, dass sie uns schaden konnten. Ich staunte über diese neuen Gegebenheiten und spürte eine Verbundenheit mit Menschen, die sich genau wie ich mehr schlecht als recht durch diese Flut von Informationen arbeiteten. Allmählich wurde es wieder wärmer. Auf meinem Anrufbeantworter zu Hause hatte ich die Nummer der Kneipe angegeben. Immer tat ich so, als wäre es mir egal, ob mich jemand fand, und doch hatte ich mir die Mühe gemacht, die Nummer aufzusprechen. Ich vermutete, es würde nur eine Frage der Zeit sein, bis mich jemand fand, aber bisher war das noch nicht passiert. Ich nahm den Hörer von meiner Kollegin entgegen. Hielt ihn mir ans Ohr. Niemand sagte etwas, aber ich blieb trotzdem dran. Leise Atemzüge, meine Lippen an der dreckigen Muschel. Ein Ventilator surrte, neben mir hörte ich den Kühlschrank brummen. Ich beugte mich noch näher hin. Es war, als änderte die Kneipe ihre Gestalt, verböge sich, zöge sich zurück. Dann ein Klicken, ein Summen, das Freizeichen. Nichts. Wer hat denn da nach mir gefragt, wollte ich später von dem Mädchen wissen. Was war es für eine Stimme? Keine Ahnung, sagte sie. Sie klang dumpf, könnte eine Frau gewesen sein.

Es gab keine Fotos von uns, und was blieb, waren die Fotos. Ich dachte, es gäbe vielleicht eins von Shelley, die zumindest einen gewissen Reiz gehabt hatte, auch wenn es ein seltsamer war. Zumindest war sie einprägsam gewesen. Mit ihrem reizenden, ein klein wenig schrägen Lächeln, und ich, zornig und unbeachtet, verschwommen im Hintergrund. Ich sah mir Fotos aus der Zeit an und hatte die gleichen Gedanken wie alle anderen auch – diese Partys sahen nach Spaß aus. Ich stand den Bildern genauso unverbunden und fremd gegenüber, als wäre ich nicht dabei gewesen. Es musste eine gute Zeit gewesen sein. All diese Menschen, die sich gegenseitig zum Lachen bringen wollten. Ich konnte mich nicht erinnern, wie es wirklich gewesen war. Ich durfte mich nicht erinnern. Die Bilder aus den letzten paar Jahren waren voller Glamour, aber irgendetwas stimmte nicht mehr. Die gute Laune wirkte aufgesetzt, bemüht. Die Kleider waren betont kostspielig: Die Marke war das Statement. Die Partys erschienen protzig, unglaubwürdig, die Stimmung schwer, als kämen alle gerade von einer Beisetzung. Was vermutlich auch so war. Die Atmosphäre, die Gesten, die Art, wie sie sprachen. Das alles war jetzt einfach nicht mehr richtig. Vielleicht war ich auch einfach älter, weniger leicht zu beeindrucken.

Aber ich wusste, wenn dieser Anruf von Shelley gekommen war, aus derselben Wohnung wie damals, vielleicht auch aus einer ländlicheren Umgebung, einem verschlafenen Haus inmitten eines Vororts, wenn es also Shelley gewesen war und sie den Mut aufgebracht hätte, etwas zu sagen, dann hätten wir uns verabredet, jetzt, wo wir zivilisierter waren, frei von allen sensationslüsternen Impulsen. Wir hätten zueinander gesagt: Jetzt ist Zeit genug, lernen wir uns doch noch mal neu kennen, gehen wir was trinken. Wir hätten uns getroffen und gar nicht mehr aufgehört zu lachen, darüber, wie verrückt wir damals waren und wie langweilig heute. War die Welt nicht größer und vielgestaltiger, als wir gedacht hätten? Wir hätten unsere Gläser geleert. Wir wären ungeheuer höflich zur Bedienung gewesen. Ich hätte mich nicht mehr zurückgehalten; ich hätte unsere Bedienung richtig ausgefragt. Aber dann wäre es später geworden, fast schon zwei Uhr morgens, und wir immer angetrunkener, nachdenklicher und nostalgisch, und ich weiß, ich hätte mich über den Tisch gebeugt, Shelley am Arm gepackt, ganz fest, und ihr die einzige Frage gestellt, die es zu stellen gab. Der Entschluss, zu fragen, wäre gar kein Entschluss gewesen. Ich hätte versucht, ihr ein Geständnis abzupressen, so wie er es jeden Abend gemacht hatte. Ich hätte mich vorgebeugt, ein fanatisches Glitzern in den Augen, und gesagt: Shelley, sag mir, was auf dem Band war.

In dieser Zeit dachte ich oft an meine Mutter. In ihrer Kellnerinnenkluft oder, in meinen Albträumen, ganz unter einem weißen Laken verschwunden. Ich hatte damit gerechnet, im Lauf der Jahre ihr und Mikey gegenüber gleichgültig zu werden, aber dazu kam es nie. Ich hatte geglaubt, ich würde glücklicher sein, wenn ich nicht mehr bei ihnen war, aber das war ich nicht. Am Ende brauchte ich sie gar nicht anzurufen. Sie rief mich an. Es war, als hätte dieser eine Anruf in der Kneipe die Tore meines Lebens wieder aufgestoßen und alle Welt könnte hereinspazieren. Ich stand zu Hause in der Küche, musterte eine verdorrte Topfpflanze in der Ecke, und dann war sie plötzlich am Telefon und hörte sich an wie immer, als wäre gar keine Zeit vergangen. Sie erzählte mir nicht, wie sie mich gefunden hatte. Sie erzählte mir nicht, warum sie nicht schon früher nach mir gesucht hatte. Sie war jetzt trocken, und die Treffen waren ihr leidenschaftlich verhasst. »Die erwarten da, dass du ihnen *alles* erzählst«, beschwerte sie sich, »als ob ich deren Erlaubnis bräuchte, um nicht zu trinken.« Am Ende des Gesprächs erzählte sie mir so beiläufig, wie sie nur konnte, dass Mikey krank sei. Er liege im Krankenhaus und habe womöglich nicht mehr lange zu leben. Aber wer konnte das schon sagen? Ärzte lagen doch regelmäßig falsch. Ärzten könne man nicht trauen: So viele irrten sich mit der Zeit, die ihren Patienten noch blieb, oder auch schon damit, wie krank sie waren. Für einen flüchtigen Moment spürte ich einen inneren Konflikt. Dann goss ich meine längst schon schrumpelnden, längst schon vernachlässigten Pflanzen und buchte Flüge. In der Woche zuvor war mein Chef zudringlich geworden, hatte mir den Nacken massiert, als wären wir beide noch jung und offen, als wären wir uns ganz ähnlich. Diese Handlung, so entwaffnend intim, als wäre ich seine Frau, gab mir das Gefühl, nur von einer Gefangenschaft in die nächste geraten zu sein. Ich muss los, sagte ich zu ihm, es ist schon spät, meine Pflanzen sterben. Aber das Erlebnis hatte mich durchgerüttelt. Was wollte ich eigentlich sagen? Vergiss mein langweiliges Äußeres, denk mal kurz nicht daran, dass ich hier arbeite – weißt du eigentlich, wer ich bin?

Vom Flughafen aus rief ich meinen Chef an, den Rucksack schon geschultert, die Jacke um die Taille gebunden. Vor allem anderen sah ich aus wie eine Ausreißerin. Eine Ausreißerin von fünfunddreißig. Ich sagte ihm, ich hätte mich falsch ausgedrückt. Eigentlich hätte ich sagen wollen, dass meine Eltern, *meine Eltern* sterben. Ich bat ihn um ein paar Tage bezahlten Urlaub, und er gewährte ihn mir, malte sich wahrscheinlich schon den endlosen, langwierigen Gerichtsprozess aus. Ein Machtspielchen. Frauen gingen auf die Barrikaden, entwickelten Ehrgeiz. Jetzt zeigte sich, dass wir immer schon genauso plakativ durchschaubar wie Männer gewesen waren, und die Männer staunten darüber. Ich hatte ihn dabei ertappt, wie er sich im Spiegel zusah, als er versuchte, mich zu verführen. Das erkannte ich. Es war seine einzig wirklich gewinnende Handlung. Die Leute zeigen sich nur selten so unverstellt ichbezogen.

Während des Flugs schlief ich nicht: Meine Gedanken standen unter Strom, rasten in hohem Tempo. Ich blätterte Zeitschriften durch, starrte auf den leeren Sitz neben mir, versuchte, die Stewardess auf mich aufmerksam zu machen, und als ich es geschafft hatte, wusste ich nicht, was ich zu ihr sagen, worum ich sie bitten sollte. Ich war die Einzige, die das Gespräch suchte; alle anderen Passagiere hatten Kopfhörer auf. Die ganze Zeit glaubte ich, das Flugzeug würde niemals landen, ich würde für immer hier oben kreisen. Ich würde hier oben alt werden und sterben. Mikey säße auf dem Platz neben mir. Die Sonne würde scheinen. Als ich im Halbdunkel in die Stadt kam, versetzte sie mich in gute Laune. Ich konnte gar nichts dagegen tun. Es dauerte mehrere Sekunden, bis mir wieder einfiel, warum ich hier war. Es war Halloween, in den Straßen wimmelte es von fröhlichen, boshaften Fremden. Die Mädchen wirkten fieberhaft sexy, Netzstrümpfe, hochtoupierte Haare, geschwungener Lidstrich, nicht erkennbar kostümiert, anständige Mädchen, die ihre prollige Nacht genossen. In der U-Bahn saßen ein Andy und eine verdrossene Edie. Sein Kostüm war wohlbekannt – gestreiftes T-Shirt, Jeans, billiges Brillengestell. Leicht rätselhafte Miene unter der Perücke. Er war nicht weiter bemerkenswert, aber das Mädchen hatte etwas von der echten Edie. Sie hatten sich voneinander abgewandt, ihre Körpersprache – durch die Ratgeber bei Barnes & Noble kannte ich mich damit aus – offenbarte Missstimmung. Wahrscheinlich hatten sie gestritten und bereuten schon, Kostüme gewählt zu haben, die sie den ganzen Abend aneinanderketten würden. Selbst wenn sie versuchten, sich zu trennen, würde doch irgendwer auf der Party rufen: »Andy, hier ist auch eine Edie, die musst du kennenlernen.« Ich hatte Edies Probeaufnahme gesehen. Sie war perfekt, unvergesslich. Ihr Gesicht nahm alle Fantasie in Beschlag. Es war so schön, von jemandem gefilmt zu werden, der einen liebte. Beim Aussteigen lächelte ich dem Pärchen leicht zu. Vielleicht beneidete ich sie ja um die Nacht, die sie vor sich hatten, all die Demütigungen, den Herzschmerz. Als ich wieder an der frischen Luft war, wurde mir klar, dass ich mir die ganze Szene auch nur ausgedacht haben könnte.

Meine Mutter hatte mir am Telefon erzählt, Mikey sei vor einigen Jahren zusammengeschlagen worden. Zwei blaue Augen, innere Verletzungen, Verlust des Selbstbewusstseins. Danach war er nie mehr der Alte geworden. Sie habe ihm eine Kamera geschenkt, eine Videokamera, als Puffer zwischen sich und der Welt. Die letzten paar Jahre sei er verwirrt gewesen, desorientiert, der Krebs zehre ihn auf. Sie hatte mich nicht gebeten zu kommen, das hätte ihr Stolz ihr nie erlaubt, aber ich verstand es auch so. Wie ein Kind, das die Erwachsene anfleht, ihm den Weg zu zeigen. Und ich wollte ihn ja auch sehen, ich wollte mit ihm reden. Ich wollte ihm so viel sagen, dass ich mich bestimmt total blamieren würde.

Ich ging fast den ganzen Weg zum Krankenhaus zu Fuß. Die Stadt hatte immer noch viele billige und schmutzige Reize zu bieten, auch wenn sie sich zusehends zum sicheren Ort entwickelte. Sie war jetzt eine Art Vergnügungspark des Verlangens, mit dem nötigen Kleingeld stand einem absolut alles zur Verfügung. Im Krankenhaus war es verstörend weiß, ein Weiß, das einem das Gefühl gab, schon tot zu sein. Jeder Flur führte an einen furchtbaren Ort. Der Fernseher im Wartebereich spielte das obligatorische Lachen ab. Ich saß dort eine ganze Zeit. Eine Arzthelferin rief mich auf, und ich sagte: »Hier bin ich.« Vor Mikeys Zimmer blieb ich ein paar Minuten stehen und betrachtete ihn durch das kleine Fenster. Ich blieb so lange stehen, bis ich vergessen hatte, was ich da sah. Dann ging ich hinein.

EIN WORT ZU DEN QUELLEN

Ich hätte dieses Buch niemals schreiben können, wenn es nicht eine solche Fülle an herausragenden Publikationen über Andy Warhol gäbe: *Holy Terror* von Bob Colacello, *Andy Warhol* von Wayne Koestenbaum, *Warhol* von Blake Gopnik, *Popism: The Warhol Sixties* von Andy Warhol und Pat Hackett, *Andy Warhol* von Arthur C. Danto oder Lynne Tillmans Texte zu *a: Ein Roman*, um nur einige zu nennen. Eine andere Perspektive bieten *Andy Warhol and the Can That Sold the World* von Gary Indiana und *SCUM Manifesto* von Valerie Solanas. Kein anderes Buch auf der ganzen Welt ist wie *Edie: American Girl* von Jean Stein. Vor allem aber ist *a: Ein Roman* ein faszinierendes, eigensinniges, beständiges Werk. Wie so viele andere bin auch ich dem Film *Chelsea Girls* zu großem Dank verpflichtet. Die zahllosen Fotos zu sichten, zu lesen, zu schauen, Ausstellungen zu besuchen – das alles war für mich die reinste Freude. Meine letzten Worte sind Andy Warhol.

DANKSAGUNG

Tausend Dank an Clíodhna und das ganze Team der Temple Bar Gallery Dublin, wo dieses Buch größtenteils entstanden ist. Wie immer bin ich auch dem Arts Council of Ireland zu großem Dank verpflichtet. Ein besonderer Dank geht an Beatrice und die anderen in Santa Maddalena, Italien. Ich danke Declan Meade und *Stinging Fly* für ihre anhaltende Unterstützung.

Dank an Tom Morris und Ian Maleney, die ersten und besten Leser, deren Verständnis und Liebenswürdigkeit mir so viel bedeuten. Dank an Tracy Bohan, die mit ihrer Großherzigkeit und ihrem Glauben an mich dieses Buch und alles, was ich schreibe, geprägt hat. Dank an Alexis für ihren Weitblick, ihre Weisheit und ihre Geduld. Tausend Dank an Daniel Loedel und das ganze Team bei Bloomsbury, dass sie so viel Vertrauen in meine Arbeit haben.

Für meine Schwester und ihre Familie. Für meine Freundinnen und Freunde, die es mir so leicht machen, über Freundschaft zu schreiben. Ich liebe euch alle und bin so dankbar, dass ihr meine Liebe erwidert. Und schließlich noch für Sean, ein Buch übers Lange-Bleiben für einen, der eigentlich früh nach Hause gehen wollte. Gott sei Dank hast du es nicht gemacht.